우리 모두는 인연입니다

초판 1쇄 인쇄: 2010년 6월 5일
초판 1쇄 발행: 2010년 6월 10일

글쓴이: 일아
펴낸이: 윤재승
펴낸곳: 민족사

등록: 1980년 5월 9일(등록 제1-149호)
주소: 서울시 종로구 수송동 58번지 두산위브파빌리온 1131호
전화: (02) 732-2403~4
팩스: (02) 739-7565
E-mail: minjoksa@chol.com
홈페이지: minjoksa.org

ISBN 978-89-7009-526-4 03810

우리
모두는
인연입니다

깨달음을 찾는 에세이

일아 스님 지음

민족사

▷◁ 책머리에

이 책은 많은 사람들에게 용기와 희망을 주고, 삶의 지혜를 함께 나누고자 쓴 것이다. 주로 로스앤젤레스 중앙일보 종교 칼럼난에 썼던 내용들과, 미국에 살면서 보고 느낀 이야기들, 그리고 나의 삶, 수행, 학문 이야기들을 첨가하여 엮은 책이다.

나의 오롯한 소원은 오직 한 가지,
내가 가지고 있는 작은 것이라도 나눌 수 있기를,
지치고 고단한 이들이 삶의 활력을 되찾기를,
각박하고 살벌한 세상을 살아가는 지혜를 발견하기를,

잠깐 멈추어 자신을 돌아볼 수 있기를,
돈이나 명예보다 더 소중한 그 무엇을 건질 수 있기를,
그래서 하늘처럼 넓고 샘물처럼 맑고 바람처럼 자유롭기를,
내 오롯한 소원은 오직 소중한 이웃들의 행복일 뿐.

제4장 나의 삶, 나의 수행, 나의 학문 등 '나의 이야기'는 훌륭한 많은 분들의 삶과 가르침에서 지침을 만나게 된다. 나의 이야기는 이분들의 가르침을 따른 삶의 일부분이다. 나에게 공덕이 조금이라도 있다면 모두 이분들의 은덕일 뿐이다.

수많은 사람들과의 인연! 수많은 사람들의 은덕으로 내가 있게 되었으니 어찌 감사하지 않으랴. 위로는 나의 종교적 성향을 심어 주신 성자 예수님이나 부처님의 은덕으로부터, 흔들림 없는 수도 생활의 깊은 의미를 일깨워 준 수녀원 그리고 나의 수련장님, 나를 석남사로 보내 주신 법정 스님, 나의 큰 스승 인홍 스님, 그리고 나의 은사이신 법희 스님, 나의 영원한 모델이신 부모님, 그리고 인연 있는 모든 분들의 큰 은덕에 감사드린다.

이 책을 읽는 모든 분들의 평화와 행복을 기원한다.

2010년 3월 일아

제2장 침묵에 귀를 기울이는 지혜

제3장 세상 사람들의 평화로움을 찾아서

제4장 나의 삶, 나의 수행, 나의 학문

제1장
우리 곁에 살아 숨 쉬는 성인의 말씀

세상에는 성인이 많다.

이들은 남다른 뛰어난 지혜의 가르침으로 고단한 사람들에게 평화와 행복의 길을 비추어 준다.

세상에 많은 성인 중에서도 붓다는 남다른 면이 있다. 그의 가르침은 자신의 6년간의 철저한 수행과 고행의 체험에서 우러난 깨달음의 진리를 전하고 있다. 여기 깨달은 성자, 붓다의 주옥같은 지혜의 가르침들을 모았다. 붓다의 생생한 모습을 가장 잘 보여 주는 초기 경전인 빠알리 경전의 가르침들이다.

붓다의 가르침은 단순하고 소박하지만 복잡한 서술보다 더 심오한 뜻을 간직하고 있다. 그리고 어느 누구라도 들어서 즉시 이해가 되고 쉬운 가르침 속에서 진한 감동을 주는 가르침들이다.

칭찬과 비난에 흔들리지 않으려면

미국 역사상 최초로 젊고 패기 넘치는 흑인 대통령이 탄생했다. 미국도 이제는 인종 차별에서 어느 정도 벗어났다는 증거이기도 하다. 그런데 그렇게 오바마에 열광하던 사람들 중에 아이러니하게도 오바마의 작은 실수에도 열을 올리며 비난하는 이들이 있다.

이 세상에 오로지 칭찬만 받는 사람이 있을까? 칭찬하는 사람이 있는가 하면 비난하는 사람도 있다. 이렇게 본다면 비난한다고 해서 의기소침해 하거나 우울해 할 필요가 없을 것이다. 칭찬과 비난에 어떻게 하면 휩쓸리지 않고, 흔들리지 않고, 평상심을 유지할 수 있을까? 어떻게 칭찬과 비방에 의연할 수 있을까?

이 세상에서 비난받지 않는 사람은 아무도 없다고 부처님은 말씀하신다.

재가 신도 지도자인 아뚤라는 가르침을 듣기 위해 많은 사람들을 이끌고 부처님 제자인 레와따 존자를 찾아갔다. 그러나 그는 고요히 앉아 아무것도 설해 주지 않았다.

이에 그들은 불평을 하면서 사리뿟따 존자를 찾아갔다. 그는 교학적인 이론으로 가득한 어려운 설법을 하여 그들은 만족할 수 없었다.

이번에는 아난다 존자에게 갔다. 그는 간단명료하게 요점만 이야기했다. 그러나 그들은 역시 만족할 수 없어서 부처님을 찾아가 누구에게서도 만족할 수 없었다고 말씀드리니 부처님은 다음의 게송을 말씀하셨다.

사람들은 말없이 조용히 앉아 있어도 비난한다.
너무 말을 많이 해도 비난한다.
말을 조금 해도 역시 비난한다. 오 아뚤라여,
이것은 지금만 있는 이야기가 아니고 예로부터 전해 오는 이야기다.
이 세상에서 비난받지 않는 사람은 아무도 없다고.
비난만을 받는 사람도 없으며, 칭찬만을 받는 사람도 없다.
과거에도 없었고, 현재에도 없고, 미래에도 없을 것이다.

(담마빠다* 227)

그러면 비난과 칭찬을 어떻게 일상생활에서 소화해야 할까?

아무리 비바람이 몰아쳐도
반석은 흔들리지 않는 것처럼
어진 사람은 뜻이 굳세어
비방과 칭찬에 흔들리지 않는다. (담마빠다 81)

비난만을 받는 사람도
칭찬만을 듣는 사람도
이 세상에는 없다.
과거에도 현재도 없고
미래에도 없을 것이다. (담마빠다 228)

서로 비난도 하고 칭찬도 하는 것은 이 세상을 사는 한 피할 수 없다. 잘해도 욕을 먹고 못해도 욕을 먹는다. 이것은 이래서 못마땅하고 저것은 저래서 못마땅하다.

그럼 욕하는 그 사람은 어떤가? 자기는 그 사람보다 더 형편없으면서도 욕을 한다. 이것은 어쩌면 남을 욕하는 인간의 본성인 것 같다. 자기는 불완전할지라도 상대방은 완전하기를 바라는 이기적인 인간의 마음을 아주 잘 말해 준다.

채워도 채워도 만족할 줄 모르는 인간의 욕망을 그 어느 누가 채워 주랴! 대체로 사람은 어떤 완전한 모델을 자기 마음속에 심어 놓고 항상 비교해 가며 남을 판단한다. 그러니 인간의 욕심은 끝이 없다. 이 세상 그 누구도 불만족을 해소시킬 수는 없다. 만족할 만한 이상적인 대상은 이 지구상에는 없다.

그러므로 남이 칭찬을 하든 비난을 하든 흔들릴 일이 아니다. 항상 자기 자신을 살펴, 잘못이 있다면 고쳐야 하고, 잘못이 없다면 평상심을 잃지 말아야 한다.

그러면 사람들의 말에 어느 정도 귀를 기울여야 할까? '당나귀와 아버지와 아들'이라는 우화가 있다.

어느 날, 아버지와 아들이 함께 당나귀를 팔러 가고 있었다. 아버지는 걷고 아들은 당나귀를 타고 갔다. 그러자 사람들이 욕을 했다.

"저런! 아비는 걷게 하고 저만 타고 가다니!"

이 말을 듣고 이번에는 아들은 걷고 아버지만 타고 갔다. 그런데 사람들은 또 욕을 했다.

"저 인정머리 없는 아비 좀 봐라. 아들은 걷게 하고 저만 타고 가다니!"

그래서 아버지와 아들이 당나귀를 함께 타고 가니, 사람들은 또다시 욕을 했다.

"불쌍한 당나귀를 두 사람이나 타고 가다니!"

결국 아버지와 아들은 당나귀의 발을 장대에 묶어 둘러메고 갔다. 사람들은 또 욕을 했다.

"저 바보들, 당나귀를 타고 가지 메고 가다니!"

그런데 다리를 건너다가 그만 장대가 부러져 당나귀는 물에 빠져 떠내려가 버렸다.

이 우화를 보면, 당나귀를 아버지가 타고 가도, 아들이 타고 가도, 둘이 타고 가도, 둘 다 타지 않고 걸어가도 사람들은 번번이 욕을 했다. 아버지와 아들은 사람들이 욕할 때마다 그들이 원하는 대로 행동을 바꾸었지만, 결국 낭패를 당하고 당나귀도 잃어버리고 말았다. 확고하고 바른 주관이 없으니 남이 이렇게 말하면 이렇게 하고, 저렇게 말하면 저렇게 한다. 이는 뚜렷한 자기의 올바른 소신이 없기 때문이다.

말 많고 탈도 많은 세상살이 어느 장단에 춤을 추어야 할까? 누가 이렇게 말하면 이렇게 하고, 저렇게 말하면 저렇게 하면서 계속 남의 이야기에만 귀를 기울이며 쫓아가다 보면, 나중에는 죽도 밥도 되지 않는다.

왜냐하면 사람들의 성향은 제각각 다 다르기 때문이다. 사람들이 말하는 것이 다 옳을 수는 없다. 뚜렷하고 올바른 소신이 있다면 욕먹는 것을 겁낼 일이 아니라, 남의 이야기를 참고로 듣고 수정할 것은 수정하면서 바르게 밀고 나가는 용기가 필요하다.

사람들이 비판할 때마다 덩달아 휘말려서 이리저리 마음이 요동을 친다면, 말 많고 탈도 많은 이 세상을 어떻게 견뎌 내겠는가! 사심 없는 바른 뜻을 세웠다면, 어느 누구도 이의를 제기할 수 없다.

이처럼 이 세상을 살아가는 한 칭찬과 비난에서 자유로운 사람은 아무도 없다. 중요한 것은 사심 없는 바른 견해에 기초했다면 뚜렷한 소신을 가지고 수정해 가면서 밀고 나가는 용기가 필요하다.

---

* **담마빠다**: 초기 경전 중에서 가장 고층에 속하는 경전이다. 순수, 단순, 소박한 게송 속에 응축된 진리를 담고 있다.

어떻게 마음을 쉽니까?

육신이 지치면 쉬어야 하는 것과 마찬가지로, 마음도 지치면 쉬어야 한다. 쉬지 못하는 마음은 불안하고 초조하며, 근심 걱정이 많아 항상 먹구름이 덮여 있고, 안정되지 못하고 붕 떠 있으며, 정신이 산란하고, 이 사람 저 사람 붙잡고 정신없이 떠들고, 자신이 무엇을 하는지조차 모른다.

이런 상황이 오도록 자신을 팽개쳐서는 안 된다. 바른 생각과 말과 행동을 잃지 않도록 스스로를 간수해야 한다. 모든 일을 멈추고 자신을 돌아보는 시간을 가져야 한다. 눈코 뜰 새 없이 바쁜 일상 속에서 마음을 쉬는 것은 어떤 값비싼 약보다 훨씬 더 마음을 건강하게 하는 약이기 때문이다.

그러면 어떻게 마음을 쉴까? 육신이 지치면 잠을 자고 휴식을 취하는데, 마음이 지치고 번뇌*로 가득할 때는 어떻게 쉬어야 할까?

> 진리를 깨달아 온전히 해탈한 사람은
> 마음이 차분하고, 말이 차분하고, 행동이 차분하다.
> 그는 온전히 평화롭고 온전히 평온하다. (담마빠다 96)

불교에서는 자신의 마음을 평안케 하는 수련을 '마음 챙김 수행법', 즉 '참선'이라고 한다. 번뇌로 가득 찬 마음을 비우는 수련이다.

참선은 수학 공식을 머릿속에서 푸는 작업이 아니며, 또한 논리적으로 추리하는 작업도 아니다. 진흙탕물이 가라앉으면 맑은 물이 되듯이, 마음의 온갖 번뇌를 가라앉혀 비우면 그 빈자리는 순수해지고 맑은 호수와 같이 투명하고 잔잔해진다.

그렇게 탐심, 성내는 마음, 미워하는 마음, 잘못된 마음을 차분히 가라앉히면, 비로소 현상이 지닌 그대로의 모습을 직관할 수 있는 지혜가 나온다. 이 지혜가 바로 우주의 실상을 바로 볼 수 있는 깨달음인 것이다.

마음 수련에서 가장 중요한 것은 자신의 마음이 탐욕으로 가득 차 있으면 바로 그 탐욕스런 마음을 알아차리는 것이다. 남을 미워하는 마음이 끓어오르면 바로 그 미워하는 마음을 알아차리는 것이며, 근심 걱정이 가득하면 바로 그 근심 걱정이 가득한 마음을 알아차리는 것이다.

마음이 가라앉아 현상의 모습을 직관하게 되면, 잘못된 생각이라는 걸 알아차렸다면, 그 즉시 손바닥을 뒤집듯이 생각을 바꾸어야 한다. 잘못된 생각인 줄 알면서 질질 끌려가고 잘못을 바꾸지 못한다면 그 바탕에는 집착과 우둔함과 우유부단함이 깔려 있는 것이다.

남을 미워하는 마음이라는 걸 알아차렸다면 그 즉시 그 마음을 바꾸면 천국이요, 바꾸지 못하면 지옥이다. 탐욕으로 가득한 마음이라는 걸 알아차렸다면 그 즉시 그 마음을 바꾸면 탐욕을 버릴 수 있고, 탐욕을 따라가면 자신을 더욱 추하게 만들 뿐이다.

너무 배타적인 마음이라는 걸 알아차렸다면 그 즉시 편협한 마음을 바꾸면 우주를 포용하는 열린 마음을 갖게 될 것이고, 배타적인 마음을 고수하면 자신만 우물 안 개구리가 될 것이다.

이처럼 마음을 알아차리는 것도 자기 자신이며, 마음을 바꾸는 것 또는 바꾸지 못하는 것도 자기 자신임을 알 수 있다. 남이 어쩔 수 없다. 아무리 훌륭한 스승이 훌륭한 가르침을 편다 해도, 그 가르침을 귀담아 듣고 배우고 따르는 것은 모두 자신에게 달린 것이다.

멈추지 않고 달리기만 하는 바쁜 현대인, 잠깐 멈추고 마음을 쉬어 가면 어떨까?

걸림 없는 대자유인

들판을 넘실대는 바람처럼 그렇게 자유로울 수 있을까? 아름다운 들꽃이 피어 있는 시골의 들녘처럼 그렇게 평화로울 수 있을까? 자유는 무엇인가? 대자유인은 누구인가?

진정한 자유인이 되지 못하는 이유는 무엇일까?

그것은 집착이 원인이다. 물질에 집착하면, 어떻게 해서라도 소유하려는 욕심에 사로잡히기 때문에 그는 물질로부터 자유롭지 못하다. 명예에 집착하면, 투쟁을 해서라도 한자리하려는 욕심에 사로잡히기 때문에 명예욕으로부터 자유롭지 못하다. 희로애락의 감정에 집착하면 평온함을 잃게 되니 감정에서 자유로울수가 없다.

그러면 걸림 없는 대자유인이 되기 위해 어떻게 하면 집착으로부터 벗어날 수 있을까?

좋아하는 사람도 두지 마라
싫어하는 사람도 두지 마라.
좋아하는 사람과 만나지 못함은 괴로움이요
싫어하는 사람과 만나는 것도 또한 괴로움이다. ·
그러므로 사랑도 미움도 없는 사람은 걸릴(구속) 것이 없다.

(담마빠다 210, 211)

우리네 삶의 이야기들은 사랑과 미움을 두 축으로 해서 희로애락이 끊이지 않는다. 이 게송의 핵심은, "사랑도 미움도 없는 사람은 걸림 없는 대자유인이다"라는 말에 있다. 여기에서 좋아하는 사람도 싫어하는 사람도 두지 말라는 말은 지나친 집착을 경계한 것이지, 인간관계를 부정하는 말은 아니다. 왜냐하면 이런 집착은 사람을 옭아매서 자유롭지 못하게 하기 때문이다.

지극한 도는 어렵지 않네,
버릴 것은 오직 간택심(분별심)뿐,
밉다 곱다 마음 없으면 툭 트여 명백하리라. ─승찬 스님*

누군가를 지나치게 좋아하면 집착하게 되고, 집착하면 자신과 상대방을 옭아맨다. 그런가 하면 미움은 자기와는 다른 어떤 것을 포용하지 못할 때, 곧 '자기만 옳다'는 이기적인 마음에서 일어난다. 미움이 일어나면 마음이 편치 않고 마음을 얽어매니 자유롭지 못하다. 이렇듯 사랑하는 것도 미워하는 것도 이기적인 사슬에 묶이게 되니 마음이 자유롭지 못한 것이다. 그러나 좋고 싫음의 분별에 집착하지 않으면 탁 트여 자유로울 수 있다는 말이다.

그러면 걸림 없는 대자유인이 되기 위해서는 어떻게 해야 할까? 어떻게 하면 치우치지 않는 평정한 마음을 유지할 수 있을까? 평정한 마음은 중도의 마음이다. 어느 쪽에도 지나침이 없는 상태를 말한다. 평정한 마음은 명상 수행의 가장 마지막 단계로, 사랑도 미움도 슬픔도 기쁨도 모두 초월해서 흔들리지 않는 마음, 어떤 감정에도 치우치지 않는 마음이다.

사실 인생은 그렇게 기뻐할 일도, 그렇게 슬퍼할 일도, 그렇게 낙담할 일도 없다. 순경과 역경은 바다의 파도처럼 번갈아 가며 우리를 찾아오며, 기쁨도 슬픔도 젊음도 잠시뿐이다. 이것은 존재하는 모든 것의 실상이며, 찰나적으로 변하는 무상의 진리다.

평정의 마음은 일이 잘되었다고 교만하지 않으며, 일이 잘 안되었다고 낙담하지 않는다. 다만 어느 경우에도 현재에 최선을 다할 뿐 일의 결과에 집착하지 않는다.

"깊은 숲 속에 사는 평화롭고 청정한 수행자는,

하루 한 끼만 먹는데도 어떻게 얼굴빛이 그렇게 평온합니까?"

"지나간 과거를 슬퍼하지 않고,

오지 않은 미래를 열망하지 않으며,

현재에 충실하기 때문에 얼굴빛은 그렇게 평온하다네.

오지 않은 미래를 열망하고,

지나간 과거를 슬퍼하는 어리석은 사람들은,

베어진 푸른 갈대처럼 그렇게 시든다네." (상윳따 니까야* 1.1:10)

이 말씀에서와 같이 과거는 이미 지나갔다. 과거를 돌아보는 것이 현재의 성장을 위한 것이 아니라면 부질없이 과거에 연연하는 것은 아무 소용이 없다.

우리는 한 치 앞도 내다볼 수 없으며, 당장 내일 무슨 일이 일어날지 아무도 모른다. 그러므로 오지 않은 미래를 걱정으로 얼룩지게 하는 것이 무슨 의미가 있겠는가? 다만 현재를 열심히 최선을 다해서 살 뿐, 지나간 과거에도 집착하지 않고, 오지 않은 미래에도 집착하지 말아야 한다. 왜냐하면 최선을 다하는 현재의 연속이 바로 미래이기 때문이다.

걸림 없는 대자유인은 어디에도 집착하지 않고, 지금 바로 이 순간을 가장 충실히 사는 사람이다.

---

* **승찬 스님(?~608):** 중국 스님. 선종은 달마, 혜가, 승찬으로 이어진다.
* **상윳따 니까야:** 이 책에 나오는 모든 경전은 초기 경전인 빠알리 경전에서 선별한 것이다. 상윳따 니까야는 주제가 같은 것끼리 함께 묶은 경전으로 단순, 소박하고 번다한 내용이 없는 고층에 속하는 경전이다. 그러나 어떤 장황한 설명보다 더 감동적인 경전이다.

죽을 때 무얼 가지고 가는가?

죽을 때 무얼 가지고 갈까? 죽을 때 내 것이라고 할 것이 있을까? 한번 태어난 것은 반드시 죽게 마련이다. 죽을 때 무얼 가지고 가는지 살펴보자.

"정말로 내 것이라고 할 것이 있는가?
죽을 때 무얼 가지고 가는가?
그림자가 항상 따라다니듯 무엇이 사람을 따라다닐까?

공덕(선행)과 악행 두 가지는 사람이 이 세상에서 지은 것,
이것이야말로 진정으로 자기의 것이다.
죽을 때 이것을 가지고 간다.

그림자가 항상 따라다니듯 이것이 따라다닌다.

그러므로 사람은 선행을 닦아야 한다.

공덕은 저 세상에서 든든한 후원자다." (쌍윳따 니까야 3.1:4)

이처럼 죽을 때는 사랑하는 가족들과 일생 동안 땀 흘려 모은 재산을 다 두고 빈손으로 떠나야 한다. 남 주기 아까워 이것저것 쌓아 놓은 물건들은 이 사람 저 사람이 가져갈 것이다. 아니면 모두 쓰레기통으로 들어갈 것이다.

여기서 분명한 것은 '다 두고 가야 한다는 것', 그래서 '집착을 하지 말아야 한다는 것'과 '죽기 전에 많은 공덕을 쌓아야 한다는 것'이다. 이런 가르침은 저 세상에서 행복을 누리기 위한 것이기 이전에 살아 있는 동안 공덕을 지어 이 세상을 극락세계로 만들어야 함을 일깨운다.

공덕(선행)을 쌓는 일은 남에게 베풂으로써 남을 기쁘게 하지만, 결과적으로는 자신이 더 큰 기쁨과 보람을 느낀다.

굉장한 재벌가들 중에 사회를 위해 공공 도서관을 짓고, 병원을 짓고, 아프리카에 학교를 세우는 등 자신이 번 돈을 많은 사람들을 위해 기꺼이 사회에 환원하는 이들을 종종 본다. 의사의 손길이 닿지 않는 벽촌에 정기적으로 무료 의료 진료를 나가는 의사들, 재난이 일어난 곳에 찾아가서 자원봉사를 하는 사람들, 노숙자들을 위해 음식과 옷을 나누어 주고 그들을 위해 일하는 사람들, 마실 물조차 귀한 가난한 나라에 가서 많은 우물을 파 시원한 물을 공급해 주는 사람들, 양로원에서 노인들을 위해 목욕이나 노래 봉사를 하는 사람들 등과 같이 선행과 공덕을 쌓아 나가는 수많은 사람들이 있다.

우리들이 일상생활에서 할 수 있는 아주 작은 선행은 곳곳에 널려 있다. 차 없는 사람을 태워 주는 일, 떡이나 음식을 이웃과 나누어 먹는 일, 공공 화장실을 사용한 후 다음 사람을 위해 깨끗이 해놓는 일, 공공 수돗물을 마신 뒤 물기를 닦는 일, 친절하고 부드러운 말을 건네는 일, 물음에 귀찮아하지 않고 미소 띤 얼굴로 답하는 일, 많은 사람이 식사한 후에 남이 하기 싫은 설거지를 기쁘게 하는 일 등 선행을 닦을 기회는 헤아릴 수 없이 많다.

인생은 짧다.

나도 좋고 남도 좋은 공덕을 쌓아 보자.

이것이 가장 가치 있는 삶이 아닐까?

베푸는 마음 자세

대부분의 사람들은 자신이 남에게 재물이나 선을 베풀었을 때 흔히들 그 보상을 기대한다. 그러고는 자신이 베푼 만큼 보상이 돌아오지 않으면 섭섭해 하거나 심지어는 원망을 하기도 한다.

이때 베푸는 사람들의 마음 자세는 다음과 같이 다양하다.

- 아무런 생각 없이 그냥 스스로 베푸는 사람,
- 받았기 때문에 갚아야 한다는 생각에서 베푸는 사람,
- 언젠가는 받으리라는 생각에서 베푸는 사람,
- 좋은 평판을 얻겠다는 속셈에서 베푸는 사람,
- 마음이 풍요롭고 기분이 좋아진다는 생각에서 베푸는 사람이 있다. *(앙굿따라 니까야* 8부 31)*

이 가운데서 베푸는 사람의 가장 훌륭한 태도는 아무런 이해
타산 없이 조건을 따지지 않고 그냥 베푸는 첫 번째 사람이다.
베풀 때의 가장 중요한 마음 자세는 일단 베풀기로 했으면 마음
속에 어떤 조건도 두지 말아야 하며, 기대도 하지 말아야 한다.
곧 '베풀었다'는 상(생각, 자랑)을 갖지 말아야 한다. 마음속에 베
풀었다는 생각을 갖지 않는다면 대가가 없다고 섭섭할 일이 있
겠는가?

여기서 분명한 것은 자기의 돈이나 재산, 아니면 소중한 시간
을 베푼다는 것은 이기적인 사람은 하기 어려운 일이라는 사실
이다. 더구나 이렇듯 하기 어려운 일을 하고도 상을 내지 않기란
더더욱 어려운 일이다.

그런데 베푸는 사람에게는 상을 내지 말라고 하고, 받는 사람
은 당연한 것처럼 받는 데 익숙하다면, 이것도 곤란한 일이다.
어떤 의미로는 이것이 다 빚이기 때문이다. 자신이 받았으면 그
것을 또 다른 사람에게 베풀어야 빚을 갚는 것이 아니겠는가.

어떤 사람은 "먹고살기도 빠듯한 처지에, 남에게 베풀고 말고
할 게 뭐가 있느냐"고 말하는 사람도 있다. 그러나 가진 것이 많
고 적고를 떠나 많으면 많은 대로, 또 적으면 적은 대로 정성스
런 마음을 내는 자세가 중요한 것 같다.

또한 베푼다는 것은 물질만 베푸는 것을 의미하지 않는다. 자
신의 소중한 시간을 할애하는 것을 비롯해, 따뜻한 말 한마디,

미소 띤 얼굴, 친절한 배려, 덕성스런 말을 베푸는 것 등 선을 베푸는 방법은 아주 다양하다.

어떤 이는 조금만 있어도 베풀고
어떤 이는 많아도 베풀지 않는다네.
조금만 있어도 베푸는 보시*는
천 배의 가치가 있다네.

주기 어려운 것을 주는 사람들,
하기 어려운 것을 하는 사람들,
옳지 못한 사람은 흉내 낼 수 없으니
옳은 사람의 가르침은 따르기 쉽지 않네. (상윳따 니까야 1.4:2)

모든 재산과 함께
이 몸도 끝내는 버려야 하니
지혜로운 이여!
이것을 알아 자신도 즐기고 보시도 하세

음식을 베푸는 사람은 남에게 힘을 주는 사람이며
의복을 베푸는 사람은 남에게 아름다움을 주는 사람이며
탈 것을 베푸는 사람은 남에게 편안함을 주는 사람이며
등불을 베푸는 사람은 남에게 밝은 눈을 주는 사람이며

살 집을 베푸는 사람은 남에게 모든 것을 주는 사람이다.
그러나 그보다도 부처님 가르침을 베푸는 사람은
남에게 윤회*의 해방을 주는 사람이다. (상윳따 니까야 1.5:1-2)

베푸는 것은 이처럼 훌륭한 행위지만, 그 내용물이 어떤 상태인지 살피는 것도 중요하다.

흔히 사람들은 음식이나 식품 등을 남과 주고받는다. 음식이나 식품은 싱싱할 때 남에게 주어야 한다. 그런데 냉장고에 넘쳐나는 음식, 안 먹는 것들을 치우기 위해, 또는 버리기 아까워서 이미 신선도가 떨어진 음식이나 식품을 준다면, 고맙다는 인사를 받기는커녕 십중팔구 욕을 먹고 말 것이다. 남에게 식품이나 음식을 줄 때는 내가 맛있게 먹을 만한 싱싱한 것이 아니면 주지 말아야 한다. 뚜껑을 이미 개봉한 것을 주는 것도 큰 실례다.

베풀되 조건 없이 베풀고, 베풀었다는 상(생각, 자랑)을 갖지 말자. 친절한 말 한마디, 미소 띤 얼굴, 덕담 등 좋은 것들을 많이 베풀어 공덕을 쌓아 보자.

---

* **앙굿따라 니까야**: 숫자에 따라 같은 숫자의 경끼리 묶은 경전으로, 예를 들면 4성제, 5온, 6근, 7각지, 8정도와 같은 숫자에 따라 편집한 경전을 말함. 다른 경전보다 후대에 성립된 것 같다.
* **보시**: 남에게 베푸는 것.
* **윤회**: 태어나고 죽고 다시 태어나고를 거듭하는 것.

성내는 마음 다스리기

자기에게서 일어나 자기 자신을 파괴하는 가장 무서운 감정은 무엇일까? 그것은 화내는 것이 아닐까? 화가 나는 근본 원인은 무엇일까?

여러 이유가 있겠지만 누군가가 터무니없이 자신을 비난하고 화를 낼 때, 사회의 부조리와 인간성 타락 등으로 인한 심적인 충격을 받았을 때, 인격적인 모욕을 받았을 때, 세상만사가 자기 뜻대로 되지 않을 때, 차별 대우를 받았을 때 등 다양할 것이다.

불교 명상에서는 화가 날 때 화나는 그 마음을 즉각적으로 알아차리고 꿰뚫어 관찰하도록 가르친다. 그렇게 하면 화 자체가 마음을 어지럽히지 못하고, 화에 끌려가지도 않으며, 화에 정복

당하지도 않는다. 즉 화나는 마음을 관찰함으로써 화가 자기 자신에게 들어오지도 못했으니, 화남으로 인한 그 어떤 영향도 받지 않는다는 말이다. 그러므로 화가 나지도 않고, 화가 마음에 쌓이지도 않는다.

그러나 만일 화가 날 때 화나는 마음을 곧바로 알아차리지 못하면, 그냥 있는 대로 화를 내게 되고 화에 휘말리게 된다. 아무리 공덕(선행)을 많이 쌓고 덕성을 갖추었더라도, 화 한번 내면 지은 공덕이 다 무너진다고 한다.

그러면 정당한 경우에 화를 내는 것은 좋은가, 화를 내지 않는 것이 좋은가? 어떤 사람들은 화가 날 때는 마음껏 소리 지르고 화를 내서 스트레스를 해소하라고 말한다. 그러나 불교에서는 아무리 정당한 경우라도 화를 내지 말라고 가르친다. 왜일까?

원한을 원한으로 갚을 때
원한은 결코 사라지지 않는다.
원한은 자애(慈愛)에 의해서만 사라진다.
이것은 영원한 진리다. (담마빠다 5)

이처럼 화내는 사람에게 같이 화를 내고 극도로 자기주장으로 치달릴 때, 바른 판단력을 가지고 말할 수 없을 뿐더러 사태가 더 나빠진다는 것이다. 물론 자신에게 아무런 잘못이 없는데도 무조건 화내지 말고 참기만 하라는 이야기는 아니다. 상대방이 좀 진정되었을 때 적당한 기회를 봐서 차근차근 그의 말이 옳지 않고 사실이 아니라고 이야기할 수도 있을 것이다.

즉, 화로 들끓는 마음으로 말하는 것이 아니라 평온한 가운데 차분히 대화를 하라는 말이다. 이런 상황이라면 화를 낸 사람이 오히려 부끄러워하며 자신의 경솔함을 뉘우칠 것이다.

제관(브라흐민)인 악꼬사까 바라드와자는 자기 가문의 제관이 부처님께 출가했다는 소문을 듣고 화가 나고 불쾌했다. 그래서 부처님을 찾아가 거칠고 상스러운 말투로 욕설을 퍼부었다.

부처님은 그의 욕설을 다 듣고 난 후에 말씀하셨다.

"제관이여, 그대의 친구나 친척이나 손님들이 당신을 찾아 옵니까?"

"가끔 옵니다."

"그러면 당신은 그들에게 다과나 음식을 대접합니까?"

"어떤 때는 대접하지요."

"만일 그들이 그 음식을 받지 않는다면 그 음식은 누구의 것이 됩니까?"

"그들이 음식을 받지 않으면 그것은 나의 것이 됩니다."

"그와 마찬가지로 제관이여, 그대는 욕하지 않는 나를 욕하고 꾸짖지 않는 나를 꾸짖고 악담하지 않는 나에게 악담을 했소. 이런 욕설들을 나는 받지 않겠소. 그러니 그것은 모두 당신

것이오! 욕하는 사람에게 욕하고 꾸짖는 사람에게 꾸짖고 악
담하는 사람에게 똑같이 악담하는 사람은, 마치 음식을 서로
나누어 먹고 서로 주고받는 것과 같소. 나는 당신의 음식을 함
께 먹지 않으며 주고받지도 않을 것이오. 그러니 그것은 모두
당신의 것이오."

"왕과 그의 신하들은 사문 고따마가 깨달은 사람이라고 믿
고 있습니다. 그렇지만 지금 고따마 존자님은 화를 내는 것이
아닙니까?"

이에 부처님은 게송으로 말씀하셨다.

성냄이 없는 사람, 바른 삶으로 잘 길들여진 사람,
조화롭게 사는 사람, 바른 지혜로 해탈한 사람,
평온 속에 머무는 사람에게
어디에서 성냄이 일어나리오.

성내는 사람에게 같이 성내는 사람은
사태를 더욱 나쁘게 만들 뿐이오.
성내는 사람에게 같이 성내지 않는 사람은
이기기 어려운 전쟁에서 이기는 사람이오.

상대방이 화를 내고 있다고 알아차릴 때
그는 마음 집중으로 평안 속에 머뭅니다.

그는 자기 자신과 남을 위해
그리고 양쪽의 이익을 위해 수행합니다. (상윳따 니까야 7.1:2)

  보통 사람들은 상대방이 얼토당토않은 욕설을 퍼붓는다면 십
중팔구 같이 화를 내고 싸움을 한다. 그러나 앞에서 볼 수 있듯
이 부처님은 상대방에게 말려들어 같이 화를 내는 것이 아니라,
상대방의 화내는 모습을 직시하고 마음 챙김에 머물고 있음을
알 수 있다.
  성내고 있다는 사실을 알아차리고 관찰할 때 성냄은 일어나지
않는다. 성나는 마음조차 없는데 참고 말고가 어디 있겠는가? 관
찰과 마음 집중으로 성냄이 다 걸러져서 성을 내지 않게 된다.

숙련된 마부가 달리는 마차를 제어하듯
성내는 마음을 자제할 줄 아는 사람을
나는 진짜 마부라고 부른다.
다른 사람은 다만 고삐만 잡고 있다. (담마빠다 222)

비록 전쟁터에서 백만 대군을 정복한다 해도
그러나 자신을 정복하는 사람이야말로
가장 훌륭한 승리자다. (담마빠다 103)

  그런데 어떤 사람은 성내야 할 때는 마음껏 크게 성을 내야 한

다고 말하는 사람도 있다. 그러나 그 성낸 결과는 자신을 다치게
하고 남도 다치게 한다. 물론 마음의 평화도 깨진다. 서로 간의
화목에 금이 가는 것도 당연하다. 성냄은 더 큰 성냄을 불러오
며, 폭력으로 이어지기 쉽다. 성내고 싸울 때는 이성이 마비되어
바른 판단을 할 수 없기 때문이다.

성내는 마음에서 바른 판단력 나올 수 없고
차분하고 침착한 마음에서 바른 판단력 나온다네.
성냄에 휘말려 성 한번 내면
지금까지 쌓은 공덕 물거품이 된다네.

세상을 살다 보면 성나는 일 많지만
성나는 마음 돌려 평안 속에 머물면
평화로운 극락세계 따로 없다네.

외뿔소의 뿔처럼 혼자서 가라

"군중 속의 고독"이란 말이 있다. 아무리 친구가 많아도, 아무리 많은 사람들 속에 둘러싸여 있어도 사람은 고독을 느낀다. 그래서 대부분의 사람들은 가족이나 배우자에게 의지하고, 친구를 의지하고, 전화를 하고 찾아가는 등 서로서로 의지하며 살아간다. 그런데 이런 세속의 관례와는 다르게, 부처님은 '남을 의지하지 말고 자신을 의지하라'고 가르치셨다.

"네 자신에 의지하고 다른 것에 의지하지 말라.
가르침에 의지하고 다른 것에 의지하지 말라." (상윳따 니까야 47:9)

"네 자신에 의지하라"는 말은 무슨 뜻일까? 왜 부모에게 의지하

라, 자식에게 의지하라, 또는 배우자에게 의지하라고 하지 않았을
까? 왜 남에게 의지하기보다 '자신에게 의지하라'고 하셨을까?

'의지한다'란 말은 강한 신뢰를 가지고 남을 믿는 마음이다. 그
러나 수많은 비극이 여기에서 생겨난다. 다른 가치관, 다른 인생
관, 다른 주관, 다른 철학, 다른 성향, 다른 성격을 가진 사람들이
서로 의지하며 산다는 것은 쉬운 일이 아니다. 부모 자식 간의 관
계도 마찬가지다. 남과 더불어 살면서 자기가 원하는 대로 살 수
만은 없다. 거기에는 크나큰 포기와 하심*과 희생이 따른다.

어떤 면에서 볼 때 남이 자기 맘에 들게 해 주기를 기대한다는
것 자체가 착각인지 모른다. 우리 모두는 다 불완전한 인간인데,
이처럼 불완전한 인간을 의지한다는 것은 모험인지도 모른다.
그리고 불완전함은 항상 실망과 좌절과 오해와 불협화음을 가져
온다. 그 결과 자기 소신이 확고하지 않을 때는 '혼자'라는 적막
감이 엄습해 오기도 한다. 그러나 홀로 던져진 존재인 우리의 인
생은 홀로 왔다가 홀로 가는 것이다. 자신의 삶을 어느 누가 대
신 살아 줄 수도 없으며, 자신의 삶은 자신이 결정해야지 어느
누가 결정지어 줄 수도 없다.

자기 자신을 의지하려면 자기 내면의 뜰을 풍부하고 알차게
가꾸어야 한다. 내면의 성숙과 수행을 위해 노력과 시간을 투자
해야 한다. 혼자 있어도 항상 충만해서 모자람이 없도록 말이다.
그리고 괴로울 때나 슬플 때나 기쁠 때나 항상 등불이 되어 길을

밝혀 주는 것은 부처님의 가르침이니(기독교인이라면 성경 말씀), 그 가르침에 의지할 것이지 불완전한 인간에 의지할 일도 아니요, 그 어떤 위안물을 찾아 헤맬 일도 아니다.

좋은 친구를 만났다면 그것은 행운이고, 그렇지 못하다면 혼자서 가라고 가르친다.

"행동이 바르고, 지혜롭고, 그대에게 적합한
분별 있는 친구를 만났거든 모든 장애를 극복하고
깨어 있는 마음으로 기쁘게 그와 함께 가라.

행동이 바르고, 지혜롭고, 그대에게 적합한
분별 있는 친구를 만나지 못했다면
정복한 나라를 버리고 떠나는 왕처럼
숲에 사는 코끼리처럼 그렇게 혼자서 가라." (담마빠다 328, 329)

"소리에 놀라지 않는 사자처럼,
그물에 걸리지 않는 바람처럼,
더러운 물에 물들지 않는 연꽃처럼,
외뿔소의 뿔처럼 혼자서 가라." (숫따니빠따* 71)

.... * 하심(下心): 마음을 낮추어 겸손한 것.
* 숫따니빠따: 초기 경전 중에서도 원형은 붓다 재세 시까지 거슬러 올라가는 고층에 속하는 경전으로 단순, 소박한 표현 속에 응축된 심오한 진리를 담고 있다.

으뜸가는 행복

행복, 삶의 궁극적인 목적은 행복이 아닐까? 그래서 행복하게 살기 위해 공부를 하고, 일을 하고, 돈을 벌고, 수행을 하고, 더 불어 사는 것 같다. 행복에도 여러 종류가 있는데, 가장 으뜸가는 행복은 무엇일까?

"사람들은 모두 행복을 바라고
행복에 대해 생각하고 있습니다.
무엇이 으뜸가는 행복인지 말씀해 주십시오."

이에 부처님은 말씀하셨다.

"어리석은 사람과 가까이하지 않고
지혜로운 사람과 가까이하며
공경할 만한 사람을 공경하는 것
이것이 으뜸가는 행복이다.

부모를 봉양하고 아내와 자식을 돌보고
일이 혼란스럽지 않고 한결같으니
이것이 으뜸가는 행복이다.

너그럽게 베풀고 바르게 살고
친구와 친척을 돕고 비난받지 않는 행동을 하니
이것이 으뜸가는 행복이다.

악행을 버리고 술을 삼가고
가르침을 행함에 부지런하니
이것이 으뜸가는 행복이다.

겸손하고, 만족하고, 감사하고
때맞추어 가르침을 듣는 것
이것이 으뜸가는 행복이다.

인내심이 있고, 순응하고, 공손하며

때맞추어 수행자를 만나서 가르침을 논의하니
이것이 으뜸가는 행복이다.

세상일에 부딪쳐도 마음이 흔들리지 않고
슬픔과 티가 없이 평온하니
이것이 으뜸가는 행복이다. (숫따니빠따 2편 4)

행복의 요건 중에서 사람과의 만남은 아주 중요한 것 같다. 친구의 만남, 부부의 만남, 직장에서의 만남, 단체 구성원의 만남 등등. 이런 만남에서 누구와 친구가 되느냐는 아주 중요한 일이다.

"자기보다 훌륭하거나 비슷한 사람을 만나지 못했거든
굳건히 혼자서 갈 것이지 어리석은 자와 벗하지 말라."

(담마빠다 61)

또한 행복의 요건으로 중요한 것은 지나간 과거에 집착하지 않고, 미래를 걱정으로 얼룩지게 하지 않으며, 현재에도 집착하지 않는 것임을 붓다는 가르치고 있다.

지나간 것의 환상에 사로잡혀 아쉬워하지 말며
새로운 것에 만족해서 안주하지 말며
사라져 가는 것들을 슬퍼하지 말며

욕망이 이끄는 대로 끌려 다니지 말라.

과거를 불살라 버리고
미래도 한쪽 옆으로 치워 놓고
현재도 집착으로 움켜쥐지 않으면
평화로운 평온한 길을 유행하리라.

내 것이라는 생각이 전혀 없는 사람은
없다고 해서 슬퍼하지 않으며
잃음으로 괴로워할 일이 없다. (숫따니빠따 4편 15)

으뜸가는 행복이 여러분 곁에 함께하기를 기원드린다.

달과 같이 너 자신을 멀리하라

성직자들에게 사람들, 특히 신도들과의 관계는 매우 중요하다. 너무 가까워도 안 되고 너무 멀어도 안 된다. 그러므로 중도적인 절제가 필요하다.

이에 대해 붓다는 제자들에게 아주 쉬우면서도 명확한 가르침을 주셨다.

"그대들은 남의 집에 갈 때
몸과 마음을 달처럼 멀리하고
항상 새로 오는 사람처럼 행하며 가족들에게 겸손하게 대해야 한다.
마치 오래된 우물이나 절벽이나 가파른 강둑 위에서

아래를 내려다보는 것처럼,
몸과 마음을 멀리하고 가족들을 대해야 한다."

이어서 부처님은 허공에 손을 휘저으면서 말씀하셨다.

"이 손이 허공을 붙잡지도 않고,
허공에 붙잡히지도 않고,
허공에 묶여 있지도 않듯이,
이와 같이 남의 집을 방문할 때는
사람들 사이에 사로잡히지 말고,
집착하지 말고, 묶여 있지 말고, 다만 생각하기를
'이익을 얻고자 하는 이는 이익을 얻기를,
공덕을 얻고자 하는 이는 공덕을 얻기를!' 이라고 생각한다.
그는 다른 이가 이익을 얻는 것을 자기의 이익처럼 기뻐한다.
이런 사람이 남의 집을 방문하는 훌륭한 태도를 가진 사람
이다." (상윳따 니까야 16:3)

위의 가르침은 바로 붓다가 제자들을 가르치는 스타일이다.
붓다는 어떤 어려운 문자를 써 가며 알 듯 모를 듯한 애매한 가
르침을 주지 않았다. 배운 사람이든 배우지 못한 사람이든 선명
하게 이해할 수 있고, 아주 단순한 가르침이지만 마음을 울리는
가르침을 주셨다.

이 가르침은 스님뿐만 아니라 모든 성직자들, 나아가 모든 사람들에게도 해당되는 것이다.

"남의 집에 갈 때 몸과 마음을 달처럼 멀리하고 항상 새로 오는 사람처럼 행하며……" 하는 구절은 소박하면서도 아주 아름다운 표현이다. '달처럼 멀리하라'는 뜻은 적당한 거리를 두라는 말씀이다.

인간관계에서 너무 가까이 대하다 보면 상대방의 장단점을 훤하게 꿰뚫어 존경심이 사라지고, 함부로 대하기 쉽고, 작은 일에도 오해를 하고 시비를 일으키고, 급기야는 원수가 되기도 한다. 그러니 인간관계는 적당한 거리를 두어야 한다는 뜻이다. 성직자들로서는 사무치게 새겨야 할 교훈인 것 같다.

새로 오는 사람, 즉 처음 만나는 사람은 서로 조심하고 예절을 갖춘다. 아주 신사적으로 대한다. 가까울수록 예절을 지켜야 한다. 그러니 항상 이런 마음으로 사람들을 대하라는 가르침이다.

손과 허공에 대한 예문은 쉬우면서도 핵심을 잡아내는 말씀이다. 어떻게 그렇게 쉽고 간결하게 말씀하셨을까. 저절로 감탄이 된다. 손은 어떻게, 어떤 방향으로 움직이든 자유자재하다. 이처럼 인간관계에 집착하지 말고 자유로워야 함을 가르친다. 사람들에게 집착하면 사로잡히게 되고, 묶이게 된다. 그러다 보면 번뇌의 소용돌이에 휩싸인다. 붓다는 제자들에게 이런 인간관계를 경계한 것이다.

이와 같이 어디에도 집착하지 않는 자유로운 인간관계를 강조한 다음 끝 구절의 '남이 이익과 공덕을 얻는 것을 자기의 이익처럼 기뻐한다'는 내용은 바로 빼어난 복지의 가르침이다.

사람들에게 가장 필요한 것은 그들에게 이익을 주고 행복을 주는 것이다. 그래서 음식을 공양*하는 것도 큰 공덕을 짓는 일이며, 이런 공덕에 대해 붓다의 제자들은 음식 공양 후에 보시자의 이익을 위해 법문을 하고 축복을 주었다.

> 지체 높은 집안에서 받는 존경과 공양은
> 참으로 수렁과 같음을 알아야 한다. (테라가타* 494)

> 예리한 창은 뽑아내기 힘들다.
> 범인(凡人)은 명예나 존경에 초연하기 어렵다. (테라가타 495)

> 성자는 구하는 바 없이 만족하며
> 누구든 너무 가까이하지 않는다. (테라가타 581)

"달과 같이 너 자신을 멀리하라." ─그렇다. 인간관계는 적당한 거리가 필요하다.

---

* **공양**: 음식이나 물건, 재능, 덕담, 가르침 등을 남에게 베푸는 것.
* **테라가타**: 붓다의 제자였던 장로 비구들의 깨달음과 수행, 해탈의 기쁨을 모은 게송. 해탈이란 온갖 바람직하지 못한 것들이 완전히 소멸한 경지를 말함.

겉만 보고 판단할 수 없다

'사람을 겉모양으로 판단하지 말라'는 붓다의 명쾌한 가르침이 있다.

꼬살라국의 빠세나디 왕*이 부처님을 방문해 승원 회랑에 앉아 담소를 하고 있었는데, 그때 멀지 않은 거리에서 여러 명의 나체 고행자, 방랑 수행자, 결발 고행자*가 더부룩한 털을 하고 필수품 꾸러미를 들고 지나갔다.

이들이 다 지나간 후 빠세나디 왕이 부처님께 물었다.

"부처님, 저들은 깨달은 사람들입니까? 아니면 깨달음의 길에 들어선 사람들입니까?"

"대왕님, 세속에 사는 사람이 그것을 안다는 것은 어려운 일입니다.

그가 계행을 지니고 있는지는 함께 살아 보아야 알 수 있습니다.

그가 청정한지 어떤지는 함께 대화를 해보아야 알 수 있습니다.

그가 지혜가 있는지는 토론을 해보아야 알 수 있습니다.

그것도 짧은 시간에는 알 수 없고 긴 시간이 지난 후에야 알 수 있습니다.

또한 주의 깊어야 알 수 있지 주의가 깊지 않으면 알 수 없습니다.

또한 지혜로워야 알 수 있지 우둔하면 알 수 없습니다.

사람은 겉으로 드러난 모양으로는 쉽게 알 수 없고

잠깐 슬쩍 보아서도 알 수 없습니다." (상윳따 니까야 3:2.1)

그런데 사람들은 보통 첫인상을 놓고 '고집이 세게 생겼다느니, 인물이 너무 못생겼다느니, 표정이 거만하다느니, 미련해 보인다느니' 등 여러 선입관을 내세우기 쉽다.

많은 사람들이 이런 이야기를 한다. "어떤 사람을 잘 알려면 그와 함께 여행을 해보아라"라고. 이 말은 많은 시간을 함께 보내면 그의 마음 씀씀이, 생각과 행동의 흐름, 남에 대한 배려, 미처 알지 못했던 그의 습관 등을 살필 수 있기 때문이다.

또한 많은 대화를 나누어 보면 그에 대한 많은 것이 드러난다. 그가 어떤 유형의 사고방식을 가진 사람인지, 안온한 성격인지 불같은 성격인지, 남의 시비를 일삼는 성격인지, 자기만 옳다는 독불장군인지, 남을 원만히 감싸 줄 수 있는 폭넓은 인격의 소유자인지, 현상을 바로 볼 수 있는 견해를 가지고 있는지, 물질이나 돈 또는 인간 됨됨이 중에서 어느 쪽에 더 큰 가치를 두고 있는지 등이 많이 드러난다.

또한 역경에 처했을 때 그가 얼마나 불굴의 정신을 가지고 있는가를 알 수 있다. 이 세상을 헤쳐 가며 살아가는 일은 쉽지 않다. 그러니 거친 풍파를 만나기도 하고 순풍을 만나기도 하고, 많은 돈을 벌기도 하고 하던 사업이 망하기도 한다.

그런데 역경을 만났을 때 어떤 사람은 짓눌려 자포자기한 채 술만 마시고, 한없는 슬픔의 구렁에 빠져서 헤어나지 못한다. 하지만 또 다른 사람은 '사람이 살다 보면 어떻게 좋은 일만 있겠는가. 누구든지 잘될 수도 있고 때로는 망할 수도 있지. 이게 세상살이 아닌가' 라고 생각한다. 이런 사람은 불굴의 투지로 자신의 역경을 극복하는 사람이다.

흔히 사람들은 잘생긴 얼굴에 호감을 느낀다. 그러나 잘생겼나 못생겼나 하는 겉으로 들어난 모양에 너무 집착하다 보면, 실상 중요한 것을 놓칠 수도 있다. 그러니 얼굴도 마음도 아름다우면 금상첨화겠지만, 겉으로 드러난 외모에만 치우쳐 속이 더럽다는 사실을 깨닫지 못하면 어찌하겠는가.

어떤 사람은 "흑인은 질적으로 아주 나빠요. 꼭 고릴라 같지 않아요?"라고 말하기도 한다. 흑인들은 빈곤층이 많다 보니 범죄율도 높고, 검게 생겨서 점수를 따지도 못한다. 그러나 아주 마음씨 고운 훌륭한 흑인도 많다. 흑인이지만 미스 미국에 당선된 여자도 있고, 오바마 대통령처럼 미남도 있다. 그러니 부분을 가지고 전체를 판단할 수는 없는 것 같다.

이처럼 사람은 겉만 보고 판단할 수 없고, 그것도 단시일에는 알 수 없다. 대화와 오랜 시간의 인연이 필요한 것이니, 함부로 섣불리 판단하는 것은 참으로 위험한 일이다.

---

* **꼬살라국의 빠세나디 왕**은 부처님께 대한 지극 정성한 마음에서 으뜸인 왕이었다. 기원정사 앞에 비구니 승원인 '라자까 라마'를 지어 보시하였다. 경에 부처님과 빠세나디 왕과의 대화 내용이 많이 나온다.
* **결발 고행자**: 머리를 묶든지 땋은 고행자들.

잃어버릴 수 없는 일곱 가지 재산

재산 하면 먼저 떠오르는 것이 돈이나 재물이다. 그런데 돈이나 재물이 사람이 가질 수 있는 모든 재산 가운데 가장 으뜸가는 재산일까?

빠세나디 왕의 총리대신 욱가는 부처님을 방문해서 이렇게 말했다.

"부처님, 미가라 로하네야가 얼마나 부유하고 재산이 많은지 정말 놀랄 정도입니다."

"욱가여, 그는 얼마나 부유하고 얼마나 많은 재산을 가졌습니까?"

"부처님, 그는 수억대의 금을 가지고 있는데 은은 말할 나위가 있겠습니까?"

"욱가여, 그것이 정말 재산일까요? 그것이 재물이 아니라고 말하는 것은 아닙니다.

그러나 그것들은 불이 나면 타서 없어지고, 홍수에 휩쓸려 가고,

왕이 몰수하고, 도둑이 훔쳐 가고,

적이 빼앗아 가고, 상속인이 가져갑니다.

그러나 그렇게 없어지지 않는 일곱 가지 재물이 있습니다.

그것은 믿음의 재산, 계행의 재산, 양심의 재산,

잘못함에 대한 두려움의 재산, 배우고 들은 재산,

관용심의 재산, 그리고 지혜의 재산입니다.

이것들은 불에 타지 않고, 물에 휩쓸려 가지 않고,

왕이나 도둑, 적이나 상속인이 빼앗아 갈 수 없습니다."

(앙굿따라 니까야 7부 7)

위의 덕목은 믿음, 계행, 양심, 잘못에 대한 두려움, 배움, 관용, 지혜의 재산이다. 이런 재산을 어떻게 자기 것으로 만들 수 있을까?

믿음이 어떻게 재산이 될까? 믿음은 신용을 말한다. "저 사람은 믿을 수 있는 사람이야!"라는 말보다 더 큰 재산은 없다. 믿음이 가는 사람에게는 모든 것을 맘 놓고 맡길 수 있다. 믿음의 반대는

의심이다. 부부간에 또는 친구간에 서로 의심을 하면 진정한 관계에서 점점 멀어진다. 서로 믿을 때 그 믿음은 재산이 된다.

계행이 어떻게 재산이 될까? 불교에는 5계가 있다. 살생하지 않고, 도둑질하지 않고, 삿된 음행을 하지 않고, 거짓말하지 않고, 술을 마시지 않는 것이다. 이것은 누구에게나 해당되는 가장 기본적인 질서이고 규칙이기에, 이것을 지킬 때 든든한 재산이 된다.

양심이 어떻게 재산이 될까? 아주 어린아이는 거짓말을 안 한다. 할 줄도 모른다. 그러나 차츰차츰 세상의 더러움에 물들기 시작하면서 새하얗던 양심이 조금씩 검게 변한다. 그리고 양심을 지키기보다는 불의와 타협을 한다. 그러나 양심은 정의와 진실에 대한 내면의 함성이다. 죽는 날까지 양심에 부끄러움이 없게 살다가 갈 수 있다면, 그것이 재산이다.

배움이 어떻게 재산이 되는가? 예로부터 유산을 물려주는 것보다 더 중요한 것은 가르치는 것이라고 했다. 유산은 사라지는 재물이지만 배움은 평생의 재산이 되기 때문이다.

관용이 어떻게 재산이 되는가? 관용은 많은 덕성 중에서도 특히 너그럽고 포용력이 있어서, 모난 것도 둥근 것도 뾰족한 것도 어느 것이든 감싸기 때문에 어머니의 대자비와 같은 것이다. 관용은 어른으로서 갖추어야 할 필수적인 덕성이다. 더욱이 지도자의 위치에 있다면 모든 사람을 차별 없이 감싸야 하기에 관용이 재산이 된다.

지혜가 어떻게 재산이 되는가? 지식이 많다고 지혜로운 것은 아니다. 지식도 많고 지혜롭다면, 그야말로 금상첨화일 것이다. 지혜는 깨달음에서 나오는 예리한 통찰력이다. 누구나 무수한 경험을 통해 깨달음을 얻는다. 그런데 이런 깨달음은 각 개인의 여러 성향과 혼합되어 서로 다른 모습의 지혜로 나온다. 그 결과 지혜로운 말과 행동이 나올 수도 있고, 무지한 말과 행동이 나올 수도 있고, 옹졸한 말과 행동이 나올 수도 있고, 다양한 말과 행동이 나올 수도 있다. 그러니 지혜야말로 가장 큰 재산인 것이다.

> 가장 으뜸가는 재산은 신뢰이며
> 훌륭한 수행은 가르침의 실천이며
> 최상의 맛은 진리이며
> 지혜롭게 사는 것이 가장 훌륭한 삶입니다. (숫따니빠따 1편 10)

잃어버릴 수 없는 재산은 진정 으뜸가는 재산이다.

이익, 명성, 칭찬은 악마의 낚싯바늘이다

사람은 누구나 많은 돈을 벌어 부자가 되고, 훌륭한 명성을 얻고, 사람들의 칭찬을 받기를 원한다. 그래서 많은 노력을 기울여 자신이 원하는 돈도 벌고 명성도 얻고 칭찬도 받는다. 그런데 애써 얻은 이런 것들이 잘못하면 함정이 될 수도 있다는 것이다.

부처님은 경전 여러 곳에서 이익, 명성, 칭찬을 경계하는 가르침을 주셨다.

"만일 어부가 미끼를 단 낚싯바늘을 깊은 연못에 던지면
먹이를 찾던 물고기는 그것을 삼킬 것이다.
낚싯바늘을 삼킨 물고기는
큰 재난과 불행을 만나 어부가 원하는 대로 이끌리게 된다.

여기에서 어부는 악마를 의미하고,
미끼 달린 바늘은 이득과 명성과 찬탄을 의미한다.
누구라도 이득이나 명성, 찬탄을 즐기는 사람은
미끼 달린 낚싯바늘을 삼킨 사람이라고 부른다.
그는 이로 인해 재난과 불행을 만나
악마가 원하는 대로 이끌리게 된다.
이와 같이 이득과 명성과 찬탄은 속박을 벗어나
최상의 안온을 얻는 데 격심하고 혹독한 방해물이다.
그러므로 그대들은 이득과 명성과 찬탄이
마음속에 들러붙지 못하도록 해야 한다." (상윳따 니까야 17:2)

붓다는 이처럼 아주 명확하고 적절한 예를 들어서 이득과 명성과 찬탄을 경계하고 있다. 모든 이들은 평생을 이 가르침을 새기며 살아야 할 것 같다. 자칫 방심하면 이 함정에 빠질 수 있기 때문이다.

세상에는 돈을 많이 벌어 부유한 사람들이 많다. 그런데 그 돈을 어떻게 쓰느냐가 중요한 것 같다. 벌어들인 이득을 자신과 가족만을 위해서 쓰는 것이 아니라 사회를 위해서, 사람들을 위해서 되돌려 주는 것은 아주 가치 있는 훌륭한 일이다.

미국의 골프 황제인 타이거 우즈는 아마도 돈더미에 올라앉아 사는 사람이라고 할 정도로 많은 돈을 벌어들인다. 그런데 그 돈으로 수많은 여자들과 염문을 뿌리며 향락을 일삼아 지금 그는 언론의 질타를 받고 있다. 그는 분명히 이득이라는 돈의 낚싯바늘에 걸렸음에 틀림없다. 돈이 그를 그렇게 만든 것이다. 그는 돈의 낚싯바늘을 경계하지 못한 것이다. 그는 세계적인 인기와 명성과 찬탄이라는 황홀한 낚싯바늘에 걸린 것이다. 그 결과로 그는 재난과 불행을 만났고, 명성과 찬탄이 추락하는 고통을 감내해야 한다.

사람은 누구나 존경과 명성을 원한다. 정치가로서의 명성, 사업가로서의 명성, 학자로서의 명성, 예술가로서의 명성, 작가로서의 명성 등 여러 분야에서 탁월한 능력을 발휘하면 그에 걸맞은 명성이 따라온다. 그런데 모든 사람이 우러러보는 이런 명성에도 함정이 있다. 자칫 자기가 최고인 양 우쭐해져서 자기 자신은 추켜세우고 남은 얕잡아 보기 쉽다. 자기 위에는 아무도 없는 것처럼 교만해지기 쉽다. 이 사람은 명성의 낚싯바늘에 걸린 것이다.

사람은 누구나 칭찬과 찬탄을 좋아한다. 사실 칭찬은 마력과도 같아서 의욕을 상실한 사람이 칭찬 한마디에 의기충천해서 일을 잘 성취해 내기도 하고, 못한다고 망설이던 사람이 칭찬 한마디에 자신감을 얻기도 한다.

그러나 칭찬과 찬탄에도 함정이 있다. 여기저기 사방에서 잘한다고 칭찬하고, 상관으로부터 찬탄을 받고 아랫사람에게는 숭

배의 대상이 되는 등 사회적으로 크게 인정받을 때, 이때 자칫 잘못하면 교만에 빠져 우쭐거리고 남을 경멸하고, 아집이 가득하게 되는데, 이 사람은 찬탄의 낚싯바늘에 걸린 것이다. 칭찬이나 찬탄을 받으면 받을수록 더욱더 겸손하게 자신을 살피고, 더욱더 겸허하게 사람들을 대해야 한다.

이처럼 이익, 명성, 찬탄은 누구나 원하는 것이고 좋은 것이지만, 경계의 대상이다. 한시라도 방심하면 그때는 벌써 이익, 명성, 찬탄의 낚싯바늘에 걸리게 된다. 그러니 돈을 많이 벌면 벌수록, 명성을 얻으면 얻을수록, 칭찬과 찬탄을 받으면 받을수록 그런 위치에 도취되지도 교만하지도 말고, 그 훌륭함이 더욱 빛나도록 노력해야 한다.

죽은 아들과 겨자씨
(담마빠다 게송 114 주석, 테리가타 213 주석)

끼사 고따미는 사왓티의 부잣집 딸이었다. 고따미는 성이고, 몸매가 날씬하기 때문에 끼사로 불렸다. 그녀는 부유한 젊은 이와 결혼해서 아들을 낳았다. 그런데 그 아기가 아장아장 걸을 때 죽었다. 그녀는 엄청난 슬픔에 휩싸였다. 그녀는 죽은 아이를 안고 만나는 모든 사람에게 아이를 살려 내는 약을 달라고 애원했다. 그러자 사람들은 그녀가 미쳤다고 생각하게 되었다. 그런데 어떤 지혜로운 사람이 그녀의 상태를 보고 그녀를 도울 수 있을 것이라는 생각이 들었다. 그래서 그녀에게 말했다.

"부처님은 당신이 만나야 할 사람이오. 그분은 당신이 원하는 약을 가지고 있어요. 그러니 그분께 가보세요."

그래서 그녀는 부처님께 가서 그녀의 죽은 아들을 살릴 수 있는 약을 달라고 요청했다. 부처님은 그녀에게 말씀하셨다.

"가서 아무도 죽은 적이 없는 집에서 겨자씨를 얻어 오시오."

그녀는 죽은 아이를 가슴에 안고 겨자씨를 얻기 위해 이 집 저 집을 돌아다녔다. 모든 사람이 그녀를 도우려고 했지만, 그러나 그녀는 아무도 죽은 적이 없는 집을 단 한 집도 찾을 수가 없었다.

그때 그녀는 죽음에 당면한 것은 그녀의 가정만이 아니라는 사실과, 지금 살고 있는 사람들보다 더 많은 사람들이 죽었다는 사실을 깨달았다. 이러한 사실을 깨닫자마자 그녀의 죽은 아들에 대한 태도가 달라졌다. 그녀는 더 이상 죽은 아들의 육신에 집착하지 않게 되었다.

끼사 고따미는 숲으로 가서 아들의 시체를 그곳에 남겨 놓았다. 그리고 부처님께 돌아가서 사람이 죽은 적이 없는 집을 한 집도 발견하지 못했다고 말씀드렸다. 이에 부처님은 말씀하셨다.

"고따미, 그대는 오직 그대만이 아들을 잃어버렸다고 생각했다. 그대가 지금 깨달은 것처럼 죽음이란 모든 존재에게 오는 것이다. 그들의 욕망이 채워지기 전에 죽음은 그들을 데려간다."

부처님의 이 말씀을 듣고 그녀는 무상에 대한 깨우침을 얻고 부처님께 출가했다.

　비구니가 된 지 얼마 되지 않은 어느 날, 끼사 고따미는 등잔에 불을 켜고 있을 때, 불꽃이 일었다가 스러지는 것을 보고 갑자기 존재가 생겨났다가 사라지는 모습을 선명하게 보았다. 그녀는 모든 존재의 무상한 모습에 마음을 집중하고 열반을 체득하기 위해 열심히 정진했다. 드디어 끼사 고따미는 깨달음을 성취했다.

병든 제자를 씻어 주신 부처님

이 세상에서 가장 서러운 사람은 누구일까? 돈에 따른 여러 문제, 자연 재해, 가까운 사람의 죽음에서 오는 고통, 자녀나 부부 간의 불화, 이혼, 대인 관계에서 오는 마찰 등 억울하고 서러운 일이 많겠지만, 뭐니 뭐니 해도 가장 서러운 사람은 병든 사람인 것 같다.

병든 사람에 대한 붓다의 자비를 아주 잘 드러내는 훌륭한 가르침이 있다.

어떤 비구가 이질에 걸려 고생하고 있었다. 그는 설사를 자주 해서 누워 있는 자리가 더러워져 있었다. 그때 부처님은 시자인 아난다를 데리고 비구들의 방사를 둘러보다가 그 병든 비구를 보게 되어 이렇게 물었다.

"너는 무슨 병에 걸렸느냐?"

"부처님, 저는 이질에 걸렸습니다."

"너를 간호하는 사람이 있느냐?"

"없습니다, 부처님."

"왜 비구들이 너를 간호하지 않느냐?"

"저는 비구들에게 아무 도움도 되지 않기 때문입니다, 부처님."

부처님은 아난다에게 말씀하셨다.

"아난다, 가서 물을 가져오너라. 이 비구를 목욕시켜야겠구나."

그래서 부처님은 환자에게 물을 붓고 아난다는 환자를 씻겼다. 그런 후 그를 부축해서 침상에 눕혔다.

부처님은 이것과 관련해서 모든 제자들을 모으고, 어디에 병든 비구가 있는지, 무슨 병인지, 간호하는 사람이 있는지, 왜 간호를 하지 않는지를 자세히 물으신 후 이렇게 말씀하셨다.

"여기에는 그대들을 돌보아 줄 어머니도 아버지도 안 계시다. 서로 돌보고 간호하지 않는다면 누가 그대들을 돌보겠는가? 누구든지 나에게 시중들 사람이 있다면

먼저 그 병든 비구를 돌보아라.

만일 그에게 은사*가 있다면 은사는 그를 평생토록 돌보아야 하며,

방을 함께 쓰는 비구나 제자가 있다면 이들이 병자를 돌보아
야 한다.
그러나 환자에게 이런 사람이 아무도 없다면
그때는 승단*이 환자를 돌보아야 한다.
만약 승단이 돌보지 않는다면 잘못을 범하는 것이다."

(율장 마하왁가* 8편 26:1-4)

붓다의 말씀에는 병든 사람에 대한 대자비가 잘 드러나 있다.
환자가 있다면 어느 누군가는 반드시 돌보아야 한다는 가르침은
환자에 대한 무한한 자비이며, 환자에게 희망을 주고 안온을 주
는 가르침이다. 병들어 아픈 것만 해도 서러운데 아무도 돌보는
사람이 없다면 얼마나 더 서럽겠는가.

붓다의 가르침을 대표하는 것은 '자비'다. 그런데 사실 팔만대
장경을 꿰뚫는 지식을 가졌다 하더라도, 선방에서 평생을 참선
수행한다 하더라도, 박사 출신의 저명한 학자라 하더라도, 온갖
열정을 기울여 포교한다 하더라도, 산문 밖에 나오지 않고 장자
불와하고 일종식을 한다 하더라도, 누더기만 입고 아무것도 가
진 것 없이 청빈하게 산다 하더라도, '자비'를 실천하지 않는다
면 그 모든 것은 무슨 소용이란 말인가.

붓다의 수많은 가르침이 추구하는 결론은 '자비의 실천'이다.

수행이 올바로 무르익으면 부처님처럼 모든 중생에 대한 무한한 자비가 우러난다. 자비는 측은히 여기는 무한한 연민의 정이다. 정해진 규칙을 말하기 전에 진정으로 그를 위하고 생각하는 인간에 대한 따뜻하고 섬세한 배려가 아니겠는가.

붓다는 원리원칙주의자가 아니었다. 원리원칙보다 자비가 앞선 분이었다.

스님들 공동체에서 하는 공동 일인 울력에 불참한 비구의 이야기를 보자.

어떤 새로 계를 받은 비구가 탁발에서 돌아와 식사를 마치고, 그의 처소로 들어가 아무것도 하지 않고 침묵 속에서 시간을 보냈다.

그래서 그는 가사를 만드는 일을 돕지 않았다.

비구들이 이 일을 부처님께 말씀드리자 부처님은 그 비구를 부르시고,

비구들의 이야기가 사실이냐고 물으셨다.

그 비구는 대답하기를 "부처님, 저는 제가 해야 할 일을 하고 있습니다"라고 했다.

부처님은 이 비구의 마음의 반응을 보시고 비구들에게

이 비구를 괴롭히지 말라고 말씀하시고, 이 비구는

"열심히 정진해서 깨달음을 성취할 것이다"라고 말씀하셨다.

(상윳따 니까야 21:4)

보통 사람 같으면 신참이 공동 일에 오지 않는 것만 생각하고 이유 불문하고 꾸지람부터 할 것이다. 그리고 이제 계 받은 지 얼마 되지도 않은 사람이 공동 일에 불참하면 나중에는 어떻게 공동생활을 하겠느냐고 목소리를 높일 것이다.

그러나 붓다는 신참 비구의 맹렬한 정진과 깨달음에 대한 열망을 읽어 내고 오히려 그에게 용기를 주셨으니, 그 신참 비구는 분명히 분발심을 내어 더 열심히 정진해서 깨달음을 이루었을 것이다.

붓다는 어떤 계율이나 원리원칙 그 너머에서 자유자재한 분이었다. 사람에 대한 따뜻하고 측은한 마음, 어머니의 마음과 같은 대자비가 앞선 성자였다.

---

* **은사**: 스승을 말함. 비구나 비구니 스님들은 출가하여 삭발할 때 각자 스승을 정한다. 스승은 제자가 수행 생활을 잘할 수 있도록 이끌고, 제자는 스승의 가르침을 받들고 공경한다.
* **승단**: 비구, 비구니 수행 공동체.
* **율장 마하왁가**: 초기 경전에서 경장, 율장, 논장이 있는 삼장 중에 율장은 계율에 관계되는 것으로 다섯으로 나누어져 있다. 그중에 하나가 마하왁가이다.

좋은 인연

옷깃만 스쳐도 인연이라고 한다. 부모 자식 간의 인연, 부부간의 인연, 친구의 인연, 동료의 인연, 이웃의 인연 등 우리는 수많은 인연 속에서 사람들을 만나고 헤어진다. 이런 인연들이 좋은 인연이 되면 편안하고 행복하지만, 나쁜 인연이 되면 불행한 결과를 초래하는 경우를 우리는 많이 보아 왔다. 그래서 어떤 인연을 맺고 사느냐는 아주 중요한 문제다.

인연의 원리는 무엇일까? 이 세상 모든 것들은 홀로 존재하는 것은 아무것도 없고 인연에 의하여 존재하다가 인연이 다하면 사라진다는 것이다.

부처님의 말씀을 들어 보자.

어떤 장자(長者)가 부처님께 여쭈었다.

"부처님의 제자들은 진리를 철저하게 꿰뚫어 보고 선명하게 보는데, 그렇게 하는 어떤 훌륭한 방법이라도 있습니까?"

부처님이 말씀하셨다.

"장자여, 나의 제자들은

'이것이 있으면 저것이 있고,

이것이 없으면 저것이 없다'는

연기의 가르침을 주의 깊게, 그리고 치밀하게 살핍니다.

바로 이 도리가 진리를 꿰뚫어 보고 분명하게 보는 훌륭한 방법입니다."

이 말씀이 바로 불교 교리의 근본 바탕을 이루고 있는 '연기'의 가르침이다.

'이것이 있으므로 저것이 있다'는 말은 '가스 불을 켰기 때문에 냄비의 물이 끓는다'는 표현으로 설명할 수 있다. 또 '이것이 없으면 저것이 없다'는 말은 '가스 불을 끄면, 물은 끓지 않는다'는 표현을 빌려 설명할 수 있다. 즉 '가스와 불'이라는 인연이 합쳐지면 물이 끓으며, '가스와 불'이라는 인연을 없애면 물은 끓지 않는다는 것이다.

연기의 핵심은 모든 존재가 저절로, 스스로의 힘만으로 생기지 않는다는 것이다. 씨앗이 싹트는 것은 흙과 태양의 온도, 수분이라는 여러 인연이 모여서 만들어 낸 결과지, 씨앗 혼자서는 결코 싹틀 수 없다. 볏단이 홀로 설 수 없고 서로 의지해서 서듯이, 친절하게 건넨 말이 친절한 응답을 가져오듯이, 모든 현상은 다른 것과 서로 작용해서 생기지, 저절로 생기지 않는다는 것이다.

또한 생기는 것과 마찬가지로 어떤 현상도 저절로 없어지지는 않는다. 인연이 다했을 때 비로소 없어진다. 즉 누구를 미워한다면, 그 미움이 사라지기 위해서는 자신의 마음을 바꾸지 않는 한 미움은 가시지 않는다.

이와 같이 좋은 것도 나쁜 것도 모두 인연에 의해 생기고, 인연에 의해 사라진다. 이것이 우리들이 흔히 이야기하는 '인과(因果)의 법칙'이다. 좋은 인연을 맺으면 좋은 결과가 오고, 나쁜 인연을 맺으면 나쁜 결과가 온다. 그래서 나쁜 인연인 줄 알면 과감하게 끊어 버릴 줄 아는 결단도 중요하다.

그러면 어떻게 좋은 인연을 맺고 살 것인가? "가는 말이 고와야 오는 말이 곱다"는 말과 같이 좋은 원인을 제공하면 좋은 응답이 온다. 부자든 가난한 사람이든, 좋아하는 사람이든 싫어하는 사람이든, 사장이든 청소부든, 어느 누구에게나 진실하게 대할 때 좋은 인연을 맺게 된다. 약속을 꼭 지키고 거짓말을 하지 않을 때 좋은 인연이 이루어진다. 남의 모자람을 포용하고 이해하며, 그의 장점을 칭찬할 때 좋은 인연이 이루어진다. 지극한 관심을 갖고, 친절을 베풀 때 좋은 인연이 이루어진다.

좋은 인연을 맺기를 원하십니까? 그렇다면

서로 간에 좋은 원인을 제공하십시오.

나와 남의 행복

어떤 남자 분에게서 내 칼럼을 보고 전화가 왔다. 그분은 지금까지 아이들과 아내를 위해 옆도 안 쳐다보고 오로지 돈 많이 버는 것을 목표로 새벽부터 저녁까지 일만 했다. 그런데 그렇게 믿었던 아내가 바람이 나 다른 남자에게로 갔다. 아이들에게 이혼을 해야겠다고 심각하게 말하니, 오히려 아이들 반응은 대수롭지 않게 남의 일처럼 말하더란다. 그래서 이 남자는 아내에게 버림받고, 아이들에게도 버림받고, 이혼하고, 건강도 잃고, 술로 세월을 보내며 죽고 싶다고 하소연을 했다.

이 남자 분처럼 많은 사람들은 가족을 잘 부양해야 한다는 강박 관념이 있을 것이다. 그래서 자신을 돌볼 사이도 없이 그저 돈 버는 데에만 열중하다 보니 어느 날 갑자기 빈껍데기만 남은 자기의 실상 앞에 마주 서게 되어 정신이 번쩍 들지도 모른다.

그런데 지혜로운 사람이라면 자신을 돌아보면서, 먼저 자신을 챙기면서 사는 사람이 아닐까. 자신을 챙긴다는 말은 자신을 몸도 마음도 풍요롭게 가꾸는 것으로, 이것은 물질적인 재산보다 더 소중한, 남이 훔쳐 갈 수도 없고, 깨지지도 않고, 없어지지도 않는 재산이다. 돈은 있다가도 없고 없다가도 있지만, 자신을 확고하고 풍요롭게 세우는 일은 죽을 때까지 든든한 재산이다.

그러면 어떻게 자신을 확고하고 풍요롭게 세울까? 매일매일 바쁜 일과 속에서도 차분히 자신을 돌아보는 시간이 있다면 삶의 방향이 달라지리라 생각된다.

예를 들어서 잠깐 멈추어 자신은 왜 이렇게 정신없이 일의 노예가 되어 살아가는지, 자신이 가고 있는 방향이 바르게 가고 있는지, 도대체 사는 목적이 무엇인지 차분히 생각해 보는 것은 고장 나기 전에 삶을 정비하는 것과 마찬가지다.

그래서 그저 돈만 많이 벌겠다는 생각으로 자신을 돌아보지 않고 일중독이 되는 것이 아닌, 자신의 심신의 건강에도 시간과 노력을 투자하여 운동도 하고, 취미 생활도 하고, 자신을 알차고 풍요롭게 가꾸어야 한다.

자신을 알차고 풍요롭게 가꾸는 것이 왜 그렇게 중요할까? 그것은 사는 목적과 연관돼 있기 때문이다. 뭐니 뭐니 해도 첫 번째 삶의 목적은 '나를 위해서 사는 것'이다. 가장 분명한 사실은 내가 존재하지 않으면 이 세상이 무슨 의미가 있겠는가? "나"의 자리는 그 어느 것도 대신할 수 없다. 나는 가장 소중한 존재, 내 삶의 주인이기 때문이다. 그렇기 때문에 이 소중한 내 삶의 주인 을 윤택하게 하고 풍요롭게 가꾸는 것은 일차적으로 내가 해야 할 일인 것 같다.

> "당신이 어디서도 자기 자신보다 더 소중한 것을 찾지 못하듯
> 다른 사람들 역시 더 소중한 것을 찾지 못한다.
> 왜냐하면 자기 자신이 가장 소중하기 때문이다
> 그러므로 자기 자신을 사랑하는 사람은
> 남을 해쳐서는 안 된다." (상윳따 니까야 3.1:8)

그러면 두 번째 삶의 목적은 무엇인가? 위의 끝 구절이 답이다. 여기서 "자기 자신을 사랑하는 사람은 남을 해쳐서는 안 된다"는 구절은 '나만을 위해 사는' 자세에서 한 걸음 더 나간 '성숙된 삶의 목적'을 보여 준다. 나, 내 아내, 내 남편, 내 아이들, 내 부모, 내 친척, 내 국가, 내 종교 등, 이런 모든 것들이 소중한 것은 사실이다. 그런데 이 말들은 모두 "나"와 연관된 것들이다. 모든 것의 중심이 나로 시작해서 나와 연관된 테두리에서 벗어나지 못할 때, 즉 나만 편안하고, 내 가족만 부자가 되고, 내 나라만 잘살고, 내 종교만 번성하기를 바랄 때 결과적으로 극단적인 이기주

의로 치달리게 되어 평화롭지 않은 사회의 원인이 된다.

내가 소중하기 때문에 남도 소중하고, 내 아이들이 소중하기 때문에 남의 아이도 소중하고, 내 국가가 소중하기 때문에 남의 국가도 소중하고, 내 종교가 소중하기 때문에 남의 종교도 소중하다는 "남"에게로의 눈뜸은 성숙한 높은 단계로 끌어올리는 것이다. 이와 같이 나와 남을 분별하지 않고 수용할 때, 이것은 바로 나도 행복하고 남도 행복한 성숙한 삶의 목적인 것이다.

그러면 왜 나만의 행복이 아닌 우리 모두의 행복이 소중하고 성숙한 삶의 목적이 되는 것일까? 마치 독립되어 따로따로 떠 있는 것 같은 작은 섬들은 바다 밑으로 커다란 땅덩어리에 연결되어 있다. 이처럼 우리들 한 사람 한 사람은 지구라는 커다란 배에 함께 타고 항해하고 있다. 어떤 사람의 잘못으로 배가 기운다면 뒤집혀 다 죽을지도 모르는 한 운명이다.

남은 왜 소중한가? 우리는 홀로 살 수 없다. 우리가 매일 먹는 식품, 옷, 일용품 등, 남의 도움 없이 하루도 살 수 없다. 어떤 사람이 잘못을 저질렀다면, 그에게 돌을 던지기 전에 자신을 돌아보아야 하고, 그를 단죄하기 전에 그를 그렇게 몰고 간 환경을, 사회를 마음 아파해야 할 것이다. 왜냐하면 같은 사회 속에 사는 우리 모두는 서로 어떤 식으로든 연결되어 있어서, 그의 잘못도 나와 무관한 일이 아니기 때문이다. 그러므로 나 혼자만의, 내가 좋아하는 특정한 사람들만의 행복은 진정한 행복이라 할 수 없다. 나와 직접 연관이 있든 없든 우리 모두가 함께 행복할 때 그것이 진정한 행복이다.

인생의 가장 초보적 목적인 '나를 위해 산다'에서 한 걸음 더 나아간 성숙한 삶의 목적인 '우리 모두의 행복을 위해 산다'로 이어질 때 우리가 사는 세상은 보다 살 만한 세상, 행복한 세상이 될 것이다.

이런 삶이야말로 자신을 알차고 풍요롭게 가꾸는 삶이다.

존재하는 모든 것들은 행복하기를

가장 아름다운 세상은 어떤 세상일까? 모두가 훌륭한 인품을 추구하고, 남이 잘되기를 서로 바라며, 존재하는 모든 것들이 행복해지는 사회가 아닐까? 그것은 온갖 동물과 식물들, 새들, 물에 사는 것들, 작은 곤충들에 이르기까지 모든 생명 있는 것들이 행복해지기를 바라는 것이다. 여기에는 인간의 막강한 힘을 이용한 살생이 발붙일 틈이 없다.

존재하는 모든 것들의 행복을 바라는 붓다*의 자비가 아주 잘 나타난 경전을 보자.

존재하는 모든 것들은 행복하기를.
존재하는 모든 것들은 평안하기를.

어떤 존재이거나 막론하고 그들이 약하거나 강하거나,
어떤 예외 없이 길거나 크거나, 중간이거나 짧거나,
미세하거나 거칠거나, 눈에 보이거나 보이지 않거나,
가깝거나 멀거나, 태어났거나 태어날 것이거나,
존재하는 모든 것들은 행복하기를.

서로 속이지 않으며, 어디서나 어느 누구도 멸시하지 않으며,
성냄이나 악의로써 다른 사람을 괴롭히지 않기를.
마치 어머니가 외아들을 목숨을 다해 보호하듯이,
존재하는 모든 것들에게 한량없는 자비의 마음을 기르기를.

어떤 걸림도 없이, 어떤 미움도 없이, 어떤 적의도 없이,
한량없는 자애의 마음이 위로, 아래로, 옆으로,
온 천지 사방에 가득하기를.

서 있을 때도, 걸을 때도, 앉아 있을 때도,
누워 있을 때도, 정신이 깨어 있는 한
이와 같은 자애의 마음을 닦기를.
이와 같은 삶은 가장 훌륭한 삶이기 때문입니다. (숫따니빠따* 1편 8)

위의 경전 구절은 노란 가사를 입은 남방 불교국의 스님들이
예경, 독송, 그리고 신도들을 축복할 때 가장 흔히 외우는 아름

다운 경전이다.

가장 훌륭한 삶이란 모든 생명 있는 것들을 향한 한량없는 자비, 어머니의 마음과 같은 한량없는 자애의 마음이라고 말하고 있다.

훌륭한 삶에 대한 좋은 가르침이 많지만 위 경전의 특이한 점은 사람뿐만이 아니라 존재하는 모든 생명 있는 것들, 아주 하찮은 미물에 이르기까지 그 자비가 이른다는 사실이다. 이것은 생명 있는 모든 것들이 행복하고 편안하게 살기를 바라는, 우주를 포용하는 붓다의 대자비다.

일전에 인터넷에서 보니 어떤 백인 여성이 아프리카에서 커다란 어미 코끼리를 죽였다며, 대단한 여자라고 소개하고 있었다. 거대한 코끼리가 쓰러져 있고, 그 코끼리를 밟고 의기양양하게 손을 들고 있는 여자의 사진이 보였다. 그 기사를 보는 순간, 자신의 위용을 드러내기 위해, 단지 재미를 위해 생명을 죽이고도 오히려 이렇게 환호하는 사람들이 너무 슬펐다. 그 여자는 코끼리에게 활을 쏘았고, 코끼리는 화살의 고통을 안고 돌아다니다가 결국 죽었다고 한다. 인간이 단지 힘이 강하다는 이유로 자기보다 약한 다른 생명을 재미로 죽이고도 환호할 수 있을까?

미국 TV에서 본 것인데, 어떤 단체에서 초등학생들이 여가 활동을 잘할 수 있도록 돕는 한 방법으로 총 쏘는 연습을 시키고 있었다. 나는 놀라지 않을 수 없었다. 총을 쏜다는 것은 다른 생명을 죽이는 한 방법이다. 그것을 아직 철없는 아이들에게 가르치는 사회가 과연 바른 사회인가? 생명 경시 풍조가 여실히 드러난 장면이다.

내 생명이 소중하듯이 남의 생명도 소중하고, 존재하는 모든 것들의 생명이 소중한 것이다. 가장 훌륭한 삶, 가장 아름다운 삶은 존재하는 모든 것들이 행복하기를 바라는 삶이 아닐까.

존재하는 모든 것들은 행복하기를.
존재하는 모든 것들은 평안하기를.

---

* **붓다(Buddha):** 'Buddha'라는 말은 '깨달은 사람'이란 뜻이다. 붓다는 인도 까삘라국의 왕자로 태어나서 29세에 왕위도 버리고 출가하여 6년간 고행과 수행을 거쳐 35세에 깨달음을 성취하였다. 45년간 사람들에게 진리를 전하고 80세에 열반하였다. 한국에서 불(佛), 부처, 부처님으로 번역됨.

좋은 친구

좋은 친구의 중요성은 아무리 강조해도 지나치지 않다.

좋은 친구 덕분에 바른길을 갈 수도 있고, 나쁜 친구로 인해 구렁텅이에 빠질 수도 있기 때문이다. 그것은 마치 좋은 향기가 나는 곳에 가면 나에게도 좋은 향기가 배어들고, 악취가 나는 곳에 가면 내 몸에도 악취가 배어드는 것과 같은 이치다. 그래서 동서고금을 막론하고 좋은 친구를 갖는 것의 중요성을 설파하는 것이다.

감각 기관을 절제하고, 만족할 줄 알고,
청정한 삶을 사는 훌륭한 친구와 가까이하는 것은
지혜로운 수행자가 처음으로 해야 할 일이다.

마치 달이 별의 궤도를 따르듯
지성을 갖추고, 지혜롭고, 성실하고
덕성을 갖춘 이와 가까이하라.
어리석은 이와 함께 길을 가는 사람은
오랜 세월 괴로움이 따른다.

어리석은 이를 가까이하는 것은
원수를 가까이하는 것처럼 괴롭다.
지혜로운 이를 가까이하는 것은
친척의 모임처럼 행복하다. (담마빠따 375, 208, 207)

진정한 친구를 갖는 행운은 저절로 굴러 들어오는 것이 아니다. 이기적인 태도를 버리고, 남을 따뜻이 배려하고, 바른 인격 위에 바른 성품을 키우는 노력이 필요한 것 같다. 남이 나에게 진정한 친구이기를 바라듯이 나도 남에게 진정한 친구가 되어야 하지 않을까.

초연하게 홀로 있음을 배우라

출가하기를 원하는 날라까라는 청년이 부처님에게 '가장 훌륭한 성자의 삶'에 대한 가르침을 청했다.

이에 부처님이 말씀하셨다.

적게 먹고 음식을 절제하라.

적은 것에 만족하고, 욕심을 부리지 말라.

욕망이 사라지면 평화의 고요함이 찾아온다.

초연하게 홀로 있음을 배우라.

홀로 있는 침묵 속에서 지혜가 나온다.

그때 홀로 있음은 기쁨이 된다.

물소리를 들어 보아라.
골짜기를 흐르는 물소리와 강물 소리를 들어 보아라.
얕은 개울은 소리 내어 흐르지만
깊은 강물은 소리 없이 흐른다.

빈 것은 메아리가 치지만 가득 찬 것은 고요하다.
어리석은 사람은 물이 반만 찬 항아리 같고
지혜로운 사람은 물이 가득 찬 호수와 같다.

사문이 적절하고 의미 있는 많은 것들을 이야기할 수 있다.
그는 자신의 풍부한 지식에 입각해서 교리의 요점을 설명
한다.
그가 이런 견지에서 말할 수 있는 것은 상당히 많다.

그러나 이런 지식이 있는 사람이 자신을 절제해서
설령 안다 하더라도 많은 말을 하지 않을 때
그는 지혜를 발견한 사람이고 지혜를 성취한 사람이다.

(숫따니빠따 3편 11)

위의 경전은 항상 나 자신을 돌아보게 한다.
사람들은 홀로 있기보다는 누군가와 함께 있기를 바라고, 침
묵 속에 있기보다는 무언가 이야기하는 것을 더 좋아한다. 그러

나 침묵 속에서 위의 게송 한 구절 한 구절을 음미해 보면, 그 한 구절 한 구절은 보석과도 같이 빛을 발한다. 저절로 옷깃을 여미게 하고 드높은 향기를 발한다.

이 아름다운 가르침은 언어의 표현 그 너머에 있다.

중도의 길

내가 아는 어떤 분은 과일이나 채소 껍질 부분에 영양이 많다니까 사과는 물론이고 배도 껍질째로 먹고, 감자도 껍질째로 먹었다. 또 그 외의 억센 껍질들도 생것으로 그냥 먹었다. 그런데 위장이 고장이 났다.

어떤 분은 보약이 좋다니까 온갖 종류의 보약을 한 보따리씩 먹었다. 어떤 분은 생식이 좋다 하니 야채나 과일을 곁들이지 않고 곡물 가루만 물에 타서 한 사발 먹고, 어떤 분은 달걀이 영양가가 많다 하니 하루에 두 개씩 먹었다. 또 어떤 분은 하루에 커피를 수십 잔 마시고, 줄담배를 피우고, 술 중독이 되기도 했다.

이 모든 현상은 '너무, 지나치게' 어느 한쪽에 치우친, 중도를 벗어난 예들이다. 우리 몸은 '너무' 한쪽으로 치우칠 때 균형이 깨져 건강을 잃고 만다.

그런데 우리 몸뿐만 아니라 모든 현상이 한쪽으로 치우쳐 균형을 잃을 때 문제가 생긴다. '너무'라는 말이 들어가면 문제다. 너무 말이 많다, 너무 자기만 안다, 너무 사치를 좋아한다, 너무 극단적이다, 너무 식탐이 많다, 너무 독단적이다, 너무 화를 자주 낸다 등 '너무'라는 말이 들어갈 때 그것은 알맞은 균형을 잃어버리고 문제를 일으킨다.

그러면 '너무'가 아닌 가장 알맞은 '중도'란 어떤 것인가? 중도란 이쪽에도 저쪽에도 치우치지 않는 바람직한 상태를 말한다. 그런데 상식으로 알고는 있지만 실천이 어려운 것이 중도다.

다음은 극단에 치우치지 않는 중도에 대한 부처님의 말씀이다.

소나 꼴리위사라는 대부호 상인의 아들은 부처님의 설법을 듣고 감동이 되어 그 자리에서 출가했다. 그는 깨달음을 빨리 얻어야겠다는 생각으로 맹렬히 정진했다.

그러던 어느 날, 그는 자신이 어느 누구 못지않게 열심히 정진하는데도 마음은 번뇌와 집착에서 벗어나지 못하고 있다는 사실을 깨달았다. 그래서 집에 재산이 많으니 차라니 돌아가서 재물을 즐기며 선행을 하는 것이 낫겠다고 생각했다.

그때 부처님이 몇 명의 제자와 함께 소나의 처소로 가서 말씀하셨다.

"소나, 너는 열심히 정진하는데도 온갖 번뇌와 집착에서 아

직 벗어나지 못하니, 차라리 집에 돌아가서 사는 것이 낫겠다
고 생각했느냐?"

"네, 부처님."

"소나, 너는 세속에 있을 때 위나 악기*를 잘 연주했느냐?"

"네."

"만일 줄이 너무 팽팽하면 조화로운 소리가 나더냐?"

"그렇지 않습니다."

"만일 줄이 너무 느슨하면 조화로운 소리가 나더냐?"

"그렇지 않습니다."

"그러면 줄이 너무 팽팽하지도 않고 너무 느슨하지도 않고,
균형 있게 조율되었을 때 조화로운 소리가 나더냐?"

"그렇습니다."

"이와 마찬가지로 소나야, 너무 지나치게 열심히 정진하면
몸과 마음이 들뜨고, 또 너무 안일하게 느슨해도 게으름에 빠
진다. 그러므로 정진할 때 항상 균형을 유지해야 한다. 너의 감
각 기관들이 균형을 이루도록 꿰뚫어 살펴야 하고, 항상 돌아
보아 균형의 조화로움에서 벗어나지 말아야 한다."

그 후 소나는 균형의 조화로움에서 벗어나지 않고 열심히 수
행 정진해 깨달음을 이루었다. (율장 마하왁가 5편 1)

그러면 일상생활에서 중도로부터 벗어날 때 문제가 됨을 살펴
보자. 아이를 기를 때 너무 옭아매도, 너무 풀어 놓아도 문제다.

또 탤런트나 어떤 사람을 '너무' 좋아해서 환호할 때 감정은 균형을 잃고 더 큰 실망의 나락으로 떨어진다.

또 어떤 사람을 '너무' 미워해서 머릿속이 온통 미운 생각으로 가득 찼을 때 마음은 균형을 잃고 자신의 마음이 먼저 독한 기운으로 병들어 버린다. 자나 깨나 돈 벌 욕심에 쉬지 않고 '너무' 돈만 긁어모으는 사람은 일중독에 빠져 건강을 해치게 된다.

'너무' 자기 종교를 위한다는 생각에 다른 종교를 훼손하고 비방하는 사람은 광신도가 되어 오히려 자기 종교에 누를 끼치고 손해를 가져온다. '너무' 식탐이 많아 먹는 것을 절제하지 못하는 사람은 비만이 되어 건강을 잃어버린다.

이처럼 '너무' 치우치면 문젯거리가 된다. 조화로운 균형을 잃지 않는 중도는 어느 편에도 치우치지 않는 단순한 원리지만, 그 실천은 극히 어렵다.

부처님이 말씀하셨다. 항상 균형의 조화로움에서 벗어나지 말라.

* **위나 악기**: 인도 고대 현악기의 일종.

네 가지 거룩한 진리: 사성제*

누구나 괴로움이 없는 사람은 없다. 괴로움은 우리 삶의 일부분이다. 그런데 괴로움은 왜 일어날까? 어떻게 괴로움을 해결할까? 괴로움에 대한 아주 시원한 대답이 여기 있다.

초기 경전에서는 여덟 가지 괴로움을 말한다. 그리고 괴로움의 원인과 그 원인을 제거하는 길을 말하고 있다.

무엇이 '괴로움의 거룩한 진리'인가?

태어남은 괴로움이다.

늙음은 괴로움이다.

병듦은 괴로움이다.

죽음은 괴로움이다.

싫어하는 것들과 만나야 하는 것도 괴로움이다.
사랑하는 것들과 헤어져야 하는 것도 괴로움이다.
원하는 것을 얻지 못하는 것도 괴로움이다.
간단히 집착의 대상이 되는 다섯 가지 무더기*가 괴로움이다.

무엇이 '괴로움의 근원의 거룩한 진리'인가?
괴로움의 근원은 갈애*이다.
갈애는 윤회를 가져오며 쾌락과 욕망을 수반하며
여기저기서 즐거움을 찾는다.

무엇이 '괴로움의 소멸의 거룩한 진리'인가?
괴로움을 소멸하는 길은 갈애를 남김없이 사라지게 하고
갈애에서 벗어나고 집착하지 않는 것이다.

무엇이 '괴로움의 소멸에 이르는 길의 거룩한 진리'인가?
괴로움의 소멸에 이르는 길은 바로 '여덟 가지 바른길'이다.
그것들은 바른 견해, 바른 생각, 바른 말, 바른 행동,
바른 생활 수단, 바른 정진, 바른 마음 챙김, 바른 집중이다.

(디가 니까야 22. 18-21)

생, 노, 병, 사가 왜 괴로움일까? 태어나서 사노라면 물론 즐거
움도 있겠지만 그것은 잠시뿐이다. 밀려오는 늙음을 막을 수 있

는가? 쏜살같은 세월을 붙잡아 동여맬 수 있는가? 100년도 못 사는 인생인데 천년만년 살 것처럼 탐욕과 성냄과 어리석음에 얽매여 정신없이 살다가 문득 늙음이 다가오고 죽음이 찾아온다. 그러므로 이런 무상한 생, 노, 병, 사가 괴로움이라고 하였다.

무엇이 싫어하는 것과 만나는 괴로움인가? 원하지 않고 달갑지 않은 사람을 만나야 하고, 악의를 가진 사람, 해치려는 사람, 불쾌감을 주는 사람과 만나야 하고, 싫어도 더불어 살아야 하니 이것이 괴로움이다.

무엇이 사랑하는 것과 헤어지는 괴로움인가? 우리의 삶은 수많은 만남과 이별의 연속이다. 만남 속에는 이미 가슴 아픈 이별이 내포되어 있다. 사랑하는 부모, 형제, 친척, 친구와 헤어짐은 괴로움이며 죽음은 영원한 이별이다. 이런 이별이 괴로움이다.

무엇이 원하는 것을 얻지 못하는 괴로움인가? 황금이 소나기처럼 쏟아진다 해도 만족을 모르고 끝없이 원하는 욕망이 괴로움이며, 아무리 애를 써도 세상만사 뜻대로 되지 않으니 이것이 괴로움이다. 늙지 않기를 바라고, 병들지 않기를 바라고, 오래 살기를 바라지만 원하는 대로 되지 않으니 이것이 괴로움이다.

무엇이 집착의 대상이 되는 다섯 가지 무더기가 괴로움인가?

다섯 가지로 이루어진 이 육신과 마음은 끊임없는 갈증과 욕망을 일으키니 이것이 또한 괴로움이다. 무상한 육신을 가지고 살아간다는 것 그 자체가 괴로움인 것이다. 이 육신은 괴로움의 대상이다.

무엇이 괴로움의 원인인가? 그것은 채워도 채워도 채워지지 않는 인간의 끝없는 갈증인 갈애이다. 갈애는 끝 간 곳을 모르는 인간의 근원적인 욕망이다. 갈애의 노예에겐 만족이란 없다. 오늘은 이것에 열광하고 내일은 또 다른 것을 찾아 헤맨다. 이런 채워지지 않는 갈증이 괴로움이다.

무엇이 괴로움의 소멸인가? 그것은 괴로움의 원인인 갈애를 제거하는 것이다. 괴로움의 원인을 제거하지 않으면 괴로움은 사라지지 않는다. 괴로움의 원인이 저절로 사라지지는 않는다. 갈애를 제거하려는 노력에 의하여 괴로움은 사라진다.

무엇이 괴로움을 소멸하는 길인가? 괴로움을 소멸하는 길에는 '여덟 가지 바른길'이 있다. 이것들을 실천할 때 괴로움은 사라진다. 여덟 가지 바른길은 가장 중요한 윤리의 가르침이다. 수행한다는 것도 여덟 가지 바른길의 실천과 다름이 없다.

1. 바른 견해: 사성제의 모든 진리, 우주의 진리를 꿰뚫어 아

는 지혜.

2. 바른 생각: 악의에서 벗어난 선한 생각.

3. 바른 말: 거짓말, 악담, 이간질, 쓸데없는 말을 하지 않는 것.

4. 바른 행동: 살생, 도둑질, 음행하지 않는 것.

5. 바른 생활 수단: 바른 방법으로 생계를 유지하는 것.

6. 바른 정진: 악을 버리고 선을 행하도록 노력하는 것.

7. 바른 마음 챙김: 모든 현상을 있는 그대로 관찰하여 머무는 것.

8. 바른 집중: 네 단계의 선정 수행으로 평정에 이르는 것.

이와 같이 붓다의 가르침은 '무엇이 괴로움인지, 괴로움의 원인은 무엇인지, 괴로움의 소멸은 무엇인지, 괴로움을 소멸하는 길은 무엇인지'를 논리적으로 명쾌하게 보여 주고 있다. 이 세상에서 육신을 가지고 살아가는 한 괴로움을 피할 수는 없다. 누구나 괴로움과 맞닥뜨리게 된다. 그러나 괴로움의 원인을 자꾸 제거하고 여덟 가지 바른길대로 살아갈 때 괴로움을 제거할 수 있다는 가르침이다.

---

* **사성제(四聖諦)와 팔정도(八正道)**: 붓다의 가르침 중에서 가장 중요한 교리이다. 사성제는 네 가지 거룩한 진리란 뜻인데, 즉 괴로움, 괴로움의 원인, 괴로움의 소멸, 괴로움의 소멸에 이르는 길을 말한다. 팔정도는 여덟 가지 바른 길을 말하는데, 모든 수행과 불교 윤리의 근본을 이룬다.

* **다섯 가지 무더기**: 오온이라고 하는데, 다섯 가지로 이루어진 육신을 말함. 한마디로 물질과 감각을 가진 우리 몸을 말한다. 몸은 집착의 대상임.

* **갈애**: 결코 채워지지 않는 끝없는 갈증을 말하며, 인간의 근원적인 욕망을 말함. 윤회의 원인이 됨.

쫄라빤타까 비구 이야기

혼히들 불교는 자비의 종교라고 말한다. 그러면 부처님의 어떤 모습에서 자비를 느낄 수 있을까? 부처님의 자비로운 모습이 잘 드러난 다음 글을 살펴보자.

라자가하의 한 금융업자에게 마하빤타까와 쭐라빤타까라는 손자가 있었다. 마하빤타까는 가끔 할아버지와 함께 부처님 말씀을 듣곤 했다. 그는 부처님께 출가하기를 열망해서 비구가 된 뒤 열심히 수행 정진해 깨달음을 성취했다.

그는 자신이 수행을 성취해 명상의 기쁨을 누리며 살게 되자, 이런 기쁨을 동생 쭐라빤타까에게도 나누어 주고 싶었다. 그래서 쭐라빤타까도 부처님께 출가하게 되었다. 그런데 출가

한 지 얼마 안 되어 형은 쭐라빤타까가 정신적으로 둔하다는 사실을 알게 되었다. 단 한 개의 게송(시구)을 외우는 데 넉 달이나 걸렸다. 그리고 다음 것을 공부하는 동안 그는 이미 배운 것을 잊어버리기 일쑤였다.

그래서 마하빤타까는 동생에게 말했다.

"쭐라빤타까, 너는 더 이상 이 승단에 있을 수가 없다. 넉 달 동안 게송 하나도 외우지 못하지 않았느냐! 그러니 어떻게 성숙한 비구로 살 수 있겠느냐. 이 승원을 떠나거라."

그래서 마하빤타까는 동생을 쫓아냈다. 그러나 쭐라빤타까는 부처님 가르침에 대한 열망으로 가정생활은 염두에도 없었다.

하루는 부처님의 주치의 지와까 꼬마라밧짜가 부처님과 500명의 비구를 공양에 초대하려고, 이런 일을 책임지고 있는 형 마하빤타까 비구에게 요청했다. 그런데 형은 동생 쭐라빤타까를 초대인 명단에서 제외시켰다. 이튿날 이른 아침 쭐라빤타까는 너무 슬퍼서 승단을 떠나려고 나가다가 문밖에서 부처님을 만났다. 부처님이 말씀하셨다.

"쭐라빤타까, 이렇게 일찍이 어디로 가느냐?"

"부처님, 형이 저를 쫓아냈습니다. 그래서 승단을 떠나려고 합니다."

"쭐라빤타까, 너를 승단에 받아들이는 것은 내가 한 일이다. 네 형이 그렇게 말할 때 왜 나에게 오지 않았느냐? 재가 생활로 돌아가면 무슨 좋은 일이 있겠느냐? 승원에 머물도록 하여라."

부처님은 그의 머리를 만지면서 그를 데리고 승원으로 가서 위로하고, 깨끗한 천 조각을 주면서 말씀하셨다.

"쭐라빤타까, 동쪽을 보고 앉아 '더러움 제거, 더러움 제거(라조하라낭, 라조하라낭: Rajoharaṇaṁ)'라고 계속 외우면서 이 천 조각을 문질러라."

그래서 쭐라빤타까는 동쪽의 태양을 보고 앉아 계속 '더러움 제거, 더러움 제거'라고 하면서 천을 문질렀다. 그러자 오래지 않아 깨끗하던 천이 점점 더러워졌다. 그는 이것을 보고, '이 천 조각은 매우 깨끗했는데 내가 문지름에 따라 원래의 모습이 변해서 더러워졌구나!' 하는 생각을 했다.

이렇게 그는 '인연 따라 생긴 것들은 참으로 무상하다'는 생각을 되새겼다. 그리고 시들고 무너지는 무상의 이치를 깨닫고 정신적인 통찰력을 강화하는 데 그의 마음을 집중했다.

부처님은 그의 공부가 진전됨을 아시고 그에게 말씀하셨다.

"더러워지는 것은 천 조각에 한한 것이 아니다. 사람의 마음속에는 탐욕의 더러움이 있고, 성냄의 더러움이 있고, 어리석음의 더러움이 있다. 이런 더러움을 제거해야 수행의 목표를 이룰 수 있고 깨달음을 성취할 수 있다."

쭐라빤타까는 부처님의 말씀을 받아 지니고 마음 집중 명상을 계속했다. 오래지 않아 그는 깨달음의 경지에 도달했다. 이와 같이 그의 우둔함은 소멸되었다.

한편 부처님과 비구들은 지와까의 공양 초대를 받아 그의 집에 앉아 있었다. 이제 막 공양을 올리려는데 부처님은 잠깐만 기다리라고 하시면서, 승원에 누가 있거든 데려오라고 사람을 보내셨다. 그래서 쭐라빤타까를 데리고 와서 모두 함께 공양을 했다. 공양이 끝난 후 부처님은 쭐라빤타까에게 공양에 대한 감사와 축복의 말을 하라고 말씀하셨다. 쭐라빤타까는 마치 어린 사자처럼 큰 소리로 용맹하고 자신감 있게 모든 경전을 아우르는 법문을 했다. (테라가타 557-566 주석)

신이 없는 종교가 어떻게 가능합니까?

신학대학원에서 불교를 강의할 때 목사님들의 큰 의문점은, 불교는 신을 믿는 종교가 아닌데 어떻게 신이 없이도 종교의 역할을 할 수 있는가 하는 문제였다. 신에 대한 붓다의 견해는 무엇인지, 그리고 형이상학*적인 문제들에 대해 붓다는 무슨 말을 했는지는 당연히 관심 있는 주제였다.

신이라든가 영혼과 같은 문제에 대한 붓다의 견해는 무엇이었는가? 초기 경전을 읽어 보면 놀라운 사실이 있다.

인도 역사와 함께 시작된 베다 종교는 수많은 신을 섬기는 다신교였다. 베다의 신들은 태양신, 불의 신, 바람의 신, 폭풍의 신 등 자연 현상의 신들이 많았고, 베다에 이런 신들을 찬양하는 노

래를 실었다. 그 후 붓다 시대에는 우파니샤드 시대라 해서 인간
의 존재 이유를 숙고하는 철학적 사유가 일어나 숲에 들어가서
명상을 함으로써 윤회로부터 벗어난 해탈을 추구했다.

이런 여러 신을 섬기는 토양에서 태어난 붓다는 놀랍게도 신
이라든지 형이상학적인 문제는 관심 그 너머에 있었다. 초기 경
전에는 이런 붓다의 모습을 분명히 전하고 있다.

부처님 제자 가운데 말룽꺄뿟따라는 사람이 있었다. 그는 부
처님께서 '이 세상은 영원한지 영원하지 않은지, 영혼과 육체
는 같은 것인지 다른 것인지' 등 이와 같은 열 가지 추상적인
문제에 대해서는 일체 언급하지 않으시는 것이 매우 못마땅했
다. 그래서 그는 만일 부처님께서 더 이상 이런 문제에 대하여
말씀하지 않는다면 집으로 가 버리겠다고 작정하고 부처님을
찾아가서 이렇게 말했다.

"부처님, '세상은 영원하다'고 생각하시면 '세상은 영원하
다'고 말씀하시고, '세상은 영원하지 않다'고 생각하시면 '세
상은 영원하지 않다'고 말씀하시고, 두 가지 다 모르시면 모른
다고 솔직히 말씀해 주십시오."

이에 부처님은 '독 묻은 화살'의 비유를 말씀하셨다.

"어떤 사람이 독 묻은 화살을 맞았는데, 그 화살을 뽑을 생

각은 하지 않고, 누가 쏘았는지 알기 전에는 화살을 뽑지 않겠다고 우긴다면 그는 결코 그 사람을 알 수 없을 뿐만 아니라 그러는 동안 그는 죽고 말 것이다. 마찬가지로 나도 이 세상이 영원한지 어쩐지 설명하지 않을 것이다. 그러므로 내 대답을 기다린다면 그러는 동안 그는 늙어 죽고 말 것이다.

나는 '이 세상은 영원하다, 영원하지 않다', '영혼과 육체는 같다, 같지 않다' 등 이와 같은 것들에 대해서는 단언하여 말하지 않았다. 왜 단언하여 말하지 않는가? 이런 의문들은 수행에 적합하지 않으며, 깨달음으로 이끌지 못하며, 갈애(욕망)를 소멸시키지 못하기 때문이다.

나는 '이것은 괴로움이다. 이것은 괴로움의 근원이다. 이것은 괴로움의 소멸이다. 이것은 괴로움의 소멸에 이르는 길이다'라고 단언하여 말하였다. 왜냐하면 이것들은 수행에 적합하며, 깨달음으로 이끌고 갈애를 소멸로 이끌기 때문이다."

(맛지마 니까야* 63)

위의 내용과 같이 부처님은 추상적이고 관념적인 내용을 이러 쿵저러쿵하면서 구구하게 말하지 않았다. 사실 이런 내용은 정해진 답이 없고 사람에 따라 그 설명도 각양각색이므로 부처님은 이런 말장난에 말려들지 않았다. 왜냐하면 쓸데없는 사변적인 논리는 수행에 전혀 도움이 되지 않기 때문이었다.

다만 확실하고 삶에 도움이 되고 수행에 도움이 되는 가르침을 설했다. 부처님의 사유 방식은 아주 냉철하고 현실을 직시하며 합리적인 모습이 특징이다.

이와 똑같은 맥락에서 부처님은 추상적인 신의 문제에 대해서도 전혀 관심을 두지 않았다. 부처님이 가장 관심을 기울인 것은 인간의 삶이었다. 인간의 실상에 대한 통찰과 깨달음이었다. 생, 노, 병, 사에 대한 근본적인 물음이었다. 괴로움이 왜 오는지, 괴로움의 원인은 무엇인지, 어떻게 그 원인을 제거하는지를 가르치셨다. 그리고 괴로움이 사라지면 평화로움과 안온함에 이른다고 가르치셨다.

이제 대답은 확실하다. 어떻게 신 없는 종교가 가능한가? 신을 신앙의 중심에 두고 모든 현상을 신과 연결시키는 종교(신을 믿는 종교)와, 인간의 삶의 실상인 생, 노, 병, 사, 괴로움, 번뇌 등의 현상을 통찰해서 평화와 행복에 이르는 수행의 종교와는 그 근본부터가 다르다.

불교의 중심은 신이 아니라 인간 개개인이다. '나'는 내 삶의 주인공이고 이 세상에서 가장 소중한 존재다. 불교의 관심은 괴로움의 소멸에 의한 행복 추구다.

행복과 평화는 노력 없이 외부에서 어떤 초월자가 주는 것이 아니라, 자기 자신의 노력에 의해 만들어진다. 열심히 노력하고, 바른 삶을 살 때 좋은 결실이 온다고 가르친다. 그래서 수행을 통해 모든 번뇌와 성냄과 탐욕과 어리석음을 제거하고, 마침내 궁극적인 깨달음에 이른다.

불교에서의 수행은 매우 중요하다. 수행은 자신을 윤택하게 하는 과정이고, 삶을 여유롭게 직시하게 하며, 삶의 의미를 되새기게 한다.

신이 없는 종교가 어떻게 가능합니까?

이 세상에서 가장 소중한 주인공은 바로 '나'이기 때문입니다.

* **형이상학**: 눈에 보이지 않는 추상적, 철학적, 초경험적이고 관념론적인 것에 바탕을 둔 것.
* **맛지마 니까야**: 중간 길이의 경전을 모은 것. 수행을 위한 가장 심오하고 깊이 있는 가르침들이 많은 경전.

고행에 대하여

　훌륭하신 스님들의 수행은 상상을 초월한다. 장좌불와(長坐不臥)라고 하여 밤에도 누워서 자지 않고 오랜 세월 앉아서만 수행하는 스님, 일종식(一種食)이라고 하여 하루에 한 끼만 먹고 수행하는 스님, 무문관(無門關)이라 하여 독방에서 겨우 포행할 공간밖에 없는 곳에서 아무도 만나지 않고 수행하는 스님, 편안한 독살이나 토굴*에서 쉴 수도 있지만 대중처소*의 선방을 떠나지 않고 수십 년간 묵묵히 참선하는 스님……..

　수행 하면 고행이라는 말이 은연중 따라온다. 수행을 하는 데 고행은 필수적인가?

　붓다는 고귀한 왕자의 몸으로 출가해서 6년 동안 말할 수 없는 고행을 했다. 경전에는 붓다가 고행하는 장면이 여러 번 나온다. 6년 고행의 마지막에는 갈비뼈가 앙상하게 드러나고 뼈와 가죽만 남을 정도로 말랐다. 이때 붓다에게는 이와 같은 회의심이 일었다.

"오히려 예전에 나는 잠부나무 아래서 확고한 진리를 보지 않았는가?
극도의 고행과 단식은 해탈에 이르게 하는 바른길이 아니다.
쇠약한 육신으로 해탈을 얻는 것은 불가능하다.
균형을 잃어버린 마음, 목마름과 굶주림으로 지쳐 버린 육신, 맑고 선명하지 않은 정신, 이렇게 육신과 마음이 조화롭지 않고 행복하지 않은 사람이 어떻게 해탈을 얻겠는가?
완전한 행복은 다섯 감각 기관*이 항상 편안할 때 얻어진다.
깊은 삼매는 균형이 잘 잡힌 평온한 마음에서 얻어진다.
깊은 삼매로부터 최상의 평화를 얻는다."(붓다짜리따* 12장 89-114)

그래서 붓다는 네란자라 강으로 가서 목욕을 하여 몸과 마음을 맑게 했다. 이때 수자타는 고행자 붓다에게 우유죽을 공양했다. 붓다는 음식을 먹고 힘을 얻어 몸과 마음이 평안에 머물게 되었다. 드디어 붓다는 이런 맑은 정신과 육신으로 깨달음을 성취하고, '깨달은 사람'이라는 뜻으로 '붓다(Buddha)'라고 불렸다.
이 장면은 붓다가 깨달음을 성취하는 과정을 그리고 있는 장면으로 극단적인 고행에 대한 선명한 경고가 빛을 발한다. 수행할 때 고행도 중요한 부분이지만, 그러나 무엇이 더 중요한지 수행하는 사람이라면 반드시 새겨야 할 가르침인 것 같다. 선명한 마음과 육신이 있어야 수행도 깨달음도 가능한 것이 아니겠는가.

극단적인 고행을 경고한 아주 좋은 예문이 또 있다. 부처님의 사촌이었던 데와닷따 비구는 부처님 승단에 대한 야망을 품고 부처님께 이런 요청을 한다.

비구들은 일생 동안 숲에서만 살아야지 마을이나 이웃으로 가서는 안 됩니다.
탁발 음식으로만 살아야지 공양 초대를 받아들여서는 안 됩니다.
누더기만 입어야지 법의(法衣: 가사)를 보시 받아서는 안 됩니다.
나무 아래서만 살아야지 지붕 아래서 살아서는 안 됩니다.

이에 부처님은 다음과 같이 대답하셨다.

누구든 숲에 살기를 원하는 사람은 그렇게 하고,
마을의 이웃에 머물기를 원하는 사람은 그렇게 하여라.
탁발한 음식으로만 살기를 원하면 그렇게 하고,
초청을 받아들이기 원하면 그렇게 하여라.
누더기 법의만 입기를 원하면 그렇게 하고,

보시한 법의를 받기 원하면 그렇게 하여라.

우기(雨期)에는 나무 아래 거처해서는 안 되고,

그 외 8개월 동안은 나무 아래서 거처해도 된다.

(율장 쭐라왁가* 7편 3:14-17)

붓다의 대답에는 그의 사상이 오롯이 담겨 있다. 붓다는 세상과 격리된 은둔을 가르치지 않았다. 붓다는 사람들 속에서 그들을 가르치고, 음식 초대에서 축복의 법문을 해 주고, 가사를 받아 그들에게 공덕을 짓게 하고 누더기만을 고집하지 않았다. 우기에는 비가 많이 오므로 제자들이 비를 맞고 나무 아래서 고생하는 것을 원치 않았다.

이것이 바로 고행도 좋지만 그보다 사람에 대한 대자비가 우선해야 한다는 가르침이다. 그리고 붓다 사상의 특징은 극단에 흐르지 않고 각자의 의사를 존중했다는 점이다.

이처럼 고행에 대한 붓다의 견해는 맑은 정신과 몸으로 수행해야 좋은 결실을 얻을 수 있음을 가르치신다. 또한 매사에 극단에 흐르지 않고 고행을 위한 고행이 아닌, 사람에 대한 자비심이 우선되어야 함을 가르치신다.

* **독살이**는 작은 절을 말함. **토굴**은 스님들이 수행하기 위해 거처하는 검소하고 작은 수행 공간.
* **대중처소**: 많은 스님들이 거주하며 계율에 따라 함께 수행 정진하는 큰 사찰을 말함.
* **다섯 감각 기관**: 눈·귀·코·혀·피부.
* **붓다짜리따**: 기원후 약 150년경의 비구인 아슈바고샤가 쓴 붓다의 일대기. 그는 뛰어난 시인, 음악가, 저술가였던 그 시대를 대표하는 비구였다.
* **율장 쭐라왁가**: 율장의 다섯 부분 중에 하나.

기적과 초능력에 대하여

종교에서는 기적이나 초능력 같은, 인간의 힘을 초월하는 어떤 강력한 힘을 갈구해 왔다. 그리고 초월적이거나 영적인 힘을 얻으면 기적도 마음대로 행하고 초능력을 행사할 수 있다고 말하기도 한다.

그러면 깨달은 성자 붓다는 기적과 초능력에 대해 어떤 말을 했는지 살펴보자.

젊은 장자 께왓다가 부처님께 이렇게 말했다.

"부처님, 이 날란다 도시는 사람들로 붐비고 번성하고 부처님께 신심이 돈독한 사람들이 많습니다. 만일 부처님께서 어떤 비구에게 기적을 행하도록 말씀하시면 이 날란다는 더욱더 부처님께 신심을 갖게 될 것입니다."

"께왓다, 나는 비구들에게 '가서 재가자들을 위해 보통 사람을 초월하는 힘으로 기적을 행하라'고 가르치지 않는다."

그러나 께왓다가 재차 이런 요청을 하자 부처님은 이렇게 말씀하셨다.

"께왓다, 나는 기적을 좋아하지 않고, 받아들이지 않고, 탐탁히 여기지 않는다." (디가 니까야* 11:1-5)

위의 예문에서 현실을 직시하는 붓다의 통찰력을 볼 수 있다. 경전 여러 곳에 나타난 붓다의 사유 방식은 어떤 허황되고 비이성적이며, 공상적이고 비논리적인 문제로부터 멀리 떠나 있었다. 이것은 쉬운 말로 설명하면 돼지가 공중을 날 수 없고, 사람의 몸이 동시에 두 곳에 있을 수 없으며, 불로초로도 늙음을 막을 수 없는 현실을 꿰뚫는 이성적인 논리다.

경전에는 수낙캇따라는 부처님 제자가 "부처님이 보통 사람의 힘을 능가하는 어떤 신통 기적도 행하지 않고, 세상의 기원도 보여 주지 않기 때문에 부처님을 떠났다"고 기록하고 있다. 여기서도 분명하게 나타나듯이 붓다는 기적을 좋아하지 않았고 탐탁히 여기지도 않았다. 또한 세상의 기원에 대해 이러쿵저러쿵 실제가 아닌 이야기를 늘어놓지 않았음을 알 수 있다.

여섯 가지 신통을 질문하는 이야기가 있다.

방랑 수행자 수시마는 부처님 교단에 위장 출가했다. 그 당시 붓다 교단은 사람들의 존경과 공경을 받았지만, '방랑 수행자 교단'은 그렇지 못했다. 수시마는 부처님의 가르침을 다 배워 가지고 그의 교단으로 돌아가 붓다처럼 하면, 사람들로부터 존경과 공경을 받을 수 있겠다고 생각했던 것이다.

어느 날 수시마는 깨달음을 얻었다고 하는 부처님 제자들에게,

"깨달음을 얻으신 분들이니 신족통, 천이통, 타심통, 숙명통, 천안통, 누진통*이 있습니까?"라고 물었다.

그러나 어느 제자도 이런 신통을 얻었다고 대답하는 사람이 없었다. 그러자 수시마는 부처님에게, '깨달음을 얻었다는 사람들이 어떻게 신통력도 없느냐'고 물었다.

부처님은 이렇게 말씀하셨다.

"수시마야, 물질은 영원한가 무상한가?"

"무상합니다, 부처님."

"무상한 것은 괴로운 것인가 행복한 것인가?"

"괴로운 것입니다."

"무상하고 괴롭고 변하는 것들을 가지고 '이것은 〈영원한 나〉다. 이것은 〈변치 않는 나 자신〉이다'라고 하는 것이 합당한가?"

"합당치 않습니다."

"그렇다면 그런 무상한 육신이 하늘을 나는 것과 같은 신통을 부릴 수 있겠는가? 수천 리 밖에서 나는 소리를 들을 수 있겠는가?"

"그럴 수 없습니다, 부처님." (상윳따 니까야 12:70)

이 내용은 무상하고 허물어지는 육신을 가지고 끝내는 죽고 마는 인간이, 그리고 눈에 보이는 능력의 한계를 넘어설 수 없는 인간이 무슨 기적을 행하고 초능력적인 신통을 행할 수 있느냐는 현실을 꿰뚫는 냉철한 가르침이다. 이처럼 붓다는 사람들의 황당무계한 어리석음을 깨우치셨다.

위의 예문에서 본 것처럼 붓다의 사유 방식은 철저하게 현실에 바탕을 두고 있으며, 사실에 근거하고, 이성적이고 논리적이고 합리적이었다.

오늘날 불교를 미신적인 종교라고 말하는 사람들도 있는데, 부처님의 근본 가르침을 알면 이런 말이 잘못되었다는 사실을 깨닫게 된다. 불교가 수천 년을 내려오면서 변형되고, 또 각 나라마다 지역마다 그 지방 토속 신앙과 섞이다 보니 본래의 부처님 가르침과 다른 것들이 섞인 것일 뿐이다.

붓다의 현실을 꿰뚫는 명철한 지혜의 가르침에 많은 사람들은 놀라움을 금치 못한다. 붓다(Buddha)라는 말은 '깨달은 사람'이라는 뜻인데, 붓다의 가르침은 참으로 심오하다.

* **디가 니까야**: 긴 길이의 경전을 모은 것으로, 높은 수준의 철학적 안목을 볼 수 있는 경전이다.
* **여섯 가지 신통**: 신족통(시간과 공간을 초월하여 자유자재함), 천이통(아주 먼 곳의 소리를 다 들음), 타심통(남의 마음을 꿰뚫어 앎), 숙명통(과거 생을 다 기억함), 천안통(모든 것을 다 보는 능력), 누진통(번뇌의 끊음이 자유자재한 것).

제2장
침묵에 귀를 기울이는 지혜

　세상을 살다 보면 알게 모르게 관습대로 남이 하던 대로 그냥 따라 살게 된다. 그리고 현실과 타협하면서 관습이 되어 버린 생각이나 관행은 옳고 그름에 무뎌지고 오래 입은 옷처럼 그냥 편하다.

　그러나 '바른 견해'는 가장 첫 번째로 중요한 불교 윤리 덕목이다. 바른 견해에서 바른 행동이 나오고 바른 행동에서 바른 실천이 나오기 때문이다. 그러므로 잘못된 관행, 바람직하지 않은 여러 현상들을 살펴보면서 시정할 것은 시정하는 삶이 바른길인 것 같다.

　여기 무엇이 바른길인지 함께 생각해 보는 글들을 모았다.

열린 종교, 열린 마음

당신이 만일 다른 종교의 예배 보는 곳에 들어갔다면, 당신은 다른 종교의 전통 예식을 따라 예를 할 수 있습니까?

예를 들면 사찰의 법당에 들어왔을 때, 부처님께 합장하고 절할 수 있습니까? 성당에 들어갔을 때는 장궤(몸을 세운 채 꿇어앉는 자세)하고 미사에 참석할 수 있습니까? 예배당에 들어가면 남과 같이 찬송가를 따라 부르고 함께 예배할 수 있습니까? 이 대답에 따라 당신이 얼마나 열린 마음을 가진 사람인지, 얼마나 걸림 없는 자유인인지 알 수 있습니다.

만약 당신이 불교 또는 천주교 또는 개신교 신자인데, 타 종교인이 당신들의 법당 또는 성당 또는 예배당을 방문했을 때, 어색하게 그냥 뻣뻣이 서 있는 사람과 당신들 종교의 예를 기꺼이 행하는 사람이 있다고 합시다. 당신은 이 사람 중에 어느 사람의 태도에 더 호감이 가겠습니까?

다음은 정진석 추기경님의 인터뷰 내용이다.

정진석 추기경: 저는 근본적으로 마테오 리치가 제사 문제를 옳게 본 사람이라고 생각해요. 교육받은 사람은 제사와 미신을 구별해요. 제사는 조상에 대한 공경이지 거짓 신에 대한 미혹이 아니거든요. 그래서 천주교에서 용인하는 거예요. 미신은 점 보러 가는 것이지요. 제사는 우상 숭배나 미신이 아닙니다.

문: 그러면 장례식장에서 망자(亡者: 죽은 사람)에게 절을 해도 되는 겁니까?

정진석 추기경: 그렇죠. 망자를 신격화해서 절하는 게 아니고 그냥 존경하는 거죠.

문: 천주교 신자가 부처님 앞에서 절하는 것을 천주교 교리로 용인할 수 있습니까?

정진석 추기경: 그 전에는 우리도 조금 옹졸해서 절대로 안 된다고 했습니다. 용인을 안 했죠. 근래에는 좀 융통성 있게 대처하지요.

옳은 말씀이다. 오늘날 천주교는 많이 열린 종교가 되었음을 알 수 있다.

사실 남의 종교를 이해하고, 그 다름을 인정하고, 좋은 점은 칭찬하고, 화합하려는 마음을 낸다는 것은 자기 종교만이 최고라는 우월감에 빠져 있는 사람에게는 어려운 일이다. 내 종교가 소중하면 남의 종교도 소중하고, 내 종교가 최고라고 생각하면 남도 그들의 종교가 최고라고 생각할 것이다.

내 종교를 믿는 사람과만 어울리고 다른 종교를 믿는 사람에게는 등을 돌린다면 종교적 화합을 기대하기란 어려운 일이다. 어떤 종교를 가지고 있든 서로 열린 마음으로 다가갈 때, 비로소 종교적 화합이 이루어질 것이다.

어떻게 해서든지 상대방을 내 종교로 끌어들이려고 하기 전에 그의 종교를 존중해 주는 것이 바른 종교인의 자세다. 종교간의 화합과 이해는 자기와는 다른 남이 지닌 다양성에 대한 바른 인식인 것 같다. 또한 서로 내왕을 트고 대화를 나누며 벽을 허물 때 종교간 화합을 이룰 수 있으며, 나아가 좀 더 평화롭고 살기 좋은 사회를 만들 수 있을 것이다.

여기서 종교간의 화합을 위해 노력하는 훌륭한 분들의 예를 몇 가지 살펴보자.

삼각산 화계사에서 '두 손 꼭 잡은 종교, 함께 나누는 평화'라는 주제로 산사 축제가 열렸다. 우리 사회에 만연한 종교간의 반목과 갈등을 참회하고, 다양한 종교가 평화롭게 공존할 수 있는 길을 모색하는 자리였다.

1부 대화 마당은 경동교회 박종화 목사님의 사회로 불교, 개신교, 천주교, 원불교, 이슬람교 등 종교계 인사들과 사회 저명인사들이 참석해 함께 나눔을 주제로 대화를 나누었다. 역사상 처음으로 이슬람 대표가 공식 참가해 대화를 나누는 장이 되었다. 테러 집단의 종교라는 이슬람에 대한 편견과 오해에 대해 서로 다시 생각해 보는 기회였다.

2부 단풍음악회에서는 100여 명으로 구성된 여러 종교의 연합 합창단이 〈10월의 어느 멋진 날〉과 〈사랑으로〉를 함께 불렀다. 모든 종교는 그 나름대로 남이 없는 특징과 빼어난 장점, 저마다의 역할을 가지고 있다. 이웃 종교의 좋은 모습, 닮고 싶은 모습을 나누는 칭찬 릴레이에서는 각 종교의 선행을 이야기하는 등 덕담을 주고받았다.

'부산 열린 종교인 모임'에서는 불교, 개신교, 가톨릭, 원불교 성직자들이 부산 가톨릭신학대학 운동장에 모여 '4대 종교 성직자 축구 대회'를 개최했다. 축구단을 만든 것은 이웃 종교를 폭넓게 이해하고 평화로운 세상을 만들어 가자는 화합의 결실이라고 한다.

'길상사 열린 음악회'에는 법정 스님을 비롯해 당시 83세였던 김수환 추기경님이 참석하셔서 3000여 관중의 우레와 같은 박수갈채를 받았다고 한다.

종교청소년한마당 '평화 씨앗 2기 캠프'에서는 '열어봐! 느껴봐!'라는 주제로 원불교, 가톨릭, 불교, 개신교, 천도교, 유교 등 6개 종교의 28세 이하 청년들이 참여해 각 종교의 고유한 종교의식을 체험하는 등 다양한 프로그램을 운영함으로써 이웃 종교에 대한 이해의 폭을 넓히는 시간을 가졌다고 한다.

포항불교사암연합회에서는 30여 개 사찰의 사부대중* 3000여 명이 함께 모여 1080배 정진으로 종교간의 불화를 극복하고 화합을 이루고, 나아가 국가와 민족, 인류가 모두 평화롭고 행복하기를 염원하는 자리를 마련했다. 종교간 이해와 화합은 이웃과 사회를 행복으로 이끌며, 밝은 미래로 이끈다.

국화, 장미, 모란, 난초, 튤립, 백합 등이 모두 자기 나름의 독특한 아름다움과 빛깔, 모양과 향기를 가지고 서로 어우러져 피어 있듯이 서로 다양한 좋은 점을 가지고 있는 종교가 어우러져 사는 행복한 세상, 그것이 천국이 아니겠는가!
이 사회, 이 시대의 평화와 행복을 위해 다양한 종교인들의 힘을 모아 보자.

* **사부대중**: 비구, 비구니, 남자 신도, 여자 신도의 네 그룹의 공동체를 말함.

성자 달라이 라마

이 세상에는 샛별처럼 어둠을 비추는 훌륭한 인물들이 있다. 이분들의 삶과 가르침은 많은 사람들에게 나아갈 길을 비춰 주는 등대와 같다. 달라이 라마는 이런 분 중에 한 분이다. 일진 스님과 나는 파세디나 컨벤션센터에서 열린 달라이 라마의 강의를 들으면서 그분의 인간적인 면모를 볼 수 있었다. 그 후 나는 대학원에서 달라이 라마에 대해 연구서를 쓴 일이 있다.

달라이 라마의 노벨평화상 수상 소감에 그의 가르침의 핵심이 담겨 있다.

"이 상은 붓다의 가르침을 따라서 내가 실천하려고 애쓰는 비폭력과 자비, 사랑, 이타주의에 대한 인식이라고 생각됩니

다. 우리 모든 인간은 자신의 운명을 결정할 권리와 자유를 원
합니다. 그것은 바로 인간의 본성입니다."

그의 가르침의 핵심은 비폭력과 평화의 길이다. 비폭력은 붓
다의 중요한 가르침인데, 이 비폭력 정신은 인도 역사에 스며들
어 간디 같은 민족 지도자를 만나면서 인도가 비폭력에 의해 독
립을 쟁취한 유일한 국가가 되었다. 사실 성냄은 더 큰 성냄을
가져오고 폭력은 더 큰 폭력을 가져온다.

"증오, 성냄, 질시, 인내하지 못함은 진정으로 문제이입니
다. 이런 것들이 있는 한 문제는 해결되지 않습니다. 이런 나쁜
마음이 있을 때 일시적으로 성공한 듯해도 끝에 가서는 이것
들이 더 큰 어려움을 만듭니다. 그러므로 근본적으로 내 안의
이런 나쁜 경향을 제거해야 합니다.
　비폭력, 남을 해치지 않음, 공격적이지 않은 마음은 바로 자
비에서 옵니다. 상대방을 증오와 나쁜 감정으로 대하면 상대
방도 또한 당신을 증오로 대합니다. 폭력은 더 큰 폭력과 고통
을 부릅니다. 우리들의 투쟁은 비폭력이어야 하고 증오가 없
어야 합니다."

또한 달라이 라마는 수행의 결실인 남과 더불어 사는 사회에
서 삶의 목적이 무엇인지, 삶의 가치가 어디 있는지, 수행자가

일정 기간 수행하되 그 후에 은둔자가 되어서는 안 된다고 분명하게 말씀하신다.

"다른 사람을 돕는 것은 진정한 삶의 목적입니다. 이것은 가장 아름다운 일입니다. 다른 사람에게 친절하게 대할 때 덜 이기적이 되며, 다른 사람의 고통을 함께 나눌 때 존재하는 모든 것들의 이익을 좀 더 생각하게 됩니다. 이타적인 마음에는 두 가지 열망이 있습니다. 하나는 다른 사람이 행복하기를 바라는 열망, 다른 하나는 자기 자신의 깨달음에 대한 열망입니다.
참으로 온갖 열성을 다해 용맹정진하고자 하는 사람은 일정 기간 동안 번잡을 떠난 곳에서 수행 정진하는 것도 좋은 일입니다. 그러나 사람들을 고통으로부터 구해야 한다는 대승불교의 수행 목적을 결코 잊어서는 안 됩니다. 사람들을 돕고 그들에게 행복을 주기 위해 사회 속에 머물러야 하며, 사회에 담을 쌓고 은둔해서는 안 됩니다."

또한 평등에 대한 달라이 라마의 가르침은 분명하다. 타인에 대한 평등을 인정하지 않고 독단적으로 약자 위에 군림하려고 하기 때문에 전 세계는 반목과 질시, 투쟁과 폭력, 탄압이 끊일 사이가 없다는 것이다.

"부자든 가난하든, 배웠든 배우지 못했든, 동양인이든 서양인이든, 믿는 사람이든 믿지 않는 사람이든, 불교인이든 기독교인이든, 유대인이든 이슬람이든, 어떤 종교를 가졌든 우리는 모두 똑같은 인간입니다. 근본적으로, 진정한 인간의 가치 관점에서 볼 때 우리는 모두 평등합니다. 만일 문화나 이념, 믿음, 부유함, 인종을 지나치게 강조할 때, 그때는 더욱더 많은 고통을 만들게 됨을 피할 수 없습니다."

또한 성냄은 마치 독과 같다고 가르치신다. 성냄과 증오를 막는 길은 관용과 인내와 용서라는 것이다.

"성냄, 증오, 자만심, 우월감, 시기, 욕심, 욕정 등 여러 종류의 부정적인 감정이 있는데, 이중에서 성냄과 증오는 가장 큰 악덕입니다. 왜냐하면 성냄과 증오는 자비의 마음을 유지하는데 가장 큰 걸림돌이기 때문입니다. 성냄과 증오는 마음의 평화와 덕성을 파괴해 버립니다. 성냄과 증오로 인한 마음의 파괴를 막는 유일한 길은 인내와 관용입니다. 만일 인내하고 관용을 베푼다면 용서는 자동적으로 옵니다."

달라이 라마의 강의를 들으러 일부러 다른 주에서 온 사람들도 있고, 다른 나라에서 온 사람도 있었다. 달라이 라마의 세계적인 명성은 어디서 오는 것일까? 사실 달라이 라마는 망명 정부 티베트 종교와 정치의 최고 지배자인 국왕의 위치에 있는 분이지만, 이분에게서는 권위라고는 털끝만큼도 느껴지지 않았다. 다른 스님들과 똑같은 삭발한 머리와 똑같은 가사와 맨발에 꾸미지 않은 순수한 자연스러움이 바로 그분의 진면목이다.

뉴욕의 모 사찰에서 어느 종단의 스님이 황금색 관을 쓰고 번쩍이는 황금색 법복을 입고 법회를 하는 것을 본 일이 있다. 초라하기 짝이 없었다. 어찌 부처님의 무소유를 따르는 스님에게 물질과 명예와 권위를 추구하는 세속인과 같은 관이 필요하며, 번쩍이는 화려한 옷이 필요하리오. 부처님의 제자에게는 누더기 가사가 최상의 화려한 가사이며, 삭발한 머리가 최상의 무소유의 절정이 아닌가?

달라이 라마는 이 시대 붓다의 가르침을 가장 잘 실천하는 성자임에 틀림없다.

수행자의 죽음과 삶

　나는 지금도 달라이 라마가 티베트를 탈출해서 인도로 망명하기까지의 과정을 그린 영화 〈쿤둔〉의 한 장면을 생생히 기억한다. 달라이 라마의 아버지가 티베트의 포탈라 궁에서 죽었다. 사람들이 그 시신을 천으로 감은 후 들것에 싣고 산꼭대기로 올라갔다. 청년 달라이 라마는 담담하게 따라갔다. 평평한 산 정상에 시체를 내려놓자 독수리들이 모여들었다. 긴 칼을 든 사람이 시체를 잘라 살을 저며서 가루에 버무려 독수리들에게 던져 주었다. 죽어서까지도 육신을 다른 생명을 위해 보시하는 충격적인 장면이었다.

　인도 바라나시의 갠지스 강에 갔을 때, 강둑에서는 천으로 감은 들것의 시체를 성스러운 강물에 세 번 담근 후 얼기설기 준비된 나무에 올려 태우고 있었다. 다 태운 뒤에 덜 탄 것이 있더라도 그냥 갠지스 강물에 쓸어 넣는다. 그런데 강의 또 한편에서는 많은 소들이 목욕을 하고, 그 옆에서는 사람들이 강물에 몸을 담그고 이마에 끼얹고 있었다.

한국 사람들은 시체를 무서워하며 멀리하고 곡을 하지만, 인도 사람들은 사람이 죽어도 울지 않으며 그냥 강 옆에서 시체를 태워 버리고 그 물을 성수라고 한다. 그들은 죽음을 대수롭지 않게 생각하는 것 같다.

부처님의 근본 가르침은 청빈한 삶에서 비롯되었다. 그분은 왕자의 화려한 삶보다는 누더기 가사 한 벌의 삶을, 화려한 왕궁보다는 숲 속의 나무 밑을 선택하셨다. 깨달음을 방해하는 것은 탐욕이라며 가장 경계하시고, 제자들에게 철저한 청빈을 가르치셨다. 왜냐하면 무엇인가를 소유하면 집착이 생기기 때문이다.

부처님은 이모의 아들인 난다 왕자를 출가시켰다. 그 뒤 난다가 다리미로 다린 가사를 입고, 치장을 하고, 반짝이는 발우*를 들고 다니는 것을 보고 말씀하셨다.

"난다야, 너의 차림새는 어울리지 않는다. 누더기를 입고, 감각적인 쾌락에 끄달리지 않는 것이 출가 수행자에게 어울리는 것이다."

출가 수행자가 추구하는 것은, 겉모양을 치장하는 데 연연하는 속세 사람들과는 달라야 한다는 가르침이다.

빠알리 경전에 나타난 부처님의 가장 분명한 특징 가운데 하나는 그분은 현실을 직시하신다는 것이다. 진리에 바탕을 둔 타당성과 합리성은 그분의 냉철하고 바른 견해에 잘 나타나 있다. 화려함, 권위주의, 신비함, 허황됨, 형식적인 겉치레 등은 부처님과 너무나 거리가 먼 이야기다.

나에게 수행자로서의 기초를 튼튼히 다져 주신 인홍 큰스님, 수행자의 모범이셨던 인홍 스님이 열반하신 것은 내가 미국에서 공부하던 중이었다.

몇 년이 지난 뒤에 석남사에 가서 스님의 사리탑을 찾아 인사를 드렸다. 사리탑은 아무도 찾지 않는 높다란 산 중턱에 있었다. 나는 이런 생각이 들었다. 인홍 큰스님의 사리탑을 석남사 일주문 밖에 사람들이 왕래하기 쉬운 곳에 모셨으면 어떨까? 그리고 크지는 않더라도 '인홍 공원'을 만들어 사리탑을 공원 가운데 세우고 여기저기 긴 의자들을 만들어 사람들이 쉴 수 있게 하고, 온갖 나무와 아름다운 꽃들을 심어 누구든지 한번 들어가 보고 싶은 마음이 들 정도로 아름답게 꾸미고 싶다. 무료로 누구나 들어가서 쉬어 갈 수 있는 그런 공원을 만들고 싶다. 그렇게 되면 많은 사람들이 인홍 큰스님의 훌륭한 면모를 비석을 통해 읽고 훌륭히 살다 가신 스님을 기억할 것이다.

나는 왜 이런 생각을 하는가? 초기 경전을 전공하다 보니 그것을 수없이 읽어, 분명히 드러난 것은 부처님의 가르침은 소비적인 것이 아니라는 것이다. 현실을 냉철히 직시하는 생산적인 것이며, 사람들의 이익을 위해 수행의 결실을 행동으로 실천하는 현실적인 것이다. 그러면 사람들의 이익을 위해 어떻게 행동으로 실천할까? 또 생산적인 불교는 어떤 것인가? 그것은 사람들의 행복에 초점을 두는 것이다.

> "누구에게 공덕이 밤낮으로 증가합니까?"
> "동산과 숲을 조성하고 나무를 심고 그늘을 드리워
> 지친 나그네 쉬어 가게 하고
> 다리를 놓아 물을 건너가게 하고
> 객사를 지어 나그네 쉬어 가게 하는
> 이런 이에게 공덕은 밤낮으로 증가한다네." (상윳따 니까야 1.5:7)

부처님은 은둔의 수행자가 아니었다. 깨달음을 얻은 뒤 사람들의 이익과 행복을 위해 45년 동안 가르침을 펴셨다. 만나는 모든 계층의 사람들과 대화하고, 밤늦게까지 가르침을 펴셨으며, 마지막 병상에서조차 가르침을 구하는 사람을 내치지 않으셨다.

부처님은 세상과 담을 쌓고 자신의 안일만을 추구한 수행자가 아니었다. 수행의 목적이 깨달음이라면, 깨달은 후에는 부처님처럼 그 깨달음의 진리를 사람들에게 나누어 주고 가르쳐 주어야 하지 않을까?

　부처님의 제자가 부처님처럼 살 때, 부처님의 가르침을 가장
잘 실천하는 수행자라고 생각한다.

　수행의 궁극적인 목적은
　사람들의 행복을 위해
　수행의 결실을 실천하는 일이다.

---

* **발우**: 많은 대중 스님들이 함께 모여 침묵 중에 법답게 밥을 먹을 때 사용하는 그릇으로, 네
개가 포개지도록 크기가 다르게 되어 있다. 스님들이 식사하는 전통적인 그릇을 말함.

모든 사람을 두루 포용한 아소까* 왕

아소까 왕은 기원전 250년경에 살았던, 인도 역사상 가장 존경받는 빼어난 왕이다. 그가 새긴 수많은 바위와 돌기둥 각문은 감동 없이는 읽을 수 없다. 이 세상에 수많은 제왕과 황제들이 살았지만, 그들은 한순간 반짝이다 사라졌다. 그러나 아소까는 시간과 공간을 초월해 영원히 샛별처럼 더욱 빛을 발한다.

아소까 각문이 새겨진 돌기둥의 법륜상은 인도 국기 가운데 있고, 돌기둥의 사자상은 인도 문장으로 채택된 것이 그의 중요성을 말해 준다.

왜 아소까 왕을 그렇게 훌륭하다고 말하는가? 사실 아소까 왕은 부처님의 가르침에 완전히 심취해서 그의 아들과 딸도 출가시켰다. 그리고 무엇보다도 불교가 세계 불교가 되는 데 초석을 놓은, 기독교의 바오로 사도와 같은 존재다. 이런 그였지만, 그는 모든 종교를 존중하고 공경하고 보시를 하고, 부자든 가난하든 또는 어떤 종교를 가졌든 모든 백성을 두루두루 포용했다. 그래서 그는 더욱더 빛을 발한다.

그의 각문에 나타난 여러 훌륭한 내용 중에 바위에 새긴 각문 한 가지만 소개하고자 한다. 바른 종교인의 자세가 절실히 요구되는 요즘, 한국 종교계에 아주 적합한 각문인 것 같다.

바위 각문 12

"자비로운 삐야다시 아소까 왕은 모든 종교 교단의 성직자와 재가자에게 보시와 다양한 여러 가지 공경으로 존경을 표합니다. 그러나 자비로운 삐야다시 아소까 왕은 보시나 존경은 모든 종교의 본질을 증진시키는 것만큼 그렇게 중요하다고 생각지 않습니다. 이런 본질을 증진시키는 것에는 여러 가지가 있는데, 그 근본은 자신의 말을 절제하는 것입니다.

그것은 타당치 못한 경우를 당했을 때 자신의 종교를 칭찬하지 않고 다른 종교를 비난하지 않는 것입니다. 그러나 타당한 경우라 하더라도 모든 경우에 절제해야 합니다.

다른 종교를 모든 면에서 존중해야 합니다. 그렇게 함으로써 자신의 종교도 이익을 얻고 다른 종교도 이익을 얻습니다. 그러나 그렇게 하지 않으면 자신의 종교도 해치고 남의 종교도 해치게 됩니다.

자신의 종교에 대한 지나친 헌신 때문에 자신의 종교만 추켜세우는 사람은 누구나, 그리고 다른 종교를 비난하는 사람은 누구나, 그것은 다만 자신의 종교를 더욱 심하게 해치는 일입니다.

그러므로 서로 알고 지내는 것은 바람직하며, 다른 종교가 믿는 교리에 귀 기울이고 그것을 존중해야 합니다. 자비로운 삐야다시 아소까 왕은 모든 종교의 사람들이 다른 종교의 훌륭한 교리에 관해 잘 알게 되기를 바랍니다.

각자의 종교에 집착하는 사람들에게 이것을 말해야 합니다. '자비로운 삐야다시 아소까 왕은 보시나 존경은 모든 종교의 본질을 증진시키는 것만큼 그렇게 중요하다고 생각지 않습니다'."

2200년 전에 아소까 왕은 벌써 이렇게 모든 이에게 공감을 주는 빼어난 각문을 새겼다. 위의 각문은 구구절절 모든 종교인이 새겨야 할 가슴을 울리는 말들이다. 가장 중요한 근본은 남의 종교를 비난하는 '말을 절제'하라고 새기고 있다. 종교간 화합을 가져오기 위해 다른 종교의 교리도 알아야 하며, 남의 종교를 존중할 때 쌍방이 이익이 되고, 남의 종교를 비난하는 것은 자신의 종교를 더욱 심하게 해치는 것이라는 가르침은 이 시대 모든 종교인들이 깊이 새겨야 할 명언이다.

---

* **아소까(Asoka)**: 기원전 304~233년쯤 인도를 통치한 왕. 37년간 통치했고, 30여 년간 불교에 열정을 기울이고 71세에 생을 마감하였다. 그가 새긴 바위 각문과 돌기둥 각문에 의하여 그의 삶을 알 수 있다. 복지와 자선 활동의 모델이다. 이웃 나라에 불교를 전하여 세계 불교가 되는 초석을 놓았다.

물같이 하나 되어

수십 년 전의 일이 지금도 생생히 기억나는 것은 웬일일까? 수녀원에 있을 때 아마도 심성 프로그램이었던 것 같다. 지도하는 사람이 우리 모두에게 말하기를 각자 가장 좋아하는 자연물이나 사물을 하나씩 선택하라고 하였다. 모두들 하늘, 별, 은하수, 바람, 바다, 산 등과 같은 멋지고 아름다운 이름을 선택하였다.

그런데 라파엘라 수녀님은 '물'을 선택하였다. 나는 속으로 '하고많은 멋진 것들을 놔두고 물을 선택하다니……'라고 생각하였다. 그러나 이 글을 쓰는 지금 물의 본성을 제대로 본 라파엘라 수녀님의 선택에 찬사를 보낸다.

알고 보면 어느 것 하나 스승 아닌 것이 없다. 훌륭한 사람은 내가 본받을 수 있으니 스승이고, 나쁜 사람은 나를 경책하고 돌아보게 하니 또한 스승이다. 사람뿐 아니라 자연의 여러 모습은 우리의 스승이다. 이 가운데 물의 성품은 우리가 정말 본받아야 할 훌륭한 모습을 지니고 있다. 이런 물의 성품과 우리의 삶을 비교하면서 물의 교훈을 새겨 보자.

물은 어느 것과도 다투지 않는다. 돌돌돌 흘러가는 개울물을 보면 물은 큰 돌, 작은 돌, 모난 돌, 둥근 돌 등 어떤 모양의 돌과도 부딪치지 않고, 좋고 싫고를 구별치 않고 모든 것을 감싸면서 흘러간다. 큰 돌은 크기 때문에 듬직해서 좋고, 작은 돌은 작기 때문에 귀여워서 좋고, 모난 돌은 개성이 있어 좋고, 둥근 돌은 매끄러워 좋다. 왜냐하면 큰 돌이 크다는 이유로 우월감을 갖지도 않으며, 작은 돌은 작다고 큰 돌을 시기하지 않으며, 모난 돌은 그 모난 모서리로 다른 돌을 찌르지 않으며, 둥근 돌은 모난 돌을 괴짜라고 몰아붙이지 않기 때문이다.

물은 자기를 고집하지 않고 담기는 그릇에 따라 모양이 변한다. 네모 그릇에는 네모로, 세모 그릇에는 세모로, 작은 그릇에는 작게, 큰 그릇에는 크게 물의 모양이 변한다. 꼭 어떤 모양이기를 고집하지 않고 상대방의 특성에 따라 자기를 변화시켜 조화를 이룬다. 상대방이 나에게 맞추기를 강요하지 않고 내가 상대방에게 맞춘다. 나를 버려야 내가 산다는 진리를 알고 있다.

자신의 아집, 고정 관념, 집착의 틀을 버릴 줄 안다.

물은 높은 곳에 머물지 않고 계속 낮은 곳으로, 낮은 곳으로 흘러간다. 높은 곳에 자기를 떠받들어 주기를 바라지 않는다. 물은 항상 낮은 곳에 머물며 낮은 곳이 항상 더 편안하고 넉넉하다. 높은 위치에 있을수록 교만하지 않으며, 낮은 지위에 있는 이를 깔보지 않는다. 그것은 마치 벼가 익을수록 고개를 숙이는 것과 같다.

물은 만나서 하나가 된다. 아주 작은 물방울이 큰 바다에 떨어져도, 강물이 큰 바다에 흘러들어도, 만나면 즉시 하나가 된다. 물방울이 물방울로 남아 있기를 고집하지 않는다. 강물이 강물로 남아 있겠다고 우기지 않는다. 개울물, 도랑물, 샘물, 호수의 물 등 어떤 물이라 하더라도 그들은 만나면 하나가 된다. 그들은 자기를 고집하거나, 자기만 잘났다고 다른 것을 깔보거나, 자기와는 다른 것을 배척하지 않는다. 작은 자아를 포기하여 더 큰 일치를 이룰 줄 안다.

물은 온갖 더러운 것을 씻어 깨끗이 한다. 아무리 썩어서 더러운 것이라도 물이 지나가면 순식간에 깨끗해진다. 물은 혼자 깨끗한 척하며 높은 곳에 고고하게 앉아 남더러 더럽다고 추하다고 나무라며 더러운 것과 벽을 쌓지 않는다. 더러운 것에 직접 뛰어들어 썩고 냄새나고 추한 것들을 남김없이 씻어 내고, 신선하고 깨끗하게 순식간에 만들어 버리는 마력을 가지고 있다. 그 힘은 바로 자기 속에서 더러운 것을 깨끗하게 정화시키는, 즉 더러운 것에 물들지 않고, 더러운 것을 다 삭이고 녹여서 다시 깨끗하게 만드는 순수함이 있기 때문이다.

그것은 마치 연꽃이 더러운 물속에서 자라지만 그 더러움에 물들지 않고, 고고하고 아름다운 꽃을 피우는 것과 같다.

이처럼 물의 성품은 우리의 스승이다. 물이 모든 것을 감싸면서 흘러가듯이, 자기를 고집하지 않고 그 모습을 바꿔 가듯이, 서로 만나 하나가 되듯이, 더러움을 깨끗이 정화하듯이, 낮은 곳에 겸손하게 머물 듯이, 우리도 물의 성품을 본받는다면 자신의 내면의 뜰은 훨씬 더 풍요로워질 것이다.

방생, 올바르게 바뀌어야 한다

물고기 방생은 생명을 살려 준다는 그 진정한 의미를 잃었다. 지금은 방생에 따른 폐해를 인식한 터라 많이 시정되었지만, 그래도 잘 모를 수도 있어 방생이 왜 변해야 하는지에 대해 다시 한번 살펴보자.

인도 성지 순례를 갔을 때 보고 느낀 이야기다. 연못이 있는 유적지에는 으레 여인들이 물고기 그릇을 앞에 놓고 줄을 지어 앉아 있었다. 또 아이들은 잡아 온 새를 들고 서서 사라고 했다. 한국 신도들은 한국에서 방생하듯 습관대로 물고기를 사서 그 연못에 놓아주었다. 그리고 새도 사서 놓아주었다.

그러자 새를 판 아이들은 또 다른 새를 잡으러 달려갔다. 새를 사서 놓아주는 의미가 그 아이들로 하여금 또 다른 새를 잡아 오게 하는 결과를 낳았던 것이다. 뿐만 아니라 어두운 밤이 되면 아마도 아이들은 연못에 그물을 쳐서 고기를 잡을 것이다. 그러고는 연못가에 앉아 잡은 고기를 또 팔 것이다. 이는 새와 고기에게 자유를 주는 것이 아니라 오히려 생명을 잡고, 놓아주는 악순환으로 생명을 괴롭히는 것이기 때문에, 여기에는 더 이상 생명을 살리는 방생의 의미는 없다.

방생의 원래 의미는 무엇인가? 방생(放生)이란 잡혀서 묶여 있는 물고기나 새, 짐승 등을 살 수 있는 곳에 놓아주어 생명을 살리는 일이다. 부처님을 대표하는 가르침은 자비다. 자비는 인간뿐 아니라 모든 생명 있는 것들을 죽이지 않고 불쌍히 여기는 마음이다. 이런 자비 사상이 방생으로 나타난 것이다.

방생을 가기 위해서는 미리 물고기를 사야 한다. 그런데 푹푹찌는 여름 날씨에 이들을 작은 상자 속에 하루 또는 이틀씩 놓아둔다면, 물고기들이 골병드는 것은 당연한 일이다. 미물에까지이르는 부처님의 자비를 진정으로 실천하는 사람이라면, 이런 무자비한 일은 금해야 한다. 이렇게 상자에 담긴 물고기는 물속에 놓아주기도 전에 이미 골병이 든 상태라, 물에 놓아준다고 해도 제대로 살 수가 없다고 한다.

또한 민물에서만 살 수 있는 민물고기를 바닷물 속에 놓아주면 다 죽어 버리고 만다. 그런데 이런 상식도 없이 관습적으로 방생을 하다 보면 방생한 물고기가 떼로 죽음을 맞기도 하니, 오히려 살생을 하는 격이라고 어류 학자들은 말한다.

　자라는 방생용으로 많이 산다. 그런데 자라를 물속에 놓아주면, 하천 아래쪽에서는 그물을 치고 있다가 도로 잡아서 판다고 한다. 잡고, 팔고, 사고, 골병들고, 방생하고……, 이런 악순환이 계속되는 것이다. 방생이란 단지 살려 주는 것뿐만이 아니라 생명을 괴롭히지 않는 것, 건강하게 잘 살아가도록 돕는 일이다. 그렇다면 방생은 이미 그 진정한 의미를 잃어버렸다.

　미꾸라지는 값이 싸서 방생을 하는 대표 어종이다. 그런데 한강은 서식 조건이 맞지 않아, 방생한 미꾸라지가 얼마 지나지 않아서 죽을 확률이 높다고 한다. 게다가 시장에서 파는 미꾸라지의 대부분은 중국산이어서 토종을 해칠 우려가 있고, 비단잉어나 금붕어도 인공적으로 품종을 개량한 것이라 자연에서 살아남기가 어렵다고 한다.

　물고기 방생 대신 물고기 먹이를 물에 던져 넣는 경우도 있는데, 어류 전문가들은 이것도 금해야 한다고 말한다. 그런 먹이들은 물고기가 먹지도 않을 뿐더러 썩어서 하천을 오염시킨다는 것이다. 촛불을 등에 켜서 물에 띄우는 것도 그 촛농이 물에 들어가면 물고기에게 해로운 것은 물론 하천을 오염시키니 금해야 한다고 말한다. 또한 자라나 거북의 등에 소원을 적거나 이름을 쓰는 성숙지 못한 일도 삼가야 한다. 자신의 복을 빌기 전에 참된 방생의 의미를 새겨 보고, 거북이나 자라가 잘 살 수 있도록 기원할 일이다.

"최근 필자는 한강 하류의 어류를 종합 조사한 적이 있다. 그런데 이전에 흔하던 우리 토종 자라나 남생이는 거의 없고, 방생 금지어로 지정된 외래종 붉은귀거북이 매우 많았다. 이들 대부분의 배에는 많은 소원이 적혀 있거나 이름이 적혀 있었다. 한쪽에는 이들 거북을 잡으러 다니는 사람도 여러 명 있었다. 왜 잡느냐고 물었더니 방생하는 사람들이 찾아서 잡는다고 했다." —어류 전문가 이완옥 박사

잘못된 방생은 생태계를 파괴한다. 장수풍뎅이 등 곤충을 산에 풀어 놓는 일도 있다고 한다. 이 또한 위험한 발상이라고 한다. 만일 천적이 없든지, 다른 것들을 다 잡아먹든지, 번식력이 굉장하다든지 하는 등의 경우 생태계를 파괴하고 이변을 일으킨다고 한다. 실제로 생태계를 파괴할 우려가 있어 방생이 금지된 물고기는 모두 수입해 온 것들로, 육식 또는 잡식을 하며 닥치는 대로 다 잡아먹고, 천적이 없으며, 번식력 또한 굉장하다고 한다. 만일 이런 것들을 방생하면 법적인 처벌을 받아야 한다.

정월 대보름 방생은 금해야 함을 알 수 있다. 물고기만 연구하는 이완옥 박사의 글을 살펴보자.

"정월 대보름의 경우 물고기의 입장에서 보면 아주 혹독한 기온의 시기다. 우리나라 물고기들은 온수성 어류로 섭씨 20~25도 내외에서 가장 잘 살 수 있으며, 수온이 15도 이하일 때(4월 전, 10월 후)는 거의 먹이를 먹지 않고 조용히 쉬기 시작한다.

수온이 10도 이하로 떨어지는 겨울이 되면 대부분의 물고기는 자기가 쉴 수 있는 장소를 찾아 거의 움직이지 않고 동면에 들어간다.

그런데 정월 대보름에 방생하는 물고기는 이런 동면에 들어가야 할 것을 잡거나, 또는 양식장에서 곱게 자란, 자연에서는 저온에 적응이 힘든 물고기를 방생하는 것이다. 이들 물고기들을 험난한 환경, 가장 어려운 시기에 자연으로 내보내는 것이다. 이렇게 방생된 물고기는 수온 조절에 실패하면 바로 얼어 죽거나 살아나더라도 다음 해 봄까지 도저히 생존이 불가능하기 때문에 정월 대보름 방생은 신도들이 원치 않는 살생이 되기 쉽다.

어떻게 해야 방생의 참뜻인 생명 존중의 사상을 실천할 수 있고, 생태계에도 도움이 되는 길인가?

① 붉은귀거북, 배스, 블루길, 향어 등 외래종과 가물치 같은 육식어는 방생을 금해야 한다. 우리 토종인 자라, 잉어, 붕어, 메기, 동자개, 쏘가리, 참게 등이 좋다. (바닷물 종류는 다름.)

②방생 시기는 수온이 높아서 방생한 물고기들이 험난한 자연에서 바로 적응을 할 수 있는 5월과 6, 7, 8, 9월까지만, 즉 수온이 15도 이상일 때만 방생해야 한다.

③방생할 때는 적어도 생태적으로 문제가 없는지 전문가에게 문의해야 한다."

이처럼 정월 대보름의 혹한에 방생하는 것은 생명을 괴롭히는 일이고, 나아가 살생을 하는 것임을 알 수 있다. 그러므로 정월 대보름 방생은 금해야 한다.

그럼 현대에 맞는 이상적인 방생은 무엇일까? 그것은 인간 방생이 아닐까. 자유롭고 편안한 삶을 살게 해 주는 것이 방생의 목적이기에, 이웃에 사는 외롭고 쓸쓸한 이들이나 자립이 불가능한 사람들, 의지할 곳 없는 이주 노동자들에게 도움의 손길을 주는 것도 훌륭한 방생이다. 이 외에도 무의촌 의료 봉사, 양로병원 위로 봉사, 교도소 봉사 등 방법은 여러 가지가 있을 것이다.

이미 정월 대보름 방생은 정월 대보름 민속 축제로, 지역 주민들과 함께하는 축제로 되어 가고 있다. 스님과 신도들만의 한정된 방생에서 벗어나 그 지역 모든 사람들과 함께하는 지역 축제로 승화되고 있다.

연등 축제가 민속 축제로 완전히 자리 잡은 것처럼, 방생도 그렇게 되어야 한다. 널뛰기, 연날리기 대회, 줄다리기, 윷놀이, 부럼 깨기, 서원지 쓰기, 강강수월래, 지역 경로잔치, 오곡밥 공양 등 지역 주민과 함께하는 민속 명절이 되어 가고 있으니 참으로 바람직한 일이다.

내 종교가 소중하다면

　2009년 4월의 보리암 훼불 기사는 우리를 슬프게 한다. 물론 일부이긴 하지만 현대 사회에서 아직까지도 한국 모 종교의 훼불 사건이 일어난다는 것은 충격적인 사실이다. 한국에도 서로 존중하고 내왕하며 종교간 화합을 이루려고 노력하는 훌륭한 사람들이 많은 시점에 일어난 이런 일은 화합을 깨는 근원이 아닐 수 없다.

　불교든 기독교든 천주교든 원불교든, 자신이 속한 종교의 근본 가르침을 제대로 알지 못하면 편협하고 옹졸한 생각에서 벗어나기가 힘들다. 남의 종교를 훼손하는 것은 자신이 속한 종교를 위한 것이 아니라 오히려 자신이 믿는 종교에 누를 끼치며 비난받을 일을 만드는 것이다. 이런 훼불 사건을 보면서 우리는 무

엇을 생각해야 할까? 마음을 비우고 바른 종교인의 자세에 대해
생각해 보자.

바른 종교인의 자세로 가장 중요한 것은 무엇보다도 먼저 종
교인이기 전에 남을 배려할 줄 아는 따뜻한 마음을 가진 인간이
어야 한다는 사실이다. 여기서는 종교를 내세울 필요도 없고, 종
교가 있고 없고를 따질 필요도 없으며, 내 종교 남의 종교를 구
분 지어 배척할 필요도 없고, 내 종교를 남에게 강요할 필요도
없으며, 종교가 달라서 친구가 되기 어렵다고 단정할 필요도 없
다. 이런 것들을 다 내려놓고 순수한 인간 대 인간으로 만나야
한다.

남을 염려할 줄 아는 사람은 사소한 일에도 남이 마음을 다칠
까 남의 입장에서 생각한다. 두 사람 이상이 모이면 첫 번째 지
켜야 할 덕목이 화합이라고 했다. 화합을 이루기 위해서는 기본
적으로 마음의 바탕에 남을 염려하는 마음이 있어야 한다.

바른 종교인의 자세는 다른 종교를 이해하려고 노력하는 것이
다. 알지 못하기 때문에 편견을 버리지 못하고, 자기가 아는 테
두리 밖의 세계는 이해를 하지 못한다. 그러므로 다른 종교의 성
전도 읽어 보고, 서로 대화하고 내왕하며 친선을 도모해야 한다.
그래서 화목한 세상이 될 때, 그때 종교는 세상의 빛과 소금의
역할을 하는 것이고, 비로소 제구실을 하는 것이다. 종교끼리 알
력을 일으키면서 어떻게 세상의 빛과 소금이 되겠는가.

고우 스님은 이런 법문을 했다.

"절 앞의 희양산은 앞에서 보면 돌산인데 뒤에서 보면 숲이
무성해요. 그래서 앞에서 본 사람과 뒤에서 본 사람이 서로 옳
다고 싸우는데, 정상에 올라 양쪽을 다 본 사람은 결코 싸우지
않지요."

이처럼 내 것만 보지 말고 남의 것도 두루두루 안다면 자신의
편견이 보일 것이다. 다른 종교의 교리도 읽어 보고 훌륭한 점은
서로 배워야 하지 않을까. 열린 마음으로 그 다름을 보아 준다
면, 다양한 신앙생활이 더 흥미로울 수도 있다.

오래전에 숭산 스님의 미국인 제자가 주지로 있는, 켄터키 주
의 선방에 간 적이 있다. 그런데 흥미롭게도 그날 토마스 머튼으
로 인해 더 유명해진 관상 수도원인 겟세마니 트라피스트 수도원
에서 미국인 신부님들과 신도들 25명쯤이 와서 함께 참선하고,
법문을 듣고, 발우 공양을 했다. 또한 겟세마니 수도원에서는 숭
산 스님을 초청해 신부님들과 신자들이 법문을 듣기도 했다.

뉴욕 맨해튼에는 170년의 유서 깊은 유명한 유니온 신학대학원
이 있다. 해마다 100명도 넘는 미국인 신학생들이 뉴욕 조계사의
명상 수행에 참여했다. 조계사에서는 이들을 위해 100여 개가 넘
는 발우를 한국에서 가져왔고, 신학생들은 전통 불교 예식과 발우

공양, 그리고 명상 수련을 하고 설법을 들으며 하루를 보냈다.

로스앤젤레스의 명물, 중국 절 서래사에는 3박 4일간 영어권의 수녀와 비구니의 모임이 있다. 모임의 목적은 수도자로서 당면하는 삶의 여러 현상들에 대한 견해를 나눔으로써 서로의 수도 생활에 도움이 되고자 함이었다.

놀란 것은 참석한 미국 수녀님들은 모두 사복을 입고 있었고, 어떤 수도회는 화장도 하고 귀금속으로 치장도 하였다. 아마도 현대를 살면서 변화의 필요성을 느낀 것일까?

우리 모두는 새벽 예불 시간에 법당에 모여 함께 예불을 했다. 마지막 날에는 신부님이 와서 모두 함께 미사에 참석하고 신부님의 강론도 들었다.

이 모든 것이 타 종교의 좋은 점은 배우려는 적극적인 모습이라고 할 수 있다.

이처럼 바른 종교인의 자세는 종교인이기 전에 따뜻한 마음을 가진 인간이어야 하며, 내 것만이 최고라는 자아도취에서 벗어나야 하고, 남의 종교를 이해하려고 노력하는 것이 필요한 것 같다.

이 세상 종교인들이 모두 남의 다름을 이해하고 화합해서 열린 마음의 종교인이 되기를 기원한다.

대만 불광사 성운 스님

　대만 불광사의 성운 스님은 불교가 나아가야 할 길을 명쾌하게 제시하고 있는, 이 시대 사람들에게 가장 가까이 다가간 생동하는 불교를 실천하는 탁월한 인물이다. 나는 이분의 사상을 연구해 한 학기 연구서를 쓴 일이 있다. 사람을 위한 불교가 아니라면 그런 불교는 이 세상에 존재할 필요가 없다고 주장하시는 그분의 가르침을 살펴보자.

　성운 스님의 가장 중요한 사상은 '인간을 위한 불교'에 바탕을 두고 있다. 불교가 사람에게 이익을 주고 행복을 주어야 한다는 것이다. 인간을 위한 불교의 가장 중요한 핵심은 자비다. 바다와 같은 자비 안에는 원수도 없고, 분쟁도 없고, 폭력도 없다.

"사람을 위한 불교는 진정한 보살의 길이다. 종파에 상관없이 사람을 위한 불교는 맹목적으로 전통만 따라가는 것이 아니라, 현대 시대의 흐름에 주의를 기울이는 것이다. 이 점은 바로 미래를 위한 횃불이기 때문이다. 우리 중국 불교는 붓다의 가르침을 실천에 옮기는 것에 실패했다. 그래서 진정한 가르침의 방향을 잃어버렸다.

자비는 고통을 제거하고 기쁨을 가져온다. 자비는 모든 선의 뿌리다. 자비는 불교의 마음이다. 자비의 씨앗이 없이 불성이 우리 안에 성숙하는 것은 불가능하다.

우리들은 모두 두 개의 손을 가지고 있다. 그 손이 죽이고, 도둑질하고, 남을 폭행하는 등 나쁜 행위에 쓰이지 않고, 대신 친절, 자비, 기쁨, 관용을 베풀도록 하자. 이 세상의 평화와 화합은 바로 이런 우리의 손에 달렸다."

또 성운 스님은 매일매일 현재의 삶의 중요성을 강조한다. 왜냐하면 매일매일을 충실히 사는 것이 과거, 현재, 미래를 다 아우르기 때문이다.

"우리의 희망을 미래의 서방정토에 두는 대신, 우리가 지금 사는 이 지구를 평화와 축복의 정토로 만들려고 왜 노력하지 않는가? 우리의 모든 에너지를 미래의 어떤 것을 위해 투자하는 대신, 지금 현재 이 순간 우리의 몸과 마음을 정화하려는 노

력을 왜 기울이지 않는가? 서방정토는 바로 여기에 있다. 우리
가 사는 현재의 삶이 가장 중요하다고 생각한다."

또한 성운 스님은 중생을 위해 수행의 공덕을 돌려주어야 한
다고 강조한다. 수행의 목적이 무엇인지, 삶의 목적이 무엇인지
분명히 제시하고 있다.

"사람을 위한 불교는 죽은 후의 저 세상보다는 이 세상의 문
젯거리에, 자기 자신의 이익보다는 다른 사람의 이익, 자기
혼자만의 수양보다는 우주적인 구제에 좀 더 비중을 두어야
한다. 종교를 실천한다는 것은 다른 사람들을 위해 헌신하고,
봉사하고, 그들에게 이익을 주기 위해 일하는 것이다.
　나는 붓다를 존경하고 그의 가르침을 따른다. 그러나 나는
부처가 되기를 원하지 않는다. 천상 세계를 원함이 없이 나는
선을 실천한다. 나는 스님으로 이 고해의 세상에 또다시 태어
나서 고통받는 사람들의 삶을 나누기를 원한다."

뿐만 아니라 남을 이롭게 하는 삶에는 물질적인 것 이상으로
중요한 것이 있는데, 무엇이 최고로 가치 있는 선물인지를 제시
한다.

"최상의 보시는 마음에서 오는데, 참으로 행복한 마음은 미

소로 나타난다. 미소는 최고의 보시이며, 최고로 가치 있는 것이다. 따뜻한 생각과 말과 행동은 다른 사람에 대한 보시의 마음, 돕는 마음, 희망을 주려는 마음으로 이끈다. 남에게 친절하고 신중한 말을 해야 한다. 친절한 말은 신선한 공기를 들이마시는 것과 같다. 친절한 말을 하는 데 주저하지 말라. 따뜻한 마음과 남을 격려하는 마음에 인색하지 말라."

또한 사람을 위한 불교는 정체된 자기 수행에서 끝나는 것이 아니라 그 수행의 힘을 남의 이익을 위해 돌려야 한다고 강조한다. 사람을 위한 불교는 사회와 사람들을 등지는 것이 아니라 사람들과 더불어 삶을 나누는 것이다.

"불교 지도자 중에 어떤 스님들은 부처님 가르침을 전파하고 다른 이를 이롭게 하는 데 거의 관심을 두지 않는 것 같다. 대신에 이들은 사회와 차단된 산속에서 자기 자신을 연마하고 자기를 보존하는 데만 몰두하는 것 같다.

바로 이 점이 불교가 왜 널리 퍼지지 못하고 쇠퇴하게 되었는지를 말해 준다. 그래서 사람들의 일상적인 삶과는 거리가 멀어졌고, 그러는 동안 불교에 대한 곡해가 만연했으며, 미신과 무지가 판을 치게 되었다. 이게 누구의 책임인가?

중국의 불교는 명나라, 청나라 이래로 내리막이었다. 불교 박해는 사회 속의 대중 불교를 산속으로 추방함으로써 은자의 수행과 자기 연마에만 몰두하게 했다. 어떤 스님들은 이런 수행은 불교도로서의 할 일이라고 주장한다. 그러나 자기 자신의 행복에만 몰두하지 사람들의 행복에는 주의를 기울이지 않는다."

이처럼 성운 스님은 불교가 정체된 원인을 진단하고 불교가 나아가야 할 방향을 분명히 제시하고 있다. 고요한 곳에서 자신을 연마하고 수행하는 것도 수행자에게 필요한 일이다. 그러나 부처님이 깨달음을 얻은 후 중생을 위해 45년 동안 가르침을 펴셨듯이, 중생의 행복을 위해 자신의 수행을 회향*해야 한다고 강조하신다.

---

* **회향**: 자신이 지은 수행의 결실이나 공덕을 다른 사람의 이익을 위해 돌려주는 것.

성전의 문구가 보편타당하지 못하다면?

어느 종교에나 성전이 있다. 그 성전들은 구전(口傳)을 토대로 사람들이 작성한 것이다. 인간은 불완전하다. 그러다 보니 작성하는 과정에서 첨가, 확대, 수정했을 가능성을 배제할 수 없다. 문제는 이런 성전에 절대적 가치를 두고 글자 하나하나가 마치 철칙인 양 그대로 추종하는 사람들이 어느 종교에나 다 있다.

자비와 사랑을 실천해야 할 종교가 문자에 국집(局執)해서 성서의 내용이 바른지 그른지 분별하지 않은 채 관습에 따라 무조건 추종하는 경우 병폐를 낳는다. 여기서 성전을 문자 그대로 믿는 위험과 폐해에 대해 생각해 보자.

예문 1: 먼저 불교에서 보면 초기 경전인 율장에 "비록 계 받은

지 100년이 된 비구니라도 바로 그날 계 받은 비구에게 자리에서 일어나 합장하고 절해야 한다"고 쓰여 있다.

몇 년 전에 이 문제를 빠알리 경전 전문가인 스리랑카의 삐야난다 스님(철학박사)께 여쭈어 보았다. 그러자 스님은 대답하기를, "그 경전을 읽다 보면 제10장을 끼워 넣었다는 사실을 알 수 있는데, 이는 문장의 흐름이나 전체적인 문맥 또는 구성이 갑자기 다르게 나타나고 일치하지 않기 때문이다. 그러므로 후대에 끼워 넣었다고 추정할 수 있다"며 나중에 첨가된 것이라고 하셨다.

가장 중요한 점은 부처님은 인간의 평등을 천명하셨으며, 어떤 여성은 남성보다 훨씬 더 훌륭하다고 말씀하시고, 비구니 또는 재가 여성도 모두 열심히 정진하면 깨달음을 얻을 수 있다고 말씀하셨다. 여성을 하대하는 이야기는 전체 초기 경전 어디에도 없다. 깨달음을 얻은 비구니도 많았고, 비구니가 왕이나 재가 신도에게 설법하는 경전도 있는 것을 볼 때 이들의 수행이나 위상을 짐작할 수 있다.

부처님은 제관이나 왕족이나 평민이나 노예나 다 평등하며, 어떤 계급으로 태어났느냐가 중요한 것이 아니라 어떤 행동을 하느냐가 중요할 뿐이라고 누차 천명하셨다. 이렇게 노예의 평등까지 천명한 분이 출생이 여자이기 때문에 남자를 떠받들고 굴종해야 한다고 말씀하셨겠는가? 전혀 모순된 이야기다. 2500년 전에 벌써 인간의 평등을 천명하신 위대한 성자 부처님을 편협한 졸부로 만들어서는 안 된다.

초기 경전을 수십 차례 읽고 번역하다 보니, 나는 이제 부처님의 사상 중에 대표적인 평등사상이나 현실 직시 사상의 특징을 파악하게 되었다. 그래서 '이것은 부처님의 가르침이다. 이것은 부처님의 가르침이 아니다'라고 어느 정도는 판단할 수 있게 되었다. 왜냐하면 똑같은 문제를 놓고 부처님이 여러 경전에서 분명히 ㉮라고 말씀하셨는데, ㉮와는 완전히 모순된 ㉯라는 말씀을 하셨을 리가 없기 때문이다. 예를 들면 부처님은 기적에 대해 "나는 기적을 좋아하지 않으며 탐탁지 않게 여긴다"고 하셨고, 또 기적과 관련된 여러 경전에서 기적이나 신통, 미신 등의 허황됨을 누차 말씀하셨는데, 부처님 자신이 기적을 행하고 기적을 찬탄하겠는가?

이와 같이 부처님의 모든 사상은 누구든지 수긍할 수 있는 보편타당성의 진리 위에 세워진 것이다. 이런 관점에서 볼 때 전혀 타당성이 없고, 나와 남을 행복으로 이끌지 않는 내용은 부처님의 가르침이 아니라는 것을 알 수 있다. 아무리 초기 경전이라 하더라도 어떤 것은 후대에 첨가, 확대, 변형시켰을 가능성을 배제할 수 없다. 그러므로 전통을 고수한다는 명목 아래 비상식적이고 전혀 타당성이 없는 경전의 내용을 문자 그대로 받아들이는 것은 옳지 않다.

예문 2: 기원전 1500년경 중앙아시아로부터 인도로 이주해 온

아리아인의 제관을 중심으로 형성된 종교가 브라만교다. 이들은 많은 신을 섬겼고, 베다 성전을 만들었다. 《리그베다》의 푸루샤 찬가에서 "푸루샤를 제사 지냈더니 그로부터 온 우주 만물이 창조되었고, 그의 입에서는 제관, 팔에서는 왕족, 넓적다리에서는 평민, 발에서는 노예가 태어났다"고 한다. 이렇게 네 계급을 만들었는데, 신을 위해 제사 지내는 제관은 왕족 위에 두었다. 브라만교는 현재 힌두교로 이어지고 있다.

바로 이런 베다 성전의 기록은 수천 년이 지난 현재까지 인도인들에게 족쇄를 채워 놓은 4성 계급의 단서를 제공한다. 이들은 베다의 권위를 절대시해 신의 성전이라 하고, 세월이 흐름에 따라 네 계급은 더욱 확고해져서 노예로 태어난 사람은 죽을 때까지 대대손손 노예에서 벗어날 수 없으며 위의 세 계급을 섬겨야 했다.

그 대신 사제 계급으로 태어나면 사회적으로 최고의 대우를 받으며 부와 명예를 누렸다. 베다에 적힌 한 번의 잘못된 기록으로 인해 그들은 수많은 사람들을 수천 년 동안 불행과 고통 속으로 몰아넣었다.

여기서 문제는 사람들이 베다의 기록을 비판 없이 그대로 따르는 데 있다. 베다는 누가 지었는가? 신이 지었다고 신성시하지만, 그러나 베다 역시 인간이 지은 것이다. 제관이 지은 것이다. 어떤 제관이, 그것도 3000여 년 전인 원시 시대에 지었다.

부처님은 이런 악습인 4성 계급을 단호히 깨 버렸다. 그런데 그 후대에 불행하게도 제관들이 왕이 되고부터 그들은 아전인수 격으로 제관을 가장 위의 계급으로 놓고 자기들의 이익을 먼저 챙기고, 인간의 평등에 역행하는 4성 계급을 더욱 공고히 했다. 어떤 한 제관의 생각, 그것도 바른 판단력이 부족한 사람의 생각이 4성 계급을 만들었다.

사실 문제는 거룩한 전승이라며 비판 없이 무조건 베다의 문자를 추종하는 사람들에게 있다. 인간의 평등을 부정하고 계급에 의해 인간을 차별하여 많은 이들을 불행으로 몰아넣는 불평등은 지구상에서 사라져야 한다.

위의 두 경우에서 인간을 위한다는 종교가 인간을 위하기보다는 인간의 손으로 잘못 작성한 성전의 문자에 국집해 사람들을 불행으로 이끄는 예를 보았다. 아무리 성전이라 하더라도 그것이 평등하고 보편타당한 진리에 바탕하지 않고 누군가만을 위하는 이기적인 발상 위에 서 있다면, 그것은 바른 가르침이라고 할 수 없다.

성전의 문자에 국집하기 전에 성전이 나와 남이 모두 행복하고 평등한 진리 위에 세워졌는지 살펴볼 일이다.

누가 바람을 보았는가?

영국의 여류 시인 크리스티나 로세티는 〈Who has seen the wind?(누가 바람을 보았는가?)〉라는 시에서 단순하면서도 아름답게 바람을 묘사하고 있다.

누가 바람을 보았는가?
나도 그대도 보지 못했지
그러나 나뭇잎이 흔들릴 때
바람은 지나가고 있네.

누가 바람을 보았는가?
그대도 나도 보지 못했지

그러나 나무가 고개를 숙일 때
바람은 스쳐 지나가고 있네.

바람은 참으로 자유롭고 화려한 존재다. 차가운 겨울이 지나
면 남쪽에서 훈풍을 불어 따뜻한 봄을 선물한다. 화창한 봄날 볼
에 스치는 미풍은 환상적이다. 뜨거운 여름날의 바람은 이마에
맺힌 구슬땀을 쫓아 보낸다. 가뭄이 들면 먹구름을 몰아와 비를
선사한다. 또한 바람은 민들레 꽃씨를 멀리 떨어진 곳까지 가져
다 심어 준다.

바람은 어디에도 걸리지 않는 자유스러움 그 자체다. 바람은
끊임없이 흐르고 흘러 잠시도 멈추어 있지 않는다. 바람은 언제
나 생동적이기에 신선하다. 그래서 바람이 한번 스쳐 가면 생기
를 잃고 멈추었던 것이 다시 싱싱하게 되살아난다.

바람은 나뭇가지와 나뭇잎들을 운동하게 하고 춤추게 한다. 물
가에 드리운 능수버들은 물 위에서 춤을 춘다. 은빛으로 반짝이
며 바람에 물결치듯 일렁이는 수많은 나뭇잎들, 운문사 호거산
사자평의 가도 가도 끝없는 갈대숲의 일렁임, 산길 아무 데나 피
어 사랑을 받는 들국화의 산들거림, 버스 창밖으로 스치는 수많
은 코스모스의 일렁임은 사색의 나래를 펴고 날아오르게 한다.
언덕에 올라가면 모든 것이 한눈에 들어온다. 그런데 나무는

없고 들꽃이 온통 하나 가득 다투어 피어 있는 언덕에 바람이 부니 온갖 들꽃들이 눈부시게 일렁인다. 이 아름다운 장관은 표현의 그 너머에 있다. 그 광경은 가히 그 어떤 오케스트라보다도 장엄하고 아름다운 오케스트라였다. 인간이 인공으로 만들어 낸 그 어떤 소리도 자연의 합창을 따라갈 수는 없다.

누가 바람을 보았는가?
바람은 어디에 있는가?
오늘도 눈부신 잎새가 바람에 일렁인다.

번뇌 망상 다스리기

번뇌란 무엇인가? 번뇌라는 것은 탐욕, 성냄, 어리석음, 시기, 질투, 교만 등과 같은 온갖 바람직하지 못한 성향을 말한다. 이런 바람직하지 못한 성향은 하도 많아서 108번뇌라고도 한다.

번뇌가 많다는 말은 무엇인가? 여러 좋지 않은 성향들이 마음에 가득 차서 마음이 어지러운 상태를 말한다. 번뇌가 많으면 마음이 나쁜 방향으로 이리저리 갈라지기 때문에 마음이 평온하지 못하다. 그래서 번뇌가 많으면 마음이 차분하지 못하고 평화롭지 않다. 이런 바람직하지 않은 성향은 나와 남을 행복으로 이끌지 않기 때문에 일생 동안 끊임없이 청소가 필요하다.

어떻게 번뇌를 제거할 수 있을까? 불교의 가장 대표적인 수행

방법인 명상(참선)은 마음을 맑히는 수련이다. 마음 집중은 갈라진 마음을 하나로 집중하여 번뇌를 비우는 작업이다. 번뇌는 진흙탕 물에 비유할 수 있고 마음 집중은 진흙탕 물을 가라앉히는 과정이다. 진흙탕 물이 가라앉으면 잔잔하고 맑은 물이 되듯이, 번뇌가 제거되고 마음이 맑아지면 평화로워지고 지혜가 샘솟는다. 이런 지혜는 무한한 영적인 힘이 있으며 깨달음으로 이끄는 원동력이다. 깨달음이란 예전에는 미처 몰랐던 삶의 진리를 어느 한순간에 깨닫는 것이다. 무엇이든지 하나로 집중했을 때 큰 힘이 생긴다.

명상 수련을 통한 정신 집중, 깨어 있는 마음, 하나 된 마음은 번뇌가 발붙일 곳을 없애 버린다.

그렇다면 어떻게 번뇌를 맑히는 정신 집중을 잘할 수 있을까?

정신 집중을 하는 데도 연습과 노력이 필요하며, 이것 또한 생활화되어야 한다. 매일매일 하다 보면 마치 생활처럼 되고, 생활화된 후에는 구태여 연습이나 노력을 하지 않아도 저절로 집중이 잘 된다.

정신 집중이란 길을 걸을 때는 걸을 뿐, 책을 읽을 때는 읽을 뿐, 운전을 할 때는 운전할 뿐, 공부할 때는 공부할 뿐, 즉 자기가 지금 하고 있는 그것에 정신을 집중하고 다른 잡동사니 생각들을 쓸어버리는 작업이다.

예를 들면 정신 집중을 하여 책을 읽으면 그 내용을 즉시 알 수 있지만, 마음이 산만하면 한 페이지를 오랫동안 읽는다 해도 정신은 여기저기 딴 곳에 있으니 무슨 내용인지 눈에 들어오지 않는 것과 같다. 마음 집중의 결과로 길을 걸을 때 교통사고를 줄이고, 공부를 잘 하게 하고, 운전 부주의를 줄이게 된다.

정신 집중의 예를 들면, 미국의 유명한 농구팀 '로스앤젤레스 레이커스'의 코치인 잭 콘필드는 상당한 수준의 불교 지식을 가지고 있다. 그는 불교 수행, 특히 명상을 통해 선수들이 정신을 통일할 수 있도록 지도함으로써, 집중된 정신을 바탕으로 강력한 힘을 발휘하도록 이끈다고 한다.

또 골프의 황제 타이거 우즈도 불교 명상을 집중 수행해서 최고의 명성에 올랐다고 한다. 이들뿐 아니라 작가는 좋은 글을 쓰기 위해, 화가는 영혼이 담긴 그림을 그리기 위해, 음악가는 감동적인 연주를 하기 위해, 그리고 학생은 공부를 잘하기 위해 정신 집중은 필수적인 요소다.

생활에서의 정신 집중의 예로 어느 것 한 가지만 계속 외우는 방법이 있다. 이를테면 석가모니불, 관세음보살, 성모 마리아, 예수님 또는 자기가 좋아하는 어떤 단어나 문구 등을 반복 암송하는 것이다.

또 매일의 생활 속에서 잠깐씩은 아무 일도, 아무 생각도 하지 않은 채 고요히 빈 상태를 음미해 볼 수도 있다. 무한한 파란 하늘을 쳐다본다든가, 신선한 공기를 마시며 아무 생각 없이 걷는

다든가 하는 것도 마음을 맑혀 번뇌 망상을 비우고 평화를 얻는
좋은 방법이다.

마음이 가지가지 번뇌에 시달린다면
마음을 가라앉혀 번뇌를 맑혀 보자.

역경을 이겨 내는 가르침

보통 편지의 끝 구절을 보면 대부분 "건강하시고, 하시는 일들이 뜻대로 잘 이루어지기를 빕니다"라는 말로 끝을 맺는다. 그런데 사람들의 염원과는 다르게 세상만사 뜻대로 되지 않는 것이 이 세상이다. 무엇을 바라는데 안 되면 섭섭하지만, 아예 바라지도 않는다면 섭섭할 일도 없을 것이다. 여기 아예 바라지도 말라는 말씀이 있다. 보왕삼매론의 '역경을 이겨내는 열 가지 가르침'을 살펴보자.

첫째, "몸에 병이 없기를 바라지 말라.
몸에 병이 없으면 탐욕이 생기기 쉽다."
모든 사람들은 하나같이 병이 없기를 바라는데, 병 없기를 바라지 말라니 왜일까? 건강할 때는 어떤 일에나 자신만만하고, 무엇이든 다할 수 있을 것같이 생각된다. 그리고 자신을 돌아볼 사이도 없이 치달리기만 한다. 그러나 병이 들면 자신을 돌아보게 되고, 욕심이 부질없음을 느끼게 된다. 사실 몸에 병이 없다면 그것은 인간이 아니고 무정물일 것이다.

둘째, "세상살이에 곤란 없기를 바라지 말라.
세상살이에 곤란이 없으면 교만한 마음과 사치한 마음이 생긴다."
　모두가 세상을 살아가면서 곤란한 일이 생기지 않기를 기원하는데, 곤란 없기를 바라지 말라니 왜일까? 이 세상은 곤란(어려움)의 연속이다. 그런데 곤란 없이 사업이 잘되어 돈을 펑펑 번다면, 돈더미에 올라앉아 눈에 보이는 게 없어지고 온갖 사치와 쾌락에 빠지기 쉽다는 것이다.

셋째, "공부하는 데 마음에 장애가 없기를 바라지 말라.
장애가 없으면 배우는 것이 넘친다."
　왜일까? 죽을 때까지 우리가 가는 길은 공부의 연속이다. 그 순간순간마다 갖가지 유혹과 장애가 있게 마련이다. 만일 아무런 장애도 없이 공부가 잘된다는 생각이 들면 마치 자기가 최고인 양 자신감이 넘쳐서 교만해지고 건방을 떨게 된다.

넷째, "수행하는 데 장애 없기를 바라지 말라.

수행하는 데 장애가 없으면 서원이 굳건해지지 않는다."

왜일까? 예를 들어 불완전한 인간은 잘못에 떨어지는 일이 많다. 잘못을 하지 않을 수 없기 때문이다. 마찬가지로 수행을 하는 데 장애가 오면, 잘못한 것에 대해 여러 가지 서원을 세우고 다짐하고 기도하고 참회하고 맹세하고 해서 서원을 굳건히 다지게 됨을 말한다.

다섯째, "일을 하되 쉽게 되기를 바라지 말라.

일이 쉽게 되면 뜻을 경솔한 데 두게 된다."

무슨 일이든 쉽게 풀리면 조심스런 마음이 없어지고 엉뚱한 데로 마음이 쏠린다는 이야기다. 자기가 하는 일이 잘 돌아간다고 생각하고 방심하면 곁눈을 팔게 된다. 도박, 술, 마약, 노름 등에 빠져 무기력하고 나태해지기 쉽다는 것이다.

여섯째, "친구를 사귀되 내가 이롭기를 바라지 말라.

내가 이롭고자 하면 의리를 상하게 된다."

친구에게 하나도 베풀지는 않고 그저 자기 이득만 챙기는 친구는 나중에 의리를 상하기 쉽다. 또 이처럼 얄팍한 마음을 가지고 친구를 사귄다면 진정한 친구가 될 수 없다. 의리를 상하게 하는 요인은 대부분 자신의 이익만 챙기기 때문이다.

일곱째, "남이 내 뜻대로 순종해 주기를 바라지 말라.

남이 내 뜻대로 순종해 주면 마음이 스스로 교만해진다."

순종하는 사람만 옆에 있다면 자신이 모든 것을 잘하고 있는 것으로 착각해서 교만해진다. 그러나 충고나 비판하는 말 한마디는 자신의 교만을 다시 한번 돌아보게 하는 약이다.

여덟째, "공덕을 베풀려면 과보를 바라지 말라.

과보를 바라면 어떤 일을 이루려고 수단과 방법을 꾀하게 된다."

보시를 하되 상을 내지 않는 보시를 해야 한다. 공덕을 베풀었으면 베푸는 순간 과보에 대한 집착을 완전히 끊어야 한다. 그래야 진정한 보시다. 과보에 연연하고 과보가 없을 때는 책략을 꾸민다면 보시의 공덕이 없다.

아홉째, "이익을 분에 넘치게 바라지 말라.

이익이 분에 넘치면 어리석은 마음이 생긴다."

노력도 안 하고 떼돈을 벌겠다고 한다든지, 벼락부자가 되겠다는 환상을 갖고 산다든지 하는 것은 얄팍하고 허황된 마음이다. 성실하게 현실을 직시해야 함을 가르치는 것이다.

열째, "억울함을 당해서 밝히려고 하지 말라.

억울함을 밝히면 원망하는 마음이 생긴다."

억울함을 당하면 보통 사람들은 기를 쓰고 해명하려고 갖은

애를 다 쓴다. 또 억울하다는 생각이 들면 원망하는 마음도 함께 치솟는다. 그러나 굳이 밝히려고 하지 않아도 시간이 지나면 다른 사람들이 다 진실을 알게 된다. 그러니 자기 마음의 평화를 잃지 않고 사는 것이 아주 중요하다.

이와 같이 보왕삼매론에 담긴 '역경을 이겨내는 열 가지 가르침'은 잘되기만을 바라고 쉽게 살려는 안일한 마음가짐에 대한 경책이다. 역경 가운데서 역경을 헤치고 나갈 때 서원이 더욱 굳건해지고, 역경을 거울삼아 더욱 진보한다는 가르침이다.

훌륭한 종교인

　지금은 돌아가셨지만 우리 아파트에 내가 존경하는 80 중반의 연로한 권사님이 한 분 계셨다. 이분은 일요일은 물론 매일 새벽 기도를 다니며 열심히 신앙생활을 하는 분이었다. 많은 사람들이 신앙생활을 하지만, 그런 신앙생활의 참된 가르침이 몸에 완전히 성숙되어 밖으로 향기롭게 드러나는 사람들은 드물다.

　권사님은 만나는 모든 사람에게 언제나 활짝 갠 파란 하늘 같은 밝은 웃음, 밝은 목소리를 선사해 다른 사람들의 기분을 밝게 하셨다. 권사님은 하느님의 사랑과 예수님의 사랑이 완전히 동화되어 밖으로 나오는 훌륭한 참 신앙인이셨다.
　노인들에게 나타나는 권태나 무기력함, 우울함, 게으름이 이분에게는 스며들 틈이 없었다. 허구한 날 기분이 좋을 수만은 없겠지만, 그러나 권사님은 매일매일을 기쁨 그 자체로 즐겁게 사셨다. 그리고 그저 무엇이든지 다 감사하고 감사할 뿐이라고 하셨다. 권사님은 이런 훌륭한 신앙인의 모습을 이웃에 나누어 주어 남에게 기쁨을 주는 분이었다.

권사님은 콩나물 공장에서 콩나물을 가지고 오면 큰 상에 엎어 놓고 콩나물 다듬는 일을 하셨다. 이렇게 수고해서 받은 돈은 헌금에 보탠다고 하셨다. 그리고 눈이 잘 안 보이기 때문에 현미경으로 항상 성경책을 읽고 찬송가를 부르고, 목사님의 설교 테이프를 자주 들으셨다.

사실 젊은 사람에게도 매일 식사를 챙겨 먹는 것은 귀찮은 일이다. 그래서 연세 많으신 분이 끼니때마다 식사 챙기기가 얼마나 귀찮을까 싶어 이렇게 여쭈었다.

"권사님, 한국인이 운영하는 노인들을 위한 양로센터에 가면 다양하고 맛있는 한식 반찬도 있고, 또 재미있게 노는 프로그램도 있답니다. 다른 노인분들은 가시던데, 권사님은 안 가세요?"

"스님, 이 늙은이한테 국가에서 꼬박꼬박 다달이 그렇게 많은 돈을 주는데(노인 복지금), 이것도 감지덕지하지유. 어떻게 다른 것을 더 얻으려고 하겠어유. 어떤 효자 아들, 딸이 있어 그렇게 많은 돈을 다달이 주겠어유? 그저 고맙고 고맙지유."

이처럼 권사님은 국가에 고마워하고 필요 이상의 국가 돈을 써서는 안 된다는 생각을 하고 계셨다.

권사님은 예수님 사랑이 몸에서 성숙되어 그 향기를 주위에 선사하는 훌륭한 종교인, 훌륭한 신앙인이셨다.

제3장

세상 사람들의 평화로움을 찾아서

　이 글들은 언어와 문화가 다른 미국의 작은 한국 사회 속에서 살아가는 사람들에게 용기와 희망을 주고, 삶의 지혜를 함께 나누고자 미국 로스앤젤레스 중앙일보 종교난에 실렸던 나의 칼럼들과, 미국 살면서 내가 보고 느낀 여러 이야기를 모은 것들이다.

　어떤 이야기라도 거기에서 따뜻한 인간애를 발견하기를, 세상을 살아가는 삶의 지혜를 발견하기를, 소박하고 단순한 어린이와 같은 순수함을 발견하기를, 그리고 자신의 삶의 소중함을 발견하기를 기원해 본다.

노란 리본을 달아 주세요

미국에서 노란 리본을 다는 관습은 멀리 떠나 있는 사람이나 전쟁에 나간 병사가 무사히 돌아오기를 바라는 마음에서 비롯된 것이다. 가족, 연인, 친구 또는 이웃들이 무사 귀환을 비는 열망을 담아 나무나 울타리, 대문 등에 커다란 노란 리본을 다는 것을 볼 수 있다. 몇 달 전 소말리아 해적에게 인질로 잡혔다가 구조된 미국인 선장의 집에는 여기저기 노란 리본이 달려 있었다.

이 같은 의미가 담긴 노란 리본을 몸에 달거나 목에 두르거나 나무에 매다는 것은, 미국의 민속이 되어 버린 아름다운 전통이다.

1917년 군인 간 연인을 기다리는 노랫말을 담은 〈Round her neck she wears a yellow ribbon(그녀는 목에 노란 리본을 달고 있어요)〉

이라는 노래가 발매되었는데, 이후 미국 군대의 유명한 행진곡
이 되었다고 한다.

"그녀는 노란 리본을 목에 달고 있어요.
그것을 여름에도 겨울에도 달고 있어요.
만일 그녀에게 '왜 그것을 달고 있지요?'라고 물으면
'저 멀리 계신 님을 위해 달았답니다'
라고 그녀는 말할 거예요."

1949년에 제작된 존 웨인이 주연한 영화 〈She Wore a Yellow
Ribbon(그녀는 노란 리본을 달았어요)〉에서 여자 주인공이 노란 머
리띠를 하고, 또 머리를 뒤로 묶어 노란 리본을 달고 있다. 1970
년대에는 노란 리본은 미국에 널리 알려진 전통이 되었다.

1971년도 신문 칼럼니스트 피트 하밀은 《뉴욕포스트》에
〈Going Home(귀향)〉이라는 제목의 짧은 글을 발표했다. 이 글은
1972년 《리더스다이제스트》에 다시 실렸고, 이어 ABC 텔레비전
에서 극화해 방영을 하기에 이르렀다.

그리고 바로 한 달 반 뒤에 어윈 레빈과 러셀 브라운이 〈귀향〉
의 내용을 바탕으로 노랫말을 짓고 곡을 만든 다음 〈Tie a Yellow
Ribbon Round the Old Oak Tree(오래된 떡갈나무에 노란 리본을 달아
주세요)〉라는 제목을 붙여서 내놓았다. 이를 토니 올란도와 돈이
노래했다. 이 노래는 나온 지 3주 만에 300만 장이 팔리는 이변

이 일어나면서 미국 방송가를 휩쓸었다고 한다.

피트 하밀이 쓴 〈귀향〉의 내용은 다음과 같다.

대학생들이 버스를 타고 플로리다 해변으로 여행을 가고 있었다. 그 버스에는 빙고라는 남자가 타고 있었는데, 우연히 한 여학생과 이야기를 하게 되었다. 그때 빙고는 여학생에게 이렇게 말했다.

"나는 뉴욕에서 4년 동안 감옥에 있었어요. 지금은 출감되어 집으로 가는 길이지요. 나는 이미 아내에게 편지를 보냈어요. 내가 감옥에 있는 4년 동안 마음이 변하지 않고 아직까지도 나를 사랑하고 함께 살기를 원하느냐고요. 그렇다면 마을 입구의 커다란 떡갈나무에 노란 리본을 달아 놓으라고 했어요. 그러면 나는 그 표시를 보고 버스에서 내릴 것이고, 만일 노란 리본이 나무에 달려 있지 않으면 버스에서 내리지 않고 그냥 지나가겠다고 했지요."

학생들은 빙고의 이야기를 듣고 감동이 되었다. 그러는 동안 버스는 차츰차츰 빙고의 집이 있는 마을에 가까워지고 있었다. 학생들은 초조한 마음으로 모두 창가로 달려갔다. 하지만 빙고는 도저히 창밖을 쳐다볼 수가 없었다. 잠시 후, 갑자기 학생들이 환호하기 시작했다. 창밖으로 보이는 커다란 떡갈나무에는 노란 리본이 몇 개도 아니고, 나무 전체를 온통 뒤덮고 펄럭이고 있었다.

다음은 이 이야기와 같은 내용을 담아 선풍적인 인기를 끌었던 노래 〈오래된 떡갈나무에 노란 리본을 달아 주세요〉의 노랫말이다.

　　형기를 마치고 나는 집으로 가고 있어요.
　　이제 무엇을 가질 수 있고
　　무엇을 가질 수 없는지 알아야 할 것 같아요.
　　곧 석방될 거라고 쓴 내 편지를 받았다면
　　그대가 나를 아직도 원한다면 어떻게 해야 하는지 알 거예요.

　　그대가 나를 아직도 원한다면
　　오래된 떡갈나무에 노란 리본을 달아 주세요.
　　3년이란 긴 세월이 흘렀는데 아직도 날 원하나요?
　　오래된 떡갈나무에 리본이 달려 있지 않으면
　　버스에서 그냥 지나치겠어요.
　　내 잘못이라 생각하고 우리에 관해 잊어버리겠어요.

　　기사님, 나 대신 창밖을 좀 봐 주시겠어요?
　　어떤 것을 보게 될지 도저히 쳐다볼 수가 없군요.
　　나는 아직도 감옥에 있는 것 같아요.
　　내 사랑 그녀가 나를 풀어 줄 감옥의 열쇠를 갖고 있어요.
　　나를 자유롭게 하는 데 필요한 것은 오직 노란 리본뿐이에요.

나는 그녀에게 편지를 써서 이런 것들을 말했어요.

이제 버스 안이 온통 환호로 넘치고 있어요.
내 눈을 믿을 수가 없어요.
오래된 떡갈나무에 백 개나 되는 수많은 노란 리본이 달려
있어요.
나는 집으로 가요. 오래된 떡갈나무에 리본을 달아 주세요.
오래된 떡갈나무에 리본을 달아 주세요.
오래된 떡갈나무에 리본을 달아 주세요.

위의 두 이야기는 같은 내용의 감동적인 내용을 담고 있다.
오랜 수감 생활의 슬픔과 후회, 좌절의 상처를 안고,
한없이 안으로 움츠러든 감옥에서 출소한 사람의
간절하고, 솔직하고, 담담한 마음이 진하게 녹아 있다.

또한 나무를 뒤덮은, 헤일 수 없을 정도의
노란 리본을 떡갈나무에 매단 여인,
출소자를 전폭적으로 환영하는
아름다운 여인의 모습이 어울려
노란 리본의 이야기는
사람들의 마음을 따스하게 적시고 있다.

거리를 청소하는 백인 할머니

60이 넘으면 인생을 돌아보게 되는데, 남은 생애는 비록 몸은 늙었어도 추하지 않고 아름답게 보낼 수 있기를 바라는 것이 모든 연로한 분들의 염원일 것이다. 그런데 여기 아름답게 늙어 가는 한 백인 할머니가 있어 소개하고 싶다.

이른 아침, 나는 집 앞을 지날 때마다 깡마른 백인 할머니가 항상 건너편 길을 쓸고 있는 것을 보았다. 그 할머니는 개를 데리고 새벽에 산책을 하기도 했다. 그래서 그 앞의 집에 사는 할머니가 자기 집 앞을 쓰는 것인 줄 알았다. 그런데 하루는 그 할머니가 교차로를 건너, 주택이 없는 그곳의 상가 길을 쓸고 있었다. 또 통을 가지고 다니면서 쓰레기도 담았다. 내가 마켓에 갔다가 한 시간쯤 후에 돌아와 보니, 할머니는 그때까지도 길을 쓸고 있었다.

자기 집 앞도 아닌 공용 도로를 쓰는 사람을 나는 본 적이 없다. 그래서 할머니에게 가서 물었다.

"할머니, 어떻게 이렇게 좋은 일을 하십니까? 한 시간이 넘게 길을 쓸고 계신데, 힘들지 않습니까?"

그러자 할머니가 웃으면서 대답했다.

"나는 운동하는 거예요. 이렇게 운동하면 내 팔이 더 튼튼해집니다."

"어디에 사십니까?"

"이 길 맨 끝 집에 살아요. 남편은 죽었어요. 지금은 개하고 살지요."

"저 실례지만, 연세를 여쭈어도 될까요?"

"여든하나예요."

"아, 연세에 비해 굉장히 건강하십니다. 제가 이 쓰레기통 비워 드릴게요."

나는 쓰레기통을 비우고 참 좋은 일을 하셔서 고맙다고 말씀드렸다.

이 깡마른 할머니는 81세인데 등이 굽지도 않았고, 그렇게 오랜 시간 청소를 해도 괜찮을 정도의 건강을 가지고 있었다.

노인이든 젊은이든 대부분의 다른 사람들은 공용 도로를 청소하기는커녕 자기 집 앞도 쓸지 않는다. 자기 집 앞이라도 쓸면 다행이고, 공동 아파트인 경우는 자기 방 앞 복도가 더러워도 자기 책임이 아니라고 손 하나 까딱하지 않는다.

사실 노인네들은 할 일이 별로 없다. 텔레비전이나 비디오를 보며 움직이지 않은 채 많은 시간을 앉아서 보낸다. 어떤 할머니는 사는 게 재미없고 지루해 죽겠다고 푸념을 한다. 아니면 재미 있는 일을 찾아 라스베이거스에 도박을 하러 간다.

그런데 육신은 기계와 같아서 지나치게 사용하면 안 좋지만, 항상 적당히 움직여 줘야 건강을 유지할 수 있다.

그 깡마른 백인 할머니는 바깥에서 태양을 받으며 길을 쓰니 비타민 D가 몸에 축적되어 뼈가 튼튼해지고, 신선한 공기를 마시며 땀 흘려 일을 하니 많은 산소 호흡이 증가해 몸에 활력을 주어 정신도 건강해지며, 팔과 다리의 근육도 튼튼해질 것이다. 또 남이 칭찬하는 좋은 일을 하니 자신도 기분 좋고 남도 기분이 좋아지게 된다. 이 81세의 노인은 이렇게 지혜롭게 자신의 건강을 지키는 것 같다.

할 일이 없는 노인 분들은 적당하게 할 일을 찾아야 한다. 그것이 남에게 기쁨을 주는 일이라면 더욱 좋을 것이다. 이는 약보다 좋은 정신 건강법이다. 또한 텔레비전 앞에 앉아 있는 시간을 줄이고 바깥에서 신선한 공기를 마시며 활동하는 시간을 늘려야 한다.

모든 노인 분들이 여생을 편안하고 기쁘고 건강하게 사시기를 기원해 본다.

오바마 대통령과 함께 맥주를!

　미국의 흑백 갈등은 수백 년이 지난 오늘날까지 사라지지 않았다. 이 흑백 갈등의 뿌리가 어디서부터 시작되었는지, 그리고 최근 오바마 대통령까지 연루된 흑백 갈등을 오바마 대통령은 어떻게 해결해 나갔는지 살펴보자.

　미국 땅에는 처음에 흑인은 없었고, 원주민인 인디언들이 살았다. 그런데 유럽 제국이 미국 땅을 차지하면서부터 아프리카에 살던 흑인들이 노예 상인에 의해 납치되어 미국에 팔려 오게 되었다. 1500년대부터 1800년대까지 1200만 명의 흑인 노예가 배로 미국에 이송되었다고 한다. 당시 남부 지방은 날씨가 따뜻해서 사탕수수와 목화 재배가 잘되었다. 그러자 광활한 땅을 차지한 백인들이 밀림을 치우고 밭을 만들어 목화를 재배하기 시작했고, 일손이 턱없이 부족해지면서 흑인의 95퍼센트는 남부 지방으로 팔려 갔다고 한다.

백인들은 마치 소를 가축 시장에서 팔 듯이, 그렇게 흑인 노예들을 노예 시장에서 사고팔았다. 노예들은 짐승처럼 갖은 학대를 당했으며, 백인 주인에게 속했으므로 주인 마음대로 죽여도 법에 저촉이 되지 않았다.

1860년 인구 조사에 따르면, 흑인 노예는 전체 미국 인구의 12퍼센트인 400만 명으로 증가했다고 한다. 이렇게 미국의 경제 성장은 흑인의 노동력에 의해 강화되었다.

한편 북부 지방은 농업에 의존하지 않았기 때문에 흑인 노예가 많지 않았다. 북부에서는 1750년대부터 '노예는 사회악이므로 폐지해야 한다'는 여론이 확산되어, 1776년 미국의 독립을 거치면서 1780년 매사추세츠 주의 헌법은 "모든 사람은 평등하게 태어났다"고 천명하기에 이르렀다.

이때부터 차츰 모든 북부의 주들은 노예 해방법을 통과시켰다. 1845년 북부 기독교인은 노예 제도를 반대했으나, 남부의 어떤 기독교 교단에서는 성서에 노예 제도가 있다면서 기독교인은 노예를 소유할 수 있다고 주장했다.

그 뒤 1860년 링컨이 대통령에 당선되면서 전적으로 노예에 의존하는 남부와 노예 해방을 천명하는 북부가 노예 문제로 부딪쳐 1861년에 남북전쟁이 일어났고, 그 결과 북군이 승리를 거두어

1863년 마침내 노예 해방이 이루어졌다. 그러나 켄터키 주에서는 1865년이 되어서야 마지막으로 4만 명의 노예가 해방되었다. 하지만 이들은 노예에서 해방되었을 뿐이지, 그 후에도 혹심한 차별 대우를 받아 왔다.

2008년 미국 공화당은 미국 노예 제도에 대한 사과문을 통과시켰고, 2009년 6월에는 미국 상원에서 만장일치로 미국 노예 제도에 대한 사과문을 통과시켰다.

이런 뿌리 깊은 흑백 갈등의 역사를 가진 미국은 그래도 이제는 흑백 차별이 많이 나아진 상황이다. 그리고 이런 시점에서 흑인 대통령이 탄생했다. 그런데 2009년 7월, 흑백 문제가 다시 대두되는 사건이 있었다.

헨리 루이스 게이츠(58세)라고 하는 하버드대학의 유명한 흑인 교수가 중국 여행에서 돌아와 자기 집 대문을 열려고 했다. 그런데 문이 고장 나 잘 열리지 않아, 게이츠 교수는 할 수 없이 강제로 문을 열고 들어가려고 했다. 그때 마침 이 광경을 본 백인 여인은 그를 도둑으로 오인하고 경찰에 신고했고, 경찰이 출동한 뒤에 아마도 두 사람 사이에 불편한 말싸움이 있었던 것 같다. 흑인 교수는 자기 집이라고 말하며 옆에 있는 여행 가방과 신분증, 하버드대학 교수증까지 보여 주었다고 한다. 하지만 흑인 교수가 고분고분하지 않았는지 아마 경찰은 화가 났을 것이고, 감정이 격해지면서 '소란죄'라는 명목으로 흑인 교수에게 수갑을 채워 체포했다. 이 수갑을 찬 교수의 사진이 언론에 공개되면서 논란을 일으킨 것이다.

이 상황은 얼마든지 서로 웃으면서 해결할 수도 있는 문제였다. 두 사람 다 너무 감정에 치우쳐서 일이 커졌다. 흑인 교수가 어떻게 경찰을 화나게 했는지는 모르지만, 경찰도 공권력을 내세워 범죄자도 아닌 연로한 교수를 '소란죄'라는 명목으로 수갑까지 채워 체포한 것은 지나친 처사였던 것 같다. 물론 경찰도 나름대로 어려움이 있을 것이다. 또 수많은 범죄자를 다루다 보니 사무적이고 기계적인 면도 있을 것이다. 여기서 중요한 것은 흑인이든 백인이든 인종을 떠나서, 또 법 이전에 인간다운 따스한 면모가 아니었을까.

이런 이유로 수백 년에 걸친 뿌리 깊은 흑백 갈등이 다시 일어났던 것이다. 교수 가족과 흑인 사회는 백인 경찰을 비난했고, 백인 경찰은 자기는 공무를 집행했을 뿐 잘못이 없다고 맞섰다.

그런데 이때 오바마 대통령의 "크롤리(백인 경찰 이름)는 어리석게 행동했다"는 말이 언론 매체에 보도되면서, 불난 집에 부채질을 한 격이 되었다. 이 말을 들은 크롤리와 여러 경찰청은 "크롤리는 어리석게 행동하지 않았다"며 즉각적으로 반박을 했고, 흑인 사회에는 백인 경찰에 대한 증오심이 증폭되어 갔다. 아마 이대로 갔다면 로스앤젤레스 흑인 폭동 같은 대폭동이 일어났을지도 모른다.

오바마 대통령은 여론의 심각성을 인식하고 즉시 백인 경찰과 흑인 교수에게 전화를 걸어 백악관에서 만나자는 제안을 했고, 두 사람과 그 가족을 초청해 백악관을 구경시켜 주었다. 이렇게 해서 두 사람은 오바마 대통령과 조 바이든 부통령을 함께 만나게 되었고, 네 사람은 정원에서 각자가 좋아하는 맥주를 마시며 대화를 했다고 한다.

여기서 오바마 대통령의 신속하고 명쾌한 생각의 흐름을 볼 수 있다. 대통령도 인간이기 때문에 말실수는 피할 수 없다. 하지만 그는 대통령이라는 권위를 내세우기보다 자신의 실수를 솔직히 인정하고, 마음 상한 두 사람을 불러 화해함으로써 그의 담대한 대통령다운 모습을 보여 주었다.

사람은 누구나, 특히 공직에 있는 사람은 솔직하고 진실하며 어느 쪽에도 치우치지 않을 때 사람들의 신뢰를 얻는다. 누구를 막론하고 솔직한 사과 한마디와 진정 어린 마음을 내지 못하기 때문에 호미로 막을 수 있는 일을 가래로도 막지 못하는 경우가 많다.

이번 사건은 감정을 앞세운 다툼으로는 결코 좋은 결과를 얻을 수 없다는 교훈을 남겼다.

흑인 교수와 백인 경찰이 묵은 앙금을 털어 버리고 서로 화해한 것은 흑백 갈등을 해소하는 데 좋은 약이 되었다.

코끼리 고아원

저녁을 먹으면서 우연히 미국 CBS 텔레비전에서 방송하는 '코끼리 고아원'이란 제목의 프로그램을 보게 되었다. 보도자가 아프리카 케냐의 수도 나이로비 외곽에 있는 '코끼리 고아원'을 탐방한 기사였다. 기사를 보는 동안 나는 놀라움을 금치 못했다.

코끼리 고아원 원장인 데파니 쉘드릭 부인은 20년이 넘는 세월을 이 고아원을 운영해 오고 있다고 했다. 이 고아원에서 하는 주 업무는 숲을 뒤져 어미가 죽어 홀로 남겨진 아기 코끼리들을 데려다가 우유를 먹이고 키우는 일이었다.

상아가 탐이 난 밀렵꾼들 때문에 일어난 일이다. 그들은 코끼리를 죽인 뒤 그 상아를 채취해서 중국과 일본에 엄청나게 비싼 돈을 받고 판다고 한다. 상아 값이 계속 오르는 추세기 때문에 이들은 점점 더 많은 코끼리를 죽일 것이고, 새끼마저 다 죽어가면 결국 코끼리는 멸종할 것이라고 걱정했다.

어미가 죽어도 아기 코끼리는 자기 엄마가 죽은 것도 모른 채 계속 젖을 빤다고 한다. 아기 코끼리가 이틀이 넘도록 젖을 먹지 못하면 죽는다고 한다. 아기 코끼리도 사람의 아기처럼 처음에는 엄마 젖만 먹다가 조금씩 부드러운 것들을 먹기 시작하고, 이후 차츰차츰 풀을 먹을 수 있다고 한다.

이 코끼리 고아원에는 새끼 코끼리들은 돌보는 사람이 여럿 있었다. 그들은 때맞추어 우유를 먹이고, 운동장에서 함께 축구 놀이도 하며, 코코넛으로 마사지도 해 준다. 또 밤이 되어 기온이 떨어지면 추위에 떨지 않도록 포대기를 덮어 주고, 돌보는 사람이 옆에서 같이 잠을 잔다. 그렇게 아주 잘 먹고 건강하게 잘 자라서 혼자 살 수 있는 시기가 오면, 코끼리들을 숲으로 돌려보낸다고 한다.

보도자가 원장에게 물었다.

"오랫동안 코끼리들을 돌보면서 느낀 가장 놀라운 점은 무엇입니까?"

"코끼리가 인간보다 더 동정적인 태도를 지녔다는 사실이에요. 가장 놀라운 일은 아주 어린 새끼 때부터 용서하는 관대함, 전혀 이기적이지 않은 모습을 보인다는 점입니다. 코끼리는 우리들 인간이 원하는 가장 훌륭한 속성들을 가지고 있어요."

몇 십 년 동안 코끼리 새끼들을 길러 온 원장은 코끼리 전문가임에 틀림없다. 그런 그녀가 지켜본 코끼리의 본성은 정말 놀랍다. '용서하는 관대함', '전혀 이기적이지 않은 성질' 등…….

그런데 인간을 포함한 모든 동물들은 그렇지 못한 것 같다. 이를테면 새들만 보아도 먹이를 발견하면 다른 새가 먹지 못하도록 쪼아서 쫓아 버리고는 자기 혼자만 먹는다. 또 고양이는 발톱이라는 무기를 이용해 상대를 할퀴고, 개는 이빨로 물어뜯는 속성을 지니고 있을 뿐 아니라 먹을 때도 다른 것들이 못 먹게 으르렁거린다.

그런데 인간의 이기주의는 으르렁거리는 정도가 아니라, 그보다 훨씬 더 악독하고 지능적이다. 핵무기를 개발해 순식간에 세상을 잿더미로 만들어 버리기도 하고, 서로를 죽이는 싸움과 전쟁, 테러를 일삼아 지구상에 분쟁이 끝일 사이가 없다.

만일 코끼리가 그 긴 밧줄 같은 코로 후려친다면, 아마 멀리 나가떨어질 것이다. 또 그 기둥 같은 다리로 밟으면 납작하게 찌그러져서 죽고 말 것이다. 그러나 코끼리는 이런 막강한 무기를 휘두르지 않고 아주 어린 새끼 때부터 오히려 관대하고 훌륭한 덕성을 가지고 있다니 인간이 본받아야 할 성품인 것 같다.

코끼리는 부처님의 상징이다. 초기 경전에는 부처님을 '코끼리'로 많이 묘사하고 있다. 또 초기 조각에도 부처님의 상징으로 코끼리가 많이 조각되었다. 자비를 대표하는 부처님을 왜 코끼리로 묘사했는지, 이제 그 의미가 더욱 확실해졌다.

세월이 갈수록 상아의 수요는 늘어나는 추세다. 이에 열대 지방의 모든 나라들은 상아를 채취하지 못하도록 법을 제정해야 한다. 그러나 법을 제정하는 일만 중요한 게 아니라, 실제로는 상아를 사들이는 나라들이 더 문제다. 중국과 일본에서도 사들인다는데, 여기에 한국이 끼지 않은 것은 천만다행한 일이다. 상아를 사들이지 않는다면 코끼리가 상아 때문에 수난을 겪거나 죽임을 당하지 않아, 그 새끼들이 어미젖을 먹고 건강하게 자라서 대를 이을 것이다.

이 세상에서 가장 큰 동물, 가장 막강한 힘을 가지고 있으나 더없이 관대하고 자비로운 동물인 코끼리를 멸종 위기에서 지켜내야 한다. 예전에는 일본도 기름을 짜기 위해 고래를 잡았으나, 지금은 세계적으로 고래잡이를 불법으로 규정함으로써 고래를 보호하고 있다. 이처럼 코끼리도 보호되어야 한다.

이런 속에서도 '코끼리 고아원' 같은 곳을 설립해 아기 코끼리를 건강하게 길러 내는 사람들이 있으니, 이들은 삭막한 세상을 윤택하게 하는 사람들이다.

밀림 속에서 작은 눈을 껌뻑이고 부채 같은 귀를 펄럭이며 기둥 같은 다리로 뚜벅뚜벅 걷는 코끼리가 더 이상 상아 때문에 수난을 당하지 않기를 기원해 본다.

샌프란시스코의 선창가

샌프란시스코는 미국에서도 손꼽히게 아름다운 항구 도시다. 일진 스님과 나는 로스앤젤레스에서 거의 여섯 시간이나 걸리는 아름다운 해안 도로를 따라 차를 몰았다.

세계적인 불교학자 랭캐스터 교수님의 권유로, 그곳 버클리대학에서 열리는 세계 학술 대회에 참석하기 위해서였다. 학술 대회는 각 분야별로 열렸고, 우리는 불교 분야의 프로그램에 참석했다. 그 프로그램에는 태국 왕실에서도 왔고, 노란색 가사를 입은 스님들과 세계 각국의 불교학자들이 대거 참석했다. 세계 불교도들을 만날 수 있고, 나의 식견을 넓힐 수 있는 좋은 기회였다.

학술 대회가 끝난 뒤 그 유명한 샌프란시스코 선창가에 갔다.

부둣가 광장에 들어서니 나는 환희로움에 말을 잃었다. 구름 한 점 없는, 눈이 시리도록 파란 하늘을 배경으로 쏟아지는 맑은 햇살 아래, 하얀 양철통 같은 악기를 줄지어 세워 놓고 여덟 명의 악사가 나란히 서서 양손에 하나씩 채를 들고 연주를 하는데, 그 음색이 천상의 소리였다. 그런데 그들이 연주하는 음악은 내가 대학 때 좋아했던 신선하고 낭만적인 곡이었다. 나는 시간을 잊은 채 잠시 그곳에 앉아 있었다.

선창가 곳곳에는 물개들이 올라와서 쉴 수 있는 나무판을 만들어 수많은 물개들이 오르락내리락하고, 하얀 갈매기들이 떼지어 날았다. 또 한쪽에는 온몸에 페인트를 칠하고 멋진 포즈를 취한 채 석고상처럼 움직이지 않는 사람, 각양각색의 특이한 의상에 분장을 하고 관광객과 사진 찍는 사람, 마차를 태워 주는 사람 등 작은 돈을 버는 사람들이 인기였다. 지금도 생각하면 웃음이 나오는 장면은 어떤 사람은 나뭇잎이 무성한 가지들로 단을 만들어 마치 나무인 양 가만히 서 있다가 사람들이 지나가면 꽥 소리를 질러서 놀라게 하는 모습이었다. 그런데 더 우스웠던 건 길 건너편에서는 사람들이 놀라는 모습을 보고 더 크게 웃는 것이었다.

돌아올 때는 카멜 삼보사에 들렀다. 절 옆으로는 어느 절에서도 볼 수 없는, 시골의 시냇물을 연상시키는 얕고 맑은 개울물이 흘렀다. 삼보사는 사찰 주위의 환경이 참 괜찮은 운치 있는 절이었다.

그런데 몇 년 전 그 절이 수난을 당했는데, 그 이유가 너무 황당했다. 미국에 대해 잘 모르는 스님들이 도로변 절 앞에 있는 표지판에 한국에서 흔히 하듯이 만자(卍)를 표기해서 생긴 일이었다.

오늘날 유럽이나 미국 등 서방 세계에서는 만자를 독재, 죽음, 공포의 상징으로 여겨 적대시하고 증오한다. 왜냐하면 만자가 변질되어 독재 살인마 히틀러를 추종하는 무리들을 상징한다고 여기기 때문이다.

만자는 인도의 힌두교에 기원을 둔 길상, 행운, 복덕 등의 좋은 의미를 지닌 상징적인 표기다. 그런데 독일의 히틀러가 이런 행운의 표기를 그의 깃발과 완장에 사용하면서 만자( )는 어느새 히틀러의 상징이 되어 버렸다. 실제로 불교의 만자(卍)와 힌두교의 만자( )는 돌아간 모양이 다르다. 힌두교에서는 주로 역만자(: 스바스티카Svastika라고 함) 모양을 사용한다. 히틀러가 사용한 만자는 바로 역만자( ) 모양이다.

그러니 사람들은 삼보사의 만자 표기를 보고, 이곳을 히틀러 추종 집단으로 오인한 것이다.

로스앤젤레스로 가는 해안 도로에는 눈부신 주홍색 파피꽃(야생 양귀비)이 여기저기 무더기로 피어 있고, 한쪽 편으로는 아름다운 바다가 끝없이 펼쳐졌다. 또 수많은 소 떼들을 방목하는 드넓은 목장과 한참을 달려야 끝나는 옥수수 밭, 과수나무 밭, 채소밭, 포도밭 등이 스쳐 갔다. 땅덩어리가 넓어서인가 무엇이든지 재배 면적이 큼직큼직하다.

지금도 나의 냉장고에는 그때 일진 스님이 사 준, 저 멀리 해변에 하얗게 부서지는 물거품과 야트막한 능선의 갈대, 색깔도 선명한 주홍색 파피꽃이 하늘거리는 작은 찍찍이 사진이 붙어 있다.

자유의 상Statue of Liberty

미국의 상징, 자유의 상징은 단연 '자유의 상'이다. 이 상은 미국을 자유의 나라이게 하는 가장 훌륭한 상징물이다. 한국에서 영어 교과서를 통해 많이 보았던 그 자유의 상을 직접 보면, 그 웅장하고 당당한 모습에 압도당하기 마련이다.

자유의 상은 본래 미국 독립 100주년을 기념해서 프랑스가 미국에 선물한 것이다. 이 거대한 상(像)의 원래 이름은 'Liberty Enlightening the World(세계를 비추는 자유)'였는데, 미국에서 'Statue of Liberty(자유의 상)'라고 이름을 바꾸었다.

한국에는 자유의 여신상이라고 알려져 있다. 그러나 본래 이름에는 여신상이니 신상이니 하는 말은 없다. 여신이나 신이라는 어떤 베일에 가려진 이미지가 아니라, 실제 어머니와 같은 자비롭고 당당한 여장부의 모습을 표현하는 이름인 Statue of Liberty(자유의 상)다.

자유의 상은 프랑스의 조각가 프레데릭 오귀스트 바르톨디가 디자인하고, 에펠탑을 만든 구스타브 에펠이 건축한 것이다. 이 건축물은 1884년 파리에서 완성한 뒤 350개의 부분으로 해체해서 214개의 나무 상자에 넣어 우송한 다음, 1886년 10월 뉴욕의 맨해튼 남단 허드슨 강에 있는 리버티 섬에 세워졌다.

자유의 상 머리에는 자유의 빛이 온 세상을 두루 비추는 의미를 지닌 25개의 창문이 있으며, 7대 주를 상징하는 일곱 개의 뾰족한 살이 달린 관을 쓰고 있다. 오른손에는 자유를 상징하는 횃불을 높이 들고, 왼손에는 1776년 7월 4일이라는 미국 독립일 날짜가 새겨진 책을 들고 있다.

이 상은 얼마나 거대할까? 지면에서 횃불까지의 높이는 93.5미터(절반쯤은 받침대 높이에 해당함), 집게손가락의 길이는 2.44미터, 코의 길이는 1.37미터, 입의 길이는 0.91미터, 손의 길이는 5미터라고 한다. 자유의 상은 외적으로는 조각이지만 내부 아랫부분에는 박물관과 엘리베이터가 있고, 윗부분부터는 두 개의 나선형 층계가 있어 머리 꼭대기까지 올라가서 관의 창문을 통해 뉴욕을 내려다볼 수 있다. 밤에는 횃불과 창문에 특수 조명 시설을 해서 멀리까지 빛을 비춘다.

자유의 상 주춧돌에는 엠마 라자루스의 시가 새겨져 있다. 중요한 끝 부분만 소개한다.

......

지치고 가난한 사람들,
자유롭게 숨 쉬기를 열망하는 무리들,
바닷가에 즐비한 가엾은 이들을
나에게 다오.

황금 문 곁에 등불 들어 올리니
폭풍에 시달린 갈 곳 없는 이들을
나에게 보내다오.

이 시는 폭풍우를 헤치며 오랜 항해 끝에 자유와 좀 더 나은 삶을 찾아 뉴욕 항구에 도착하는 이들을 어머니처럼 따뜻하게 맞아 준다는 내용을 담고 있다. 이런 이들을 위해 자유의 상이 뱃길을 인도하는 횃불을 높이 들어 비추고 있는 것이다.

자유의 상 발 아래에는 부서진 쇠사슬이 있는데, 이것은 억압과 속박을 상징하는 쇠사슬에서 벗어났음을 뜻하는 것이다.

자유의 땅, 미국에는 온 세계 사람들이 자유롭고 좀 더 나은 삶을 위해 끊임없이 몰려든다.

자유의 상은 가난하고, 억눌리고, 천대받는
삶에 지친 수많은 사람들을
마치 어머니처럼 따뜻하게 감싸 주는
자유의 상징, 미국의 상징이다.

깎은 머리를 좋아합니까?

미국에는 불교가 전해진 지 그리 오래되지 않았다. 영국 빠알리 성전협회가 초기 경전을 보급하면서, 그리고 불교학자들이 미국을 비롯해 서구 여러 대학에서 불교 과목을 가르치면서 비로소 불교가 서구 세계에 알려진 것이다. 티베트의 정신적 지도자 달라이 라마와 프랑스 플럼 빌리지의 틱낫한 스님 등이 세계적인 명성을 얻으면서 삭발하고 수행하는 스님들의 존재도 알려졌다.

사실 흑인들에게는 수세미 뭉쳐 놓은 것 같은 머리보다 삭발한 머리가 백번 더 깔끔하고 나아 보인다. 그래서인지 미국의 흑인 남자들 가운데는 삭발 안 한 사람보다 삭발한 사람이 더 많을 정도로 삭발이 보편화되어 있다. 또 백인 남자들도 삭발하는 경우가 꽤 있다. 그러나 여자가 삭발을 하는 경우는 거의 없는 것 같다.

그러니 불교를 아직 모르는 미국인들 중에는 머리 깎은 나를 특별한 시선으로 바라보는 이들이 있다. 이를테면 암 걸린 사람들은 머리가 빠지기 때문에 삭발을 한다. 그래서 내가 암에 걸린 줄 아는 경우도 있었다.

한번은 이런 일이 있었다. 뉴욕 맨해튼의 시외버스 터미널에서 차를 기다리고 있을 때였다. 한 연로한 흑인 남자가 나를 유심히 쳐다보다가 물었다.

"Excuse me, do you like your hair style? Your hair style does not fit for women." (실례지만, 그런 머리 스타일을 좋아하십니까? 당신의 머리 스타일은 여성들에겐 어울리지 않아요.)

"It is not a hair style, I am a Buddhist nun." (이것은 헤어스타일이 아니고요, 나는 불교 스님입니다.)

미국에는 별별 머리 스타일이 많으니, 그는 나도 그런 스타일 중 하나로 머리를 깎았다고 생각한 모양이다. 사실 나는 깎은 머리를 좋아한다. 깎은 머리가 그렇게 시원하고 편할 수가 없다. 머리가 조금이라도 길어지면 기분이 찜찜한데, 삭발을 하고 나면 아주 산뜻하고 기분이 좋다.

출가하기 전 교사였을 때는 학생들 앞에 서려면 용모가 단정해야 했기에, 아침 출근길에 매일 미장원에 들러 머리를 만지곤 했었다. 머리 손질은 여간 귀찮은 일이 아니다. 시간도 많이 투자해야 하고, 돈도 들고, 무슨 모양으로 할까 고민도 해야 하고, 또 옷차림이나 화장에도 신경을 써야 한다.

그런데 출가를 하니 이 모든 것으로부터 해방되었다. 화장 안해도 되고, 머리 안 해도 되고, 심지어 머리를 감지 않아도 되고, 무슨 옷을 입을까 걱정하지 않아도 된다. 겉치레에서 벗어난 이 자유로움을 세속인들은 아마 알지 못할 것이다. 이 홀가분함을 어찌 알 수 있으리오! 나는 화려하게 치장하는 세속인들의 삶이 부러운 적이 한 번도 없었다. 그래서 그런지 나는 무엇이든지 인공적인 것보다 자연적인 것을 좋아한다. 삭발은 어느 것에도 집착하지 말라고 나를 항상 일깨워 준다.

"깎은 스타일을 좋아합니까?"
"예, 나는 깎은 스타일을 좋아합니다."

믿기지 않는 기적 같은 이야기

살다 보면 인간의 상식으로는 이해할 수 없는 기적과도 같은 일이 일어난다. 이를 보더라도 인간이 추정할 수 없는 예외라는 것은 항상 있게 마련인 듯하다. 그러니 상식을 벗어난 기적과도 같은 일이 일어날 수 있다는 가능성은 열어 놓아야 할 것 같다.

한번은 스리랑카 출신의 교수님이 스리랑카에서 일어났던 실화를 이야기해 주셨다.

스리랑카 농가의 한 젊은 여인이 높이 달려 있는 닭둥우리에서 달걀을 꺼내려고 손을 넣은 순간, 갑자기 전기에 감전된 것 같은 따끔함을 느끼고는 몇 시간 후에 세상을 떠났다. 그래서 곧바로 장례를 치렀다. 남편은 평소 그녀가 좋아하던 목걸이, 반지, 귀걸이 등의 보석을 관에 넣었고, 장례식이 끝난 뒤에 관을 땅에 묻었다.

그날 밤이 깊어지자, 보석을 관에 넣는 것을 본 도둑들이 무덤으로 가서 흙을 파내고 관 뚜껑을 열었다. 그러자 관 속의 여인이 그들에게 말을 건넸다고 한다. 그들은 혼비백산해서 "걸음아 날 살려라" 하고 도망쳤다.

이 여인은 관에서 나와 수의를 입은 채로 한밤중에 자신이 살던 집으로 갔다. 그녀는 문을 두드려 남편을 불렀다. 밤중에 웬 여인이 부르기에 창문으로 내다보니, 아내가 그곳에 서 있는 것이 아닌가! 그녀는 분명히 죽었고, 그래서 관에 넣어 묻었는데, 그럼 저 여인은 귀신이란 말인가? 이런 상황을 도저히 이해할 수 없었던 남편은 무슨 귀신의 조화인 줄 알고 문을 열어 주지 않았다. 그 뒤 덜덜 떨며 밤을 새웠다. 있을 수 없는 일이었기 때문이다. 문밖에 있던 그녀는 기진해서 쓰러졌다.

날이 밝기를 기다리던 남편은 다음날 새벽같이 뒷문으로 빠져나가 경찰을 데려왔다. 그때 여인은 쓰러진 채 잠들어 있었다.

이런 기적과도 같은 이야기를 듣고 어떤 의학 박사가 그 관의 성분을 조사해 보았다. 조사 결과 그 관은 마르지 않은 생나무로 만들어졌다는 사실을 알아냈으며, 채 마르지 않은 상태에서 그 나무의 냄새와 나무의 진이 뱀의 독을 흡수하는 것을 발견했다. 즉 나무의 냄새와 진이 뱀의 독을 희석시켰다. 이런 이유로 그녀는 도저히 믿을 수 없는 이야기의 주인공이 되었다.

　이 이야기는 의학적으로는 증명할 수 없는 일이 일어날 수도 있다는 가능성을 말해 준다. 도둑이라는 인연을 만나 죽은 지 오랜 시간이 지난 후에 다시 살아난 믿기지 않는 이야기지만, 실화다. 이 이야기는 절대 그럴 리가 없다고 믿는 절대주의자, 증거가 없으면 믿지 않는 논리과학주의자들이 깊이 새겨야 할 교훈인 것 같다.

로자 팍스Rosa Parks

2008년, 미국은 역사상 최초로 흑인 대통령을 탄생시켰다. 버락 오바마, 그는 인기 있는 흑인 대통령이 되었다. 흑인이 대통령이 될 정도로 미국인의 의식은 많이 달라졌다. 그러나 흑인이 평등을 쟁취하기까지, 그들은 상상할 수도 없이 비참한 수많은 인종 차별을 겪어 왔다.

불과 지금으로부터 55년 전, 흑인 민권 운동이 어떻게 발단되었는지 로자 팍스의 이야기를 살펴보자.

1955년 12월 1일, 로자 팍스는 앨라배마 주 망가머리라는 도시의 한 상점에서 하루 종일 일을 한 후에 집에 가기 위해 버스를 탔다. 몹시 피곤했던 그녀는 'Whites Only(오직 백인들만)'라는 표지가 붙은 좌석이 대부분 비어 있는 것을 보고, 앞줄을 지나 중간쯤에 있는 좌석에 앉았다. 그녀와 같은 흑인이 백인 좌석에 앉는 것은 법에 위반되는 것이었다. 그러나 중간 좌석은 서 있는 백인이 없을 경우 흑인이 앉는 것이 허락된 구역이었다.

이후 정거장에 설 때마다 사람들을 태우다 보니, 버스는 어느새 만원이 되었다. 그러자 'Whites Only' 표지가 붙은 좌석에는 이미 백인이 모두 앉았는데, 더 많은 백인이 계속 승차하는 것을 본 운전사가 사람들을 향해 말했다.

"백인 좌석이 다 찼으니 중간 좌석에 앉은 흑인들은 버스 뒤쪽으로 가 주십시오."

그러나 아무도 움직이지 않자 운전사는 중간에 앉은 흑인 승객들에게 고함을 쳤다. 그러자 중간에 앉아 있던 흑인들은 모두 일어나서 버스 뒤로 갔다. 그러나 로자 팍스만은 그 자리에 그대로 앉아 있었다.

운전사는 로자 팍스가 그대로 앉아 있는 것을 보고 화가 나서, 버스를 세운 다음 로자 팍스에게로 걸어가서 명령했다.

"일어나서 뒤로 가시오!"

"나는 일어서지 않을 것이오."

"그렇다면 당신을 체포하도록 하겠소."

"맘대로 하시오."

운전사는 마침내 경찰을 불렀다. 2, 3분 후에 두 명의 경찰이 버스에 올라왔다. 운전사가 그들에게 자초지종을 이야기하자,

경찰이 로자 팍스에게 다가와서 말했다.

"왜 자리에서 일어나지 않았습니까?"

"내가 일어나야 한다고 생각되지 않았기 때문입니다."

"그러나 법은 법입니다. 당신을 체포하겠습니다."

그래서 로자 팍스는 체포되었고, 경찰차로 이송되어 감옥에 수감되었다.

그 다음날, 흑인 민권운동가들은 버스 인종 차별에 대항해서 어떻게 투쟁할 것인가를 논의했다. 그 과정에서 그들은 버스는 대부분 흑인들이 이용한다는 점에 착안하고는 버스 승차를 거부하기로 결정했다. 그리고 당시 명성을 날리던 마르틴 루터 킹 목사를 '버스 승차 거부'의 지도자로 뽑았다.

'버스 승차 거부'를 시행하는 날, 흑인들은 하나로 뭉쳐서 버스를 타지 않았다. 그들은 걸어서 직장에 가기도 하고, 합승을 하거나 자전거를 타고 갔으며, 당나귀를 타고 일하러 가는 사람도 있었다. 이날 로자 팍스는 법정에서 재판을 받았다. 재판관은 그녀에게 유죄 판결을 내리고, 14달러의 벌금을 물렸다.

'버스 승차 거부'는 성공적이었다. 마르틴 루터 킹 목사는 군중들에게 이렇게 말했다.

"우리는 수많은 세월 동안 잔혹한 발길에 차여 왔습니다. 이제는 차별과 굴욕에 지쳐 버렸습니다. 우리는 이 문제를 폭력으로 해결할 수 없습니다. 우리는 폭력에 맞서서 비폭력으로 투쟁을 계속할 것입니다."

버스 승차 거부가 계속되는 동안 버스 회사는 결국 망했고, 민권운동가들은 갖은 폭력과 괴롭힘에 시달려야 했다. 그렇게 1년이 지난 뒤, 드디어 대법원에서 버스의 인종 차별은 위헌이라는 판결을 했다. 다음날, 로자 팍스와 민권운동가들은 당당하게 버스의 맨 앞좌석에 앉았다.

다음은 마르틴 루터 킹 목사의 'I have a dream today!(나는 오늘 꿈이 있습니다)'라는 유명한 연설문의 일부다.

"나는 오늘 꿈이 있습니다! ……언젠가는 앨라배마에서 어린 흑인 소년과 흑인 소녀가 어린 백인 소년과 백인 소녀와 형제자매로서 함께 손을 잡을 수 있을 것이라는 꿈이 있습니다."

이제 그의 꿈은 실현되었다. 이런 민권운동가들의 피나는 노력과 비폭력 투쟁에 의해 흑인이 미국의 대통령도 되었다. 인간은 피부 색깔에 따라 차별할 수 없고, 빈부에 따라 차별할 수 없으며, 남자니 여자니 하는 성별에 따라 차별할 수 없고, 종교에 따라 차별할 수 없으며, 직업에 따라 차별할 수 없다. 그 외에 그어떤 경우에도 차별할 수 없다. 인간은 나면서부터 평등하다.

소말리아 해적과 미국 선장

2009년 4월, 미국의 머스크 앨라배마호가 20명의 선원을 태우고 도착지인 소말리아, 우간다, 케냐로 향하고 있었다. 이 화물선은 아프리카 난민들을 위한 구호 식품 1만 7000톤을 싣고 소말리야 해상에 도착했다. 그런데 거기서 소말리아 해적의 공격을 받게 되었다.

소말리아는 아프리카 대륙 동북부에 있는 공화국으로, 사우디아라비아 반도 최남단에 면해 있는 나라다. 1990년대 초 소말리아 내전이 시작되면서 생겨난 소말리아 해적들은 세계적으로 악명이 높으며, 배를 공격하고 사람을 인질로 잡아 몸값으로 수백만 달러씩을 챙긴다고 한다.

총으로 무장한 소말리아 해적 네 명이 미국 화물선으로 기어

오르기 시작했다. 미국 화물선은 총을 소지하지 않았기 때문에 온갖 도구를 이용해서 해적들이 배에 오르지 못하도록 했지만, 실패함으로써 결국 해적들은 갑판에 올라와 총으로 선원들을 위협했다. 해적들은 선원 모두를 인질로 잡을 작정이었다. 이때 리처드 필립스 선장은 선원들에게 빨리 엔진실로 들어가서 문을 잠그라고 말한 뒤, 자청해서 혼자 인질이 될 터이니 다른 선원들과 배는 놓아 달라고 요구했다.

이런 과정에서 배를 조사하던 해적 한 명이 선원들에 의해 감금되었다. 선원들은 감금한 해적 한 명과 선장을 서로 바꾸자고 제안했다. 그러나 총으로 무장한 해적들에게 그런 협상이 통할 리가 없었다. 결국 해적 네 명은 선장을 납치해서 미국 화물선을 떠났다.

미국 해군에는 비상이 걸렸다. 즉시 세 척의 해군 구축함과 항공모함, 해군, 해병대 특수부대 요원, FBI 요원이 소말리아 해상에 급파되었다. 한편 해적들에게서 풀려난 19명의 선원을 태운 미국 화물선은 미국 해군 함정의 보호 속에 무사히 케냐에 도착했다.

해적들은 구명보트에 선장을 억류했다. 그러고는 미국 해군 구축함과 협상을 하기 시작했다. 인질 몸값으로 200만 달러를 내라고 하면서, 그렇지 않으면 선장을 죽이겠다고 협박했다. 200만 달러면 미국 돈으로도 많은 돈이다. 미국은 돈도 문제지만 인질은 돈으로 사올 성질의 일이 아니라고 판단했다.

이런 와중에 해적들이 방심한 틈을 타서 바다로 뛰어든 선장은 미국 구축함을 향해 필사적으로 헤엄을 쳤다. 그러나 해적들이 곧바로 총을 난사하면서 추격해, 결국 선장은 도로 붙잡히고 말았다.

미국에서 인질의 몸값을 빨리 주지 않자 해적들은 선장에게 총부리를 겨누며 죽이겠다고 협박했다.

이렇게 긴박한 시간이 4일이 지났다. 선장의 목숨이 위태로운 지경이 되었다. 미국의 여론이 19명의 선원을 살리고 혼자 인질이 된 영웅 선장을 살려야 한다는 이야기로 들끓었다. 드디어 미국은 해적 세 명을 사살하기에 이르렀고, 나머지 한 명은 항복을 했다.

이 사건으로도 보면 미국은 역시 대단한 나라다. 다른 나라들은 대부분 인질의 몸값을 지불하고 인질을 구출한다.

오바마 대통령은 이 일을 두고, "미국은 필립스 선장의 용맹심에 찬탄을 보냅니다. 그의 용기는 모든 미국인의 모델입니다"라고 말했다. 또 그의 가족들은 선장은 유머 감각이 뛰어나며, 낙천적이고 긍정적인 성품을 가졌다고 했다. 그래서 구명보트에 인질로 잡힌 4일 동안도 잘 버틸 수 있었을 것이다.

미국인들은 19명의 선원과 화물선을 무사히 도착지로 보내고 혼자 인질이 되어 온갖 고초를 겪으면서 생사의 갈림길을 넘나들었던 리처드 필립스 선장을 영웅으로 떠받들며, 그의 이타심과 용맹심을 찬탄하고 있다. 그 화물선에 실었던 아프리카 난민을 위한 구호 식품들이 가난한 사람들에게 고스란히 전달되었으니, 이것 또한 선장의 바른 결단 덕분인 것 같다. 그의 고향 집 마을에 있는 나무에는 선장의 무사 귀환을 환영하는 노란 리본의 물결이 넘실거렸다.

이 이야기는 마치 영화의 한 장면을 보는 것 같은 느낌을 준다. 실제로 이 사건은 벌써 영화로 제작하기로 결정되었다고 한다. 훌륭한 영화의 주제임에 틀림없다. 이때 항복한 한 명의 해적은 겨우 16세의 소년이라고 한다. 그가 만일 영화에서 해적 역을 맡는다면, 상황을 가장 잘 알 터이니 실제적인 연기를 할 수 있을 것이다. 그가 돈도 벌고, 반듯하게 성장해서 소말리아의 인물이 되기를 기대해 본다.

그랜드 캐니언_{Grand Canyon}

미국 온 지 벌써 18년이 되었다. 그동안 공부에 집중하다 보니 여행은 엄두도 내지 못했다. 박사 학위를 마치고도 빠알리 경전 번역 작업과 아소까 책의 집필로 다른 곳에 눈 돌릴 틈이 없었다. 그래서 바로 옆 주에 있는 세계적인 명소, 그랜드 캐니언에도 가보지 못했다. 그런데 경전도 출판되었고, '아소까' 책도 마무리되어 출판사에 보냈고 해서 바로 옆 주에 위치한 그랜드 캐니언에 가기로 했다.

그랜드 캐니언은 콜로라도 강이 콜로라도 고원을 가로질러 흐르는 곳에 형성된 거대한 협곡이다. 협곡의 길이는 446킬로미터로 서울 부산 간 고속도로보다 길다. 넓이는 좁은 곳은 6.4킬로미터이고 넓은 곳은 29킬로미터나 되며, 깊이는 1.83킬로미터다.

이런 거대한 협곡 중, 웨스트 림(West Rim:서쪽 가장자리) 쪽으로 가기로 했다. 미국 서부 지역의 공통적 특성인 메마른 땅에 선인장과 물 없이도 자라는 작은 나무들이 있는 광활한 빈 사막, 사암으로 이루어진 야트막한 산들이 여기저기 있는 곳을 지나 웨스트 림에 도착했다. 인디언 전용 버스를 타고 1200미터 위에서 유리 바닥을 통해 그랜드 캐니언의 장관을 체험하는 스카이 워크(Sky Walk)에 도착했다.

깎아지른 듯한 절벽에 투명한 강화 유리를 이용해 U자 모양으로 만들어 콜로라도 강을 내려다볼 수 있게 해놓았다. 천길만길 낭떠러지 앞에 펼쳐지는 웅장하고 장엄한 협곡 벽들의 장관은 말이나 글로 나타낼 수 있는 표현 그 너머에 있었다. 나는 움직일 수도 없었다. 협곡은 한 줄기로만 된 것이 아니라 사방으로 뻗어 있었다. 이쪽저쪽 사방으로 거대한 협곡이 만들어져 전체적으로 사람을 압도하는 자연의 신비를 연출하고 있었다.

여기서 다시 인디언 전용 버스를 타고 구아노 포인트에 도착했다. 저 멀리 낭떠러지 아래로는 콜로라도 강이 흘러가고, 무지개 시루떡처럼 층층이 다른 색깔을 한 사암으로 이루어진 바위 벽들이 사방으로 펼쳐진 거대한 협곡은 웅대한 신비를 드러내고 있었다.

정상에서 조금 아래쪽으로 내려가 작은 봉우리에 올라서면 사방을 더 잘 볼 수도 있는데, 천 길 낭떠러지인 이곳 모든 벽의 테두리에는 아무런 철책도 없고 위험 표지판도 없었다. 그냥 자연 그대로 전혀 손을 댄 곳이 없었다. 심장이 아주 강한 사람도 바위벽 위에 서서 아래를 내려다보기가 힘든 곳이다. 발 한번 잘못 디디면, 천 길 낭떠러지다.

그런데 사람들이 이 위험천만한 절벽 끝에 서서 사진 찍는 것을 보니, 예전에 분명히 떨어져 죽은 사람이 많았을 것이라는 짐작이 들었다.

베스트셀러인 《Death in Grand Canyon(그랜드 캐니언에서의 죽음)》이라는 책의 내용 가운데 지은이는 쓰기를, 사람들이 순찰 경비원에게 가장 자주 질문하는 것은 "매년 여기서 몇 사람이나 떨어져 죽지요?"라는 질문이라 한다.

실제로 1925년에서 2005년까지 80년 사이에 101명이 죽었다고 한다(53명은 추락 사망, 48명은 등산객의 사망).

거대한 협곡을 보면 인간이 아주 나약하고 별 볼 일 없는 존재라는 사실을 실감하게 되고, 그래서 최상의 죽음을 선택하는 자살이 놀랄 일이 아니라고 쓰고 있다.

사진 찍을 때 흔히 하는 "조금만 더 뒤로"라는 말이 떨어지는 요인이며, 그리고 매년 10~12명의 사망자 가운데 약 1/4은 더운 기온과 관련된 것이라고 한다.

"한 젊은 장거리 달리기 선수와 그의 동료가 40도 정도의 기온에서 24킬로미터를 달렸다. 그녀는 약간의 물과 초콜릿 두 개,

사과 한 개만을 가지고 있었다. 그런데 길을 잃고 헤매게 되었고, 동료는 기진맥진해서 쓰러졌다. 마라토너는 물을 찾아 여기저기를 헤매다 결국 그녀도 기진해서 죽고 말았다"고 한다. 지은이는 "사람들은 어리석게도 그랜드 캐니언을 너무 모른다"고 말한다.

주변에는 왈라파이(Hualapai) 인디언 거주 구역이 있었는데, 이들이 서쪽 그랜드 캐니언을 관리하고 있었다. 그곳에서 장식품을 파는 인디언 여자에게 물어보았더니, 그들 종족은 1777년에는 8000명이었으나 2009년에는 3000명으로 줄었다고 한다. 그들은 그랜드 캐니언에서 일하며, 소와 말을 길러서 판다고 한다. 평균 수명은 58세라니 굉장히 빨리 죽는 것 같다.

흑인 대통령이 나왔듯이 인디언 대통령도 나와서 인디언들의 지위가 향상되고 잘살게 되기를 기원한다.

밝고 건강한 사회의 책임자

요즘, 인터넷을 보기가 두렵다.

사회 구석구석에서 일어나는 각종 범죄 소식이 마음을 어둡게 한다. 특히 사회면이나 정치면 기사에 달린 댓글들은 입에 담을 수도 없는 수많은 욕설로 가득하다.

모두가 제정신이 아닌 것 같다. 매일 이런 기사와 마주하면서 살아가야 하는 사람들의 정신이 어찌 평화롭고 행복하고 건강하겠는가.

국민들은 편을 갈라 열을 올려 가며 서로가 다른 편을 비난하고 싸움을 한다. 심지어 주먹다짐까지 하는 일도 있다.

내 편이 아니면 들어 볼 것도 없이 무조건 비난하고, 자기 뜻에 맞지 않으면 아무리 바른 것이라 하더라도 무조건 반대하고 나선다. 반면에 옳지 못한 일인 줄 뻔히 알면서도 자기편이라는 이유로 무조건 두둔하고 나선다. 이런 편 가르기는 화합을 깨는 독과도 같다.

여기에 어떻게 진실이 존재하며, 정의가 살아 있겠는가? 네 편 내 편을 떠나 바른 것은 바르다고 하고, 그른 것은 그르다고 할 수 있는 용기와 정확한 판단력이 절실히 필요한 것 같다.

한 할머니가 어떤 정치인을 열을 올려 가며 욕하고 증오를 퍼붓는 것을 보고 참 안타까웠던 적이 있다. 사랑도 미움도 다 내려놓고 인생을 아름답게 마무리하고 가야 할 나이에 마음속에 그런 독한 기운을 가지고 있다니, 그것은 할머니의 정신 건강에도 결코 좋지 않은 일이었기 때문이다. 무엇이 할머니를 그토록 독하게 몰고 갔을까?

요즘 세상은 편 가르기가 점점 심해지면서 상대편을 증오하는 것도 모자라, 심지어 저주까지 불사하는 극단으로 치달리고 있다. 말과 행동을 전혀 절제하지 못하고 함부로 해서 상대방에게 상처를 입히기 일쑤다.

인간이 동물과 다른 점은 자신을 절제하는 힘이 있다는 것이다. 아무리 인터넷 자유 게시판이라지만 언론의 자유가 있다고 해서 극도로 경직된 증오를 드러내며 욕설을 퍼붓고, 저주의 말을 서슴지 않는 행위들은 모든 사람을 불행하게 한다. 또 이럴 경우는 상대를 다치게 하기 전에 자신이 먼저 그런 독소에 의해 다치고 만다. 아무리 화가 났다고 해도 해야 할 말과 하지 말아야 할 말은 가릴 줄 알아야 한다.

더욱이 많은 사람들에게 귀감이 되고 있는 사회의 명망 있는 인사라면, 사람들이 우왕좌왕할 때 바른길을 제시함으로써 사회를 좀 더 밝고 건전하게 만드는 데 힘을 보태야 한다. 그런데 이런 인사들이 사람들의 기대와는 달리 어느 한 편에 너무 기울어 바른 판단을 하지 못한 채 상대편을 향해, 그것도 언론 매체를 통해 아무런 부끄러움도 없이 극단적인 증오와 저주, 욕설을 늘어놓음으로써 많은 사람들을 실망시키고 슬프게 한다.

자기를 좋아하는 사람을 좋아하는 것은 어느 누구라도 할 수 있다. 자기를 싫어하는 사람을 포용할 줄 아는 사람은 뛰어난 사람이다. 자기와 자기편에게 이익이 되는 일은 누구든지 할 수 있다. 그러나 자기편과 상대편 모두에게 이익이 되는 큰일을 할 수 있는 사람은 드물다. 싫어하는 사람이라고 해도 제거해야 할 적이 아니라 함께 살아가야 할 이웃이다. 원수를 만드는 것은 스스로의 마음 바탕에 깔려 있는 완고한 배타성 때문이며, 이는 모두를 공멸하게 만들기 쉽다. 친구를 만드는 것은 열린 마음이며, 넓은 가슴으로 포용하는 관용을 베풀 때 친구와 더불어 화목하게 지낼 수 있다.

미국의 저녁 시간 뉴스를 보면, 뉴스 맨 마지막 5분간의 짧은 시간이지만 NBC 뉴스는 'Person of the week', ABC 뉴스는 'Making a difference'라는 프로그램을 방영한다. 남에게 좋은 일을 하는 사람들의 선행을 매일 소개한다. 또한 불행이나 역경을 딛고 성공한 사람들의 용기와 희망을 주는 이야기들, 다른 사람들에게 행복과 따뜻함을 주는 이들의 감동적인 내용을 담고 있다.

실제로 뉴스를 보면 매일 교통사고와 살인 사건, 강도, 폭력, 사기, 정치판과 사회면의 어두운 이야기들 등 사람들의 사기를 저하시키는 내용들이 주를 이룬다. 그런 가운데서 이런 희망적인 프로그램은 사람들의 의식을 건강하게 한다. 또 긍정적이고 밝은 생각으로 선한 일을 하며 건강한 사회를 만들어 가는 사람들도 많다는 사실이 용기와 희망을 준다. 그래서 이 세상은 그래도 살 만한 곳이라는 위안을 갖게 한다.

이처럼 언론은 사회를 밝고 건전하게 이끌 책임이 있다. 또한 사회 구성원인 우리에게도 서로 힘을 합쳐 밝고 건강한 사회를 만들 책임이 있다.

밝고 건강한 사회는 말과 행동을 절제하는 사회,
정의와 진실이 살아 있는 사회,
사회를 이끌어 갈 훌륭한 모델이 있는 사회,
이기주의를 버리는 사회,

화합해서 더불어 사는 행복한 사회다.
바로 우리 모두는 건강한 사회의 책임자다.

웰다잉 well-dying의 참뜻

　행복하고 편안한 삶이 웰빙(well-being)이라면, 그 웰빙의 끝마무리는 웰다잉이다. 웰다잉은 어떻게 편안하고 아름답게 마지막 길을 갈 수 있느냐 하는 것이다. 잘사는 것도 중요하지만, 인생의 종착역에 이르러 아름다운 죽음을 맞이하는 것도 중요하다. 어떻게 하면 여유 있게 웃으면서 여행을 떠나듯 생을 아름답게 마무리할 수 있을까?

　한국은 유교의 영향으로 죽음을 부정적으로 생각하는 것은 물론 생각조차 하기 싫어하는 문화였기에 죽음에 대해 말하는 것 자체를 금기시해 왔다. 그러나 서양 여러 나라에서는 죽음에 대한 바른 개념을 정립할 수 있도록 학교 교과서를 통해 가르친다. 우리나라도 최근 유명 인사들의 집착 없는 죽음을 대하면서 웰다잉 문화가 점차 확산되고 있으니, 참으로 다행한 일이다.

어떤 사람은 재수 없게 왜 죽는 이야기를 하느냐고 한다. 그러나 냉철하게 현실을 직시해야 한다. 그럴 때 자기가 생각하는 것보다 사는 시간이 많이 남지 않았다는 사실을 깨닫게 된다. 이렇게 말하면 야박한 것 같지만 그러나 언제 올지 모를 자신의 죽음을 생각해야 하고 평소에 준비를 하는 것도 지혜로운 삶이다.

이런 준비는 꼭 우울한 것만은 아니다. 오히려 자신이 살날이 제한되어 있다는 사실을 명백하게 인식함으로써 남은 세월을 보다 알차고 보람 있게, 행복하게 살아야겠다는 다짐을 하는 계기를 마련해 주기도 한다. 언제 다가올지 모를 죽음과 미리 친숙해지는 것도 좋은 방법이다.

죽음은 나이순으로 오는 것이 아니다. 언제 어떻게 올지 아무도 모른다. 마치 낙엽이 떨어지고 나면 새순이 돋아 올라 푸르른 잎으로 변했다가 다시 낙엽이 되어 지듯이, 우리네 인생도 마찬가지다. 죽음은 결코 멀리 있지 않다. 또한 죽음은 두려운 것이 아니라 삶의 한 부분이다. 죽음이 있기 때문에 삶이 더 소중하고 가치 있는 것이 아닐까?

주변에서 삶을 아름답게 마무리한 사람들을 찾아볼 수 있다. 조계종 전 총무원장이셨던 법장 스님은 시신을 연구용으로 기증하셨다. 시신 연구를 통해 사람들이 많은 이익을 얻게 하려는 뜻에서였다. 또 얼마 전에 선종하신 김수환 추기경님은 각막을 기증해 남에게 빛을 선물하셨다. 이분들 외에도 많은 사람들이 장기 기증, 시신 기증, 각막 기증을 하고 있다. 어차피 썩어 없어질 몸, 이들은 남을 위해 행복을 선사하는 웰다잉의 표본이다. 그러고 보면 죽어서도 남에게 줄 것이 참으로 많다.

인간의 생명은 존엄하다. 따라서 존엄하게 죽을 권리가 있다. 그러므로 죽음도 고귀하게 받아들이도록 해야 한다. 소생할 희망이 없는 환자에게, 의식도 없는 상태에서 인공적인 기계를 이용해 생명을 연장하는 것은 누구도 원치 않는 일일 것이다. 오히려 오랜 세월 동안 몸에 기계 장치를 부착하고 있는 것이 더 고통스러운 일 아니겠는가.

이렇게 고통스럽게 목숨을 연장하는 것이 무슨 의미가 있으며, 과연 옳은 방법인지 생각해 볼 일이다. 식물인간인 채로 무의미한 연명 치료를 지속하는 것이 의미가 있을까? 오랫동안 목숨만 이어 가는 것이 중요한 게 아니라, 건강하게 잘 살다가 아름답게 마무리하는 것이 중요하다.

웰빙은 물질적인 부유함과도 연관이 되지만, 웰다잉은 영적이고 정신적인 영역이다. 웰다잉에 친숙해지면 욕심을 비워서 몸과 마음이 건강해지고, 심리적으로도 안정되어 남을 위해 봉사하고 보시하는 생활을 하게 되니, 나도 남도 행복한 삶을 살게 된다. 나아가 건전한 사회를 만들게 된다.

죽음에 대한 준비는 다양한데, 그 가운데 하나가 유서 쓰기라고 할 수 있다. 유서에는 재산 문제, 유산 상속 문제, 장례 절차, 유품 처리 문제 등을 언급하면 좋을 것이다. 유서를 미리 써 놓으면 자신이 세상을 떠난 뒤에 사람들에게 혼란을 주지 않으니, 이것도 남에 대한 배려다. 만일 무의미한 연명 치료를 원치 않는다면, 그러한 사실도 유서에 명기할 수 있을 것이다. 장례 절차도 화장을 하면 매장처럼 땅을 차지하지 않으니 좋고, 또 재를 나무 밑에 묻으면 거름도 되니 이 또한 깨끗한 마무리라고 할 수 있다.

요즘 가수 겸 화가로 알려진 조영남의 이색적인 유서 공개가 언론의 관심을 끈다. 그는 자신의 특별 미술 기획전 개막 행사 때 관을 준비해서 그 속에 자신의 인형을 넣어 놓고 장례식 연기를 선보였으며, 유서도 공개했다.

"내 시체를 발견하는 사람은 즉시 담요나 이불에 둘둘 말아 곧장 화장터로 가서 태워라. 거기서 타고 남은 유해는 영동대교 위에 가서 뿌려라. 재산은 1/4은 내 옆에 있는 여자가 갖고, 나머지 3/4은 아들 둘과 딸 한 명이 똑같이 1/4씩 나눠 가져라. 내 인생은 한판 놀이였다. 재미있게 잘 놀다 간다."

가수 조영남은 분명 죽음과 친숙한, 집착에서 자유로운 아름다운 죽음을 준비하는 사람 같다.

죽음에 관한 문제를 교육시키는 여러 단체들은 다양한 프로그램을 운영하고 있다. 죽음 명상, 이별 연습, 시한부 인생 체험, 유서 작성하기, 자서전 쓰기, 입관 체험으로 관에 직접 들어가 누워서 죽어 있는 자신을 체험하기 등 다양하다. 이런 체험을 통해 허송세월하는 자신을 돌아봄은 물론, 이웃을 하찮게 여기고 미워하는 자신의 좁은 소견을 바꾸게 된다. 그럼으로써 이웃의 소중함을 깨닫고 그들을 사랑하게 되고, 남은 생애에도 정열을 기울여 힘차게 살아갈 수 있는 힘을 얻게 된다.

아침 동안 잘 지내면 행복한 아침이 오고
낮 동안 잘 지내면 행복한 낮이 오고
저녁 동안 잘 지내면 행복한 저녁이 오고

하루 동안 잘 지내면 행복한 잠이 오고
한 생애를 잘 지내면 행복한 죽음이 온다네.
그것이 바로 웰빙, 그것이 바로 웰다잉이라네.

흐르지 않는 물은 썩는다

무엇이든 흐르지 않고 정지해 있을 때, 그것은 신선함을 잃고 썩어서 생명력을 잃고 만다. 만일 우리 몸에 피가 흐르지 않으면 죽고 말 것이다. 마찬가지로 은행에 자금이 흐르지 않으면 경제가 몰락한다. 또 물은 흐르지 않으면 썩는다. 생각도 흐르지 않으면 박물관의 유물이 되어 버린다.

흐르는 물을 보라. 흐르는 물은 정지해 있지 않고 끊임없이 움직이기 때문에 신선하다. 그렇다면 썩은 물도 흐르면 신선해지는가? 그렇다. 흐르는 물은 아무리 더러운 물이라도 자체 정화가 되어 더러움을 녹여 버릴 수 있으므로 순수하고 신선해진다. 그러나 흐르지 않고 고여 있으면 썩어 버리고 만다.

바람은 탁한 공기를 순식간에 청량하게 만든다. 바람은 어떻게 늘 신선할까? 그것은 바람이 불기 때문이다. 바람이 흐르기 때문이다. 정지해 있지 않고 움직이기 때문이다. 바람도 정지해 있으면 그 신선함이 사라져 버린다.

우리의 몸과 마음도 마찬가지다. 몸과 정신은 결국 하나라고 할 수 있으니, 먼저 몸에 대해 생각해 보자. 에너지가 잘 흐르게 하려면 녹슬지 않도록 항상 알맞게 사용해야 한다. 구르는 돌에는 이끼가 끼지 않는다. 머리도 쓰면 쓸수록 오히려 기억력이 좋아져 치매가 예방된다. 에너지도 쓰면 쓸수록 더 힘이 솟는다. 우리의 몸은 기계와 같아서 너무 지나치게 사용해도 고장이 나고, 또 너무 사용하지 않아도 녹이 슬어 못 쓰게 된다. 샘물은 퍼내도 퍼내도 자꾸 고이듯이, 에너지는 쓰면 쓸수록 돌고 돌아 강한 힘이 솟아오른다.

그러면 우리의 생각은 어떻게 잘 흐르게 할 수 있을까? 어떻게 우리의 생각을 흐르는 물처럼 바람처럼 늘 새롭고, 신선하고, 자유롭게 유지할 수 있을까? 그러려면 어떤 것이 나와 남에게 이익이 되고, 행복을 가져오는지에 대한 바른 견해가 필요하다. 여기서는 전통을 고집할 일도 아니고, 관행을 들먹일 필요도 없으며, 과거를 들출 이유도 없다. 자칫 전통이나 관행, 또는 과거에 묶여 자유롭지 못하기 때문이다. 다른 사람의 다양한 의견도 들어보고, 전문가의 의견도 경청해야 하며, 여러 가지 책도 읽어야 하고, 인터넷 정보 등을 통해 현 시대에 가장 적합한 최선의 방향을 모색해야 할 것이다. 이런 정보들은 두뇌에 신선함을 공급해 주는 매개체들이다.

흐르지 않고 멈추어 있는 생각은 빛이 바랜 생각이다. 이미 빛바랜 생각은 골동품일 뿐 자기에게도 남에게도 어떤 이익을 주지 못한다. 신선함도 없고, 발전도 없으며, 시대의 요구에도 전혀 부응하지 못한다. 이처럼 흐르지 않는 생각은 굳어서 그 사용 가치가 없어져 버린다.

나이가 많아도 생각이 열려 있고, 새롭고 신선한 사고방식을 가진 사람들도 많다. 그러나 대부분의 사람들은 나이가 들수록 생각이 딱딱하게 굳어 가는 경향이 있다. 또 고집이 강해져 새것을 받아들이기를 거부한다. 옛날 고릿적부터 자신이 해온 것이 습이 되어 그것이 더 좋다고 고집한다. 이는 몸은 현대에 살지만 정신은 과거에 사는 것이 아닐까?

항상 새롭고 신선한 생각을 품으려고 노력하는 사람은 어떤 사람과도 열린 마음으로 대화를 풀어 나간다. 그런 사람은 오랜 관습의 틀에 묶여 있지 않는다. 새것이 나와 남의 삶에 행복을 준다면 새로운 것을 수용할 줄 안다. 또 잘못된 관습은 과감하게 시정하는 지혜와 용단이 있다. 탁상공론에 머무는 것이 아니라 실천이 앞선 사람이다.

몸도 마음도 끊임없이 흐르고 흘러 신선하고
서로에게 이익이 되는 삶이 최상의 삶인 것 같다.

마이클 잭슨의 죽음

요즘 미국의 언론 매체는 마이클 잭슨의 죽음에 대한 이야기로 도배를 하듯이 기사를 내보내고 있다. 그런 기사들을 보면서 보통 사람들과는 다른 그의 인간적인 면모를 느꼈다. 또 노래를 위해 열정을 불사르다 젊은 나이에 갑자기 죽은, 어린아이처럼 순수한 한 영혼을 발견할 수 있었다.

사람들은 그를 가리켜 몇 백 년에 한 번 나올까 말까 한 음악의 천재라고 말한다. 이 세상의 어떤 위대한 사람이 죽었을 때도 사람들은 이처럼 열광적인 반응을 보이지 않았다. 그의 죽음을 애도하기 위해 전 세계에서 160만 명이 그의 추모식 티켓을 신청했다. 그중 2만 명만이 스테이플즈 센터에서 열린 추모식에 참석할 수 있었다. 티켓을 받은 운 좋은 사람들은 세계 각지에서 수천 달러의 비행기 값을 내고 모여들었다. 이때, 무료로 배포한 티켓이 인터넷 경매에서 만 달러가 넘는 가격으로 팔리기도 했다고 한다.

장례식 중계방송은 전 세계적으로 수억 명이 시청했다고 한다. 나도 텔레비전으로 두 시간 반에 걸쳐 진행되는 추모식을 보았다. 무대 바로 앞에는 빨간 장미로 뒤덮인 마이클 잭슨의 관이 놓여 있었다.

사람들은 추모사에서 모두 그를 '대중가요의 왕'이라고 불렀다. 유명한 미녀 영화배우 브룩 쉴즈는 울먹이면서, 자신이 마이클 잭슨을 처음 만난 것은 열세 살 때라고 말했다. 보통 이성 친구인 경우 성적으로 연결되기 쉬운데, 그녀는 마이클 잭슨과는 성적인 긴장을 넘어선 아주 자연스럽고 편안하고 순수한 만남을 이어 왔다고 회고했다. 그래서 만나면 항상 어린아이로 돌아가는 것 같았다고 했다.

마이클 잭슨은 그의 자녀들이 언론에 노출되는 것을 극도로 꺼렸다. 그런데 추모식의 가장 마지막 장면으로 마이클 잭슨의 열한 살 난 딸이 마이크 앞에 섰다. 수억 명의 시선이 딸아이에게 집중되었다. 그 아이가 울먹이며 던진 한마디는 텔레비전을 시청하는 모든 사람들을 울렸다.

"Ever since I was born, my Daddy has been the best father you could ever imagine and I just want to say I love him so much."

(내가 태어났을 때부터 내내, 나의 아빠는 여러분들이 상상할 수 없을 정도로 최고의 아버지였어요. 나는 다만 아빠를 너무너무 사랑한다고 말하고 싶어요.)

그 아이는 울음에 젖어 더 이상 말을 이을 수가 없었다.

마이클 잭슨은 다른 아이들이 초등학교도 들어가기 전 나이인 다섯 살 때 군중 앞에서 노래를 하기 시작했다. 그에게는 정상적인 어린 시절이 없었다. 부모님의 따뜻한 사랑 대신 아버지의 엄한 회초리는 그의 슬픈 유년기의 추억이었다. 그래서 그런가 그는 아이들을 무척 좋아했다. 자신의 세 자녀도 왕자나 공주처럼 길렀다.

또한 그는 '네버랜드 랜취'라는 거대한 면적의 놀이동산을 만들어, 아이들이 그곳에 와서 즐길 수 있도록 해 주었다. 이런 과정에서 그의 막대한 재산을 노린 사기꾼으로 인해 '어린이 성추행범'으로 고발되어 명예가 추락되기도 했고, 그 때문에 스트레스와 고통에 시달리기도 했다. 물론 마이클 잭슨은 무죄 판결을 받았지만, 그의 명성과 위신은 이미 추락되고 말았다. 더구나 흥미를 위주로 한 언론 매체들의 집요한 언론 폭력은 감당하기 어려웠을 것이다.

특히 피부에 새하얀 반점이 생기는 백납병은 그와 같은 연예인의 용모에 치명적인 타격이었다. 그래서 그는 얼룩덜룩해진 얼굴을 화장과 머리카락으로 가리곤 했다. 또 코 수술한 것이 잘 못되어 여러 차례 수술을 하면서 본의 아니게 얼굴을 망가뜨리 고 말았다. 실제로 그는 성형이 필요 없는 잘생긴 흑인 청년이었 다. 이렇게 마이클 잭슨은 백납병과 성형 부작용으로 인해 많은 고통을 겪었다.

그러나 이런 비정상적인 용모에도 불구하고, 그의 인기는 타 의 추종을 불허했다.

그런데 경탄할 일은 그의 추모식이 열린 바로 그 스테이플즈 센터에서, 죽기 이틀 전에 영국 공연을 준비하는 총 연습 과정을 비디오에 담았는데, 그는 마치 20대의 청년처럼 온 몸과 마음을 던져 열정적으로 노래와 춤에 몰입해 있었다. 그는 자신의 병에 짓눌려 주저앉지 않고 오히려 병을 극복하고 온갖 열정을 쏟아 부은 그의 노래와 춤을 사람들에게 선물하고 싶었을 것이다. 그 래서 사람들에게 기쁨을 주기를 열망했을 것이다. 열정적이고 천재적인 매력을 지닌 춤은 아무도 흉내 낼 수 없는 그만의 독특 한 것이었다.

그의 성품은 기자와 인터뷰할 때 드러났다. 기자가 너무 황당 한 당치도 않은 말을 하면 보통 사람들은 화를 내고 감정에 치우 쳐 말을 막기 쉽다. 그러나 그는 항상 절제된 모습이었다. 기 자가 너무 황당한 말을 하면 손으로 얼굴을 가리고 한참 동안 감 정을 추스른 뒤에 차분하게 이야기를 계속했다. 그의 태도는 노래할 때와는 완전히 다르게 항상 순수하고 점잖고 조용하고 진솔했다.

천진한 아이들을 좋아한, 그래서 그 아이들처럼 순수하게 살다 간 마이클 잭슨, 그는 그의 몸과 마음을 자신의 음악에 완전히 불사른 음악의 천재였다.

행복은 어디에 있는가?

산다는 게 무엇일까? 사람들은 그것은 행복한 삶을 살기 위해서라고 말한다. 그렇다면 행복한 삶은 무엇일까? 또 행복은 무엇이며, 그 행복은 어디에 있을까?

김상용(金尙鎔)의 시 〈남으로 창을 내겠소〉는 자연 속에 묻혀 사는 행복을 이렇게 노래하고 있다.

남으로 창을 내겠소.
밭이 한참갈이 괭이로 파고
호미론 풀을 매지요.

구름이 꼬인다 갈 리 있소

새 노래는 공으로 들을랴오
강냉이가 일걸랑
함께 와 자서도 좋소.

왜 사냐건
웃지요.

그렇다. 왜 사느냐고, 삶의 목적이 무엇이냐고 구구하게 말해 봤자 군더더기일 것 같다. 그래도 한번 말해 보자. 이 시에는 명예를 얻고 싶다는 바람이나 출세를 하고 싶다는 욕망, 돈을 많이 벌어 화려한 삶을 살고 싶다는 욕심 따위는 없다. 자연 속에서 자연과 더불어 순수하게 사는 것, 바로 그것이 행복이라고 말하고 있다.

어떤 사람은 이렇게 말했다.

"삶이 무엇입니까?"
"삶은 달걀이다."

그렇다. 이 우스갯소리처럼, 삶은 그렇게 대단할 것도 없고 심각할 것도 없으며, 그렇게 기뻐할 것도, 그렇게 슬퍼할 것도, 그렇게 분노할 것도, 그렇게 절망할 것도 없는 것 같다. 이 세상 모든 것은 마치 하늘에 떠 있는 구름처럼 끊임없이 변화한다. 오늘은 이것에 열광하다가 내일은 또 다른 것을 찾아 헤맨다. 그러므로 영원한 행복도 없으며 영원한 불행도 없다. 행복한 순간이 있는가 하면, 어느새 불행이 찾아오기 때문이다.

행복과 불행은 손바닥의 앞뒷면과 같아서 항상 우리와 같이 있다. 그러므로 불행이 온 순간 그렇게 낙담할 것도, 땅이 꺼질 듯한 실망감으로 한숨 쉴 필요도 없다. 왜냐하면 행복이 또다시 찾아오기 때문이다.

삶이 추구하는 행복은 어디 있을까? 그것은 마치 어떤 사람이 산 넘고 물 건너 봄을 찾아 나섰지만 아무리 헤매고 다녀도 봄을 찾지 못하다가, 집에 돌아와 울타리 옆 매화나무에 꽃이 핀 것을 보고 봄이 왔음을 깨닫는 것과 같다. 봄은 어디 멀리 있는 것이 아니라 바로 지척에 있는데도 깨닫지 못한 것처럼, 행복 또한 바로 우리 곁에 있는데 멀리서 찾으려고 애쓴다는 말이다.

지척은 어디인가? 지척은 곧 내 마음, 결국 행복은 내 마음에 있다. '일체유심조(一切唯心造)'라는 말이 있다. 모든 것은 오로지 마음이 지어내는 것임을 뜻하는 말이다. 모든 것은 마음이 만든다. 마음먹기에 달렸다. 천국을 만드는 것도 나요, 지옥을 만드는 것도 나다. 선한 마음은 행복을 만들고, 악한 마음은 불행을 만든다. 행복하다고 생각하면 행복한 사람이고, 불행하다고 생각하면 불행한 사람이 된다.

진정한 행복은 사물을 있는 그대로 보는 마음에 있다. 예를 들어 '흑인은 질적으로 나쁘다'라는 편견을 가지고 있다면, 그 사람은 흑인을 싫어하는 마음으로 인해 행복하지 못하다. 이처럼 편견이나 고정 관념에 따라 판단하면 그 선입관의 막 때문에 사물의 본질을 바로 보지 못한다. 사물의 어느 한 부분만 보고 그것이 마치 전체인 양 잘못 보기 쉬운 것이다. 편견이라는 색안경을 벗어 버릴 때 비로소 사물의 순수한 본래 모습을 볼 수 있을 것이다.

진정한 행복은 만족에 있다. 비록 가난하게 살아도 그 삶에 만족한다면, 그는 행복한 사람이다. 인간의 욕망은 끝도 없고 한도 없다. 황금이 소나기처럼 쏟아져도 만족할 줄 모르고 더 좋은 것을 추구한다. 무엇을 위해 그처럼 끝없는 욕망의 노예가 되어 있는가? 욕망의 노예에게는 편안한 휴식이란 없다. 끈질긴 집착을 놓을 때, 그때 마음은 휴식을 얻고 행복을 발견할 것이다.

행복은 어디에 있는가? 행복은 가장 가까운 곳, 내 마음에 있다.

일체유심조—一切唯心造

　나는 수녀원에 있을 때 몇 달 동안 Mind control(마음 다스림) 강습을 받은 일이 있다. 이 방법은 심리학적으로 신념의 마력을 이용하는 것으로, 강렬한 자기 암시를 통해 자기의 마음을 다스릴 수 있다고 했다. 염력(念力: 생각의 힘)이나 텔레파시(Telepathy: 정신이 서로 통하는 것)에는 보이지 않는 어떤 힘이 있어 마음먹은 것이 시간과 공간을 초월해 상대방에게 전달된다는 것이다.

　양파를 가지고 실험을 했다. 싱싱한 양파 두 개를 골라 물이 있는 병에 뿌리를 담가 둔 다음, 하나에는 "너는 어쩌면 이렇게 싱싱하냐. 참 매끈하게 잘도 생겼다. 오늘은 뿌리가 더 많이 내렸네"라고 긍정적인 사랑의 말을 해 주고, 다른 하나에는 "너는 어째 자라지도 못하고 썩을 것 같구나. 색깔이 점점 죽어 가고 뿌리도 잘 내리지 않네"라고 부정적인 말을 해 준다. 그러면 사랑의 말을 해 준 양파는 싱싱하게 잘 자라지만, 부정적인 말을 해 준 양파는 썩어 버린다고 했다. 실제로 실험을 하자, 희한하게도 부정적인 말을 해 준 양파가 썩기 시작했다.

뚱뚱한 사람이 날씬해지기 위해 마음의 작용을 이용하는 것은 돈도 안 드는 가장 좋은 방법이라고 했다. 매일 아침 일어나자마자 자신에게 "오늘은 몸이 가벼운 걸 보니 분명히 살이 빠졌어"라든가, 거울을 보고는 "턱 밑의 군살이 빠졌네. 배도 들어가고. 이대로 한 달만 빠지면 아마 날씬해질 거야"라고 말하는 등 긍정적인 자기 암시를 하면 실제로 그렇게 된다는 것이다.

반대로 음식을 먹으면서 '오늘은 기분이 엉망인걸. 에잇, 먹은 거 다 체할 것 같군' 하는 생각으로 밥을 먹으면 반드시 체한다고 한다. 또 '내일 아침에는 반드시 5시에 일어나야 해. 난 5시에 깰 자신 있어'라고 자기 암시를 한 뒤 5시에 일어날 수 있다는 신념을 가지고 자면, 정말로 5시에 눈이 떠진다고 한다.

이처럼 마음의 힘은 강력한 마력을 가지고 있기 때문에 강한 신념으로 마음을 조정할 수 있다는 것이다. 마찬가지로 종교에서 부처님이나 예수님께 기도를 올릴 때도 지극 정성과 간절한 마음으로 하는 기도는 보이지 않는 전파를 발산하여 강한 신념과 정신의 힘에 의해 소원을 이루게 해 준다는 이야기다.

이와 같이 모든 것은 마음이 만든다. 자신을 만드는 것은 자기 마음이다. 마음은 마치 조각가와도 같아서 자기를 멋지고 아름답게 조각할 수도 있고, 추한 좀생원으로 조각할 수도 있다. 그러니 마음속에 좋은 생각, 긍정적이고 발전적이며 창조적인 생각들을 자꾸 채워 넣어 보자. 그러면 반드시 멋진 조각품이 탄생할 것이다.

반대로 남을 미워하고 질투하며 이기적인 생각을 품는다면, 남을 해치기 전에 자신이 먼저 일그러진 인격의 소유자로 전락하고 말 것이다. 그러므로 진정 중요한 것은 자신의 마음 쓰씀이를 돌아보는 일인 것 같다.

모든 것은 마음이 만든다. 마음먹기에 달렸다. 나 이외의 어느 누구도 내 마음을 조정할 수 없다.

마음을 조정하는 열쇠는 자신만이 가지고 있다.

신념의 마력

나는 지금도 젊은 날의 내 사고방식에 영향을 준 노만 빈센트 필의 '신념의 마력'을 기억한다. 그는 "마음의 습관을 불신에서 신뢰로 바꿔라. 그러면 모든 것이 가능해질 것이다"라고 말했다. 이는 신념이 마력과도 같은 막강한 힘을 발휘한다는 의미다.

많은 사람들이 '성공'이라는 목표를 세워 놓고, 그것을 향해 쉼 없이 달려간다. 그런데 성공으로 몰고 가는 요인 중 가장 중요한 것이 신념인 것 같다.

첫 번째 성공의 원동력은 '강한 신념'이다. '나는 할 수 있다'는 굽힐 줄 모르는 신념, '하면 된다'는 강한 신념이 필요하다. 마음은 행동을 이끌어 내는 주인이기 때문에 강한 마음의 메시지에 따라 행동이 달라진다. 따라서 인생의 성공 여부는 성공에 대한 강한 믿음에 좌우된다고 해도 지나친 말이 아니다. 능히 산도 움직일 수 있다는 강한 믿음이 있을 때 불가능한 일도 가능해지는 것이다.

강한 신념은 마력과도 같은 힘을 가지고 있다. 성공할 수 있다고 진심으로 믿으면, 그렇게 된다. 성공은 신념의 크기에 달린 것이다. 진정한 성공은 강한 신념을 소유한 사람에게만 주어진다. 신념의 반대는 의심이다. 많은 사람들은 일을 하기도 전에 의심과 두려움을 앞세운다. 그리고 '탓'을 한다. 재주가 없다든지, 공부가 짧다, 자격이 없다, 나이가 많다 등등. 하지만 이런 부정적인 메시지를 안고 있으면 자신감이 없어진다. 또한 이처럼 소극적인 마음에는 성공이 찾아오지 않는다. 자신을 못난이라고 생각하면 못난이로 살 수밖에 없는 것이다. 반대로 할 수 있다는 자신감이 있으면 그 일을 성취할 수 있다. 생각하는 대로 되게 마련이다.

앞날에 대한 희망이 없으면 없을수록 태산 같은 여유를 가져야 한다. 그리고 자신에게 말하라. "나는 할 수 있다. 나는 잘할 수 있다"고.

두 번째 성공의 원동력은 '남을 위한 큰 원을 세우는 일'이다. 자기 자신이나 가족, 아는 사람으로 한정 짓지 말고 다른 사람들의 행복을 위한 큰 원력을 세워 보자. 이런 큰 원력을 세운 사람은 다른 사람들에게 행복을 주어야 한다는 책임감이 강한 추진력이 되어 일을 밀고 나간다. 그처럼 목표를 향한 쉼 없는 실행이 계속된다면, 그가 하는 일은 잘될 수밖에 없다. 이때의 목표는 '나'만을 위해서 사는 이기적인 삶이 아니라, 나와 남이 함께 행복한 삶을 향하는 원대한 목표이기 때문이다.

세 번째 성공의 원동력은 '인내심, 끊임없는 노력과 열정'이다. 안 된다고 쉽게 포기하지 말고 인내심을 가지고 최선을 다해 노력하며, 그 일에 자신의 열정을 쏟아부어야 한다. 열정을 가지고 하는 일은 즐거워서 어려운 줄 모르며, 기다릴 줄 알고 게으름을 부리지 않는다. 열정적인 삶은 피곤한 줄 모르며, 병날 새가 없다. 마르지 않는 샘물처럼 에너지를 쓰면 쓸수록 더 힘이 생긴다. 노력과 열정으로 뭉친 인간에게 불가능이란 없다. 다만 열매가 익을 때까지는 비바람과 폭풍우를 견뎌야 하겠지만, 시간만이 문제가 될 따름이다.

네 번째 성공의 원동력은 '행동'이다. 행함이 없으면 모든 것은 무용지물이다. "구슬이 서 말이라도 꿰어야 보배"라고, 아는 것이 아무리 많아도 실천하지 않으면 "밑 빠진 독에 물 붓기"와 마찬가지다. 미적거리지 말고, 자신감을 가지고 적극적으로 행동하자. 우유부단한 태도로 탁상공론만 하지 말고 하나씩 하나씩 실천에 옮기자. 시작이 반이다. 백 마디 말보다 한 번 실천하는 것이 더 낫다. 오늘 할 일을 내일로 미루지 말고 오늘 끝내자. 행동 없는 생각은 죽은 것이다. 행동 없는 탁상공론은 시간 낭비일 뿐이다.

다섯 번째 성공의 원동력은 '일이 잘되면 좋고 안 돼도 괜찮다'는 '집착 없는 마음 자세'다. 불완전한 인간이 하는 일이 다 완벽할 수만은 없다. 원하는 대로 안 될 수도 있다. 일을 하되 잘 될 수도 있고, 안 될 수도 있다는 두 가지 가능성을 항상 염두에 두어야 한다. 다만 최선을 다할 뿐 일의 결과에 집착하지 않는다. 이런 사람이라면 일이 잘 안 됐다고 원망하고 자포자기해서 자신을 해치는 일은 없다.

일이 잘 되고 성공하기를 바랍니까?
바란다면 그렇게 될 것입니다.
강한 신념과 열정을 가지고 지금 행동하십시오.

칭찬의 마력

나는 지금도 중학교 수업 시간에 나를 항상 칭찬해 주셨던 역사 선생님의 기억이 생생하다. 사람의 성품은 남이 인정해 주고 칭찬해 줄 때 무한한 잠재 능력이 샘솟는다. 한마디의 칭찬이 어떤 사람의 삶의 방향을 바꾸어 놓을 수도 있다. 그런데 이렇게 좋은 칭찬을 하는 데에 나부터도 너무 인색한 것 같다. 그래서 이런 칭찬이 미치는 기적과 같은 힘에 대하여 살펴보자.

많은 사람들은 칭찬의 마력에 대하여 이야기한다.

칭찬은 자신감을 준다.

칭찬을 들으면 기분이 좋아 일의 능률이 오르고 더욱더 잘하려는 의욕이 생긴다.

남으로부터 들은 칭찬은 그의 잠재의식 속에서 항상 끊임없는 용기와 희망을 준다. 그래서 어려움을 극복하고 자신의 목표로 나아가게 한다. 자신은 못한다고 기가 죽어 있는 사람이 칭찬 한 마디에 열등감을 극복하고, 완전히 다른 사람이 되어 자신의 일을 성취한 예를 우리는 너무나 많이 알고 있다.

칭찬의 아주 훌륭한 예는 전구를 비롯하여 수많은 새로운 것들을 발명한 발명왕 에디슨일 것이다. 에디슨은 초등학교에 입학해 3개월 만에 너무 자유분방하여 '주위 산만'이라고 퇴학을 당하였다. 할 수 없이 에디슨은 집에서 어머니로부터 교육을 받았다. 전직 교사 출신인 어머니, 낸시의 긍정적인 인성 교육은 에디슨을 탄생시켰다.

에디슨은 기억하기를 "나의 어머니는 나에게 강요하지 않았고 나를 들쑤시지 않았다. 나의 어머니가 나를 만든 것이고, 어머니는 나를 이해하셨고, 내가 관심 있는 것을 하도록 하셨다. 어머니는 나에게 자신감을 넣어 주셨다"라고 했다.

에디슨의 어머니는 기가 죽어 있는 어린 아들에게 처벌보다는 칭찬과 무엇이든지 할 수 있다는 자신감을 주어 위대한 인물을 만들었음을 알 수 있다.

칭찬은 전염성이 있어서 자기와 남, 그리고 주위 사람들을 행복하게 해 준다. 남을 칭찬하다 보면 결국 기분이 좋아지는 것은 자기 자신이다. 자신이 기분이 좋으니 하는 일이 즐겁고, 하는 일이 즐거우니 옆에 있는 사람들과 화목하게 지내고, 가정도 화목하게 되고, 나아가서 온 사회를 행복으로 물들인다.

칭찬하는 사람에게 화내는 사람은 없을 것이다. 내가 남을 칭찬하면 남도 나를 칭찬하게 되며 분위기가 밝아진다. 그래서 밝고 명랑한 이웃과 사회가 된다. 이렇게 서로 칭찬하는 세상이 천국이 아닐까?

칭찬을 생활화하면 남을 헐뜯는 고약한 습성이 사라진다. 사람들은 의식적이든 무의식적이든 남을 칭찬하기보다는 헐뜯기 쉽다. 헐뜯는 그 이면에는 남은 보잘것없고 자기는 더 잘났다는 교만이 도사리고 있다. 자신은 남을 주로 칭찬하는 편인가 아니면 헐뜯는 편인가 점검이 필요하다.

입을 열었다 하면 주로 남의 흉을 끄집어내는 편이라면, 이런 습성을 없애려면 입을 열었다 하면 남의 칭찬부터 끄집어내면 어떨까? 습성이란 중독성이 있어서 한번 습성이 돼 버리면 자신도 모르게 그 습성이 튀어나온다. 남을 헐뜯는 고약한 습성의 묘약은 남을 칭찬하는 습관을 생활화하는 것이다. 당신의 자녀에게 또는 부하 직원, 고용인, 아랫사람 등에게 주로 나무라는지 아니면 주로 칭찬을 하는지 돌아볼 일이다.

그런데 어렵지도 않고 돈도 안 드는 이렇게 좋은 칭찬을 못하는 이유는 무엇일까? 남을 칭찬하는 데 왜 그렇게 인색할까? 그것은 점잖게 자신의 감정을 표현하지 않는 유교적인 사고방식일 수도 있고, 남보다 자기가 더 낫다는 우월감에서일 수도 있고, 감정의 무감각일 수도 있고, 남에 대한 배려가 부족한 사무적인 성격일 수도 있다. 또는 '저 사람은 도대체 칭찬할 것이 하나도 없는 사람이다'라는 단정에서일 수도 있다.

그러나 이런 사고는 자신의 교만이 아닐까? 어떤 사람이라도 찾아보면 남이 없는 그만의 훌륭한 점이 있게 마련이다. 그래서 칭찬이 생활화된 사람은 아주 하찮은 것이라도 다른 사람의 좋은 점을 찾아내서 칭찬하여 준다. 즉 칭찬거리를 만드는 것이다.

그런데 칭찬을 이야기할 때 항상 옆에 따라오는 말이 아첨이다. 칭찬과 아첨은 그 근본이 다르다. 칭찬은 그냥 순수하고 상대방에 대한 우호적인 표현인 반면에, 아첨은 자신의 이득을 바라는 목적이 숨겨져 있으며 잘 보이려고 하는 검은 마음이 깔려 있다. 아첨은 앞에서는 온갖 멋진 말로 비위를 맞추기 위해 아양을 떨지만 뒤에 가서는 완전히 다른 사람이 되어 흉을 보고 악담한다. 남에게 지금 칭찬을 하고 있는지 아첨을 하고 있는지는 자기 자신이 가장 잘 안다.

사람이 태어날 때
입안에 도끼가 생긴다.

어리석은 사람은 나쁜 말을 하여
그것으로 자기 자신을 찍는다.

비난할 것은 칭찬하고
칭찬할 것은 비난하니
입으로 불운을 만들어
행복을 얻지 못한다. (상윳따 니까야 6.1:10)

칭찬은 돈이 드는 것도 아니고 어려운 일도 아니니 남을 비난하는 데에 앞장서는 대신 칭찬하는 데에 앞장서 보자. 어떤 훌륭한 선물보다 더 값진 칭찬은 진정 이 세상을 천국으로 만든다.

누가 나의 주인인가?

인생의 고비에 이르러, 어느 것을 선택해야 할지 망설이게도 되는 답답한 경우를 만나면, 바른 신앙을 가졌다고 하는 사람들이나 신앙이 없는 사람들이나 흔히 용하다는 점집을 찾아 헤매는 것을 볼 수 있다. 사람들의 답답한 심정은 이해가 간다. 그런데 이때야말로 그 사람이 어느 정도 확고한 신념을 가지고 사는 사람인지, 어느 정도 마음이 강한 사람인지, 어느 정도 바른 판단력을 지니고 있는지, 어느 정도 바른 신앙생활을 하는 사람인지 가늠해 볼 수 있다.

다음 질문에 답을 해 보십시오.
지금 당신은 누구에게 의지하고 있습니까?

당신은 누구 말에 좌우됩니까?

누가 당신의 인생을 만듭니까?

누가 이 세상에서 가장 소중한 당신의 인생을 결정합니까?

어떤 신도가 나에게 "점치는 것에 대한 부처님의 가르침은 무엇인가요?"라고 물었다.

부처님은 제자들에게 출가 수행자에게 합당하지 않은 일체 점치는 일을 해서는 안 된다고 가르치셨다. 그 이유는 이치에 닿지 않는 어리석음과 요행수나 사행심을 경계하신 것이다. 자기 자신의 주체는 그 어떤 누구도 아닌 자신이 분명하며, 자신의 일을 결정하는 사람은 자기 자신이라는 것이다.

부처님은 자기 자신과 가르침에 의지하지 다른 것에 의지하지 말라고 가르치셨다. 자기 자신에게 의지하라는 말은 즉,

'내 인생의 주인은 나다, 내 인생을 끌고 가는 것도 나다, 어떤 나로 만들고 있는 것도 나다, 내 인생의 대소사를 결정하는 것도 나다, 이 세상에서 가장 소중한 것은 바로 나다, 내가 아프면 어느 누구도 나의 아픔을 나누어 가질 수 없으므로 고통은 혼자 감당해야 한다, 그리고 마침내 죽을 때도 빈손으로 혼자 가야 한다.'

이처럼 철저하게 자기 자신에게 모든 것을 귀결시킨다.

이렇게 나의 주인인 자신에게 모든 책임과 결정권이 달려 있

기 때문에, 결국은 자기 자신에게 의지하지 무상한 그 어떤 것에
도 의지하지 말라는 가르침이다. 여기에 그 어떤 이치에도 닿지
않는 요행수나 사행심이 발붙일 곳이 있겠는가.

> 자기 자신은 진정 자기의 주인이다.
> 어떤 주인이 따로 있겠는가.
> 자기 자신을 잘 다루는 사람은
> 얻기 어려운 의지처를 얻는다. (담마빠다 160)

답답한 인생길, 누구에게 의지할까?
자기 자신을 의지할 때, 그는 굳건한 의지처를 얻은 것이다.

제4장

나의 삶, 나의 수행, 나의 학문

이 글들은 출가 수도 생활을 기점으로 하여 나의 삶과 수행, 학문의 이야기들을 모은 것이다. 내세울 것도 없는 나의 이야기를 하자니 한편 송구스럽기도 하다. 그러나 여기에는 나의 삶에 많은 영향을 준 훌륭한 분들의 이야기가 들어 있다. 이런 훌륭한 여러분 덕분에 나는 많은 것들을 배우고 깨달았다.

다만 내가 한 것이 있다면 이런 훌륭한 분들을 조금이라도 닮으려고 부단히 노력했고, 조금이라도 가까이 가려고 최선을 다한 삶이었다.

이분들의 은혜를 갚는 길, 그리고 사람들의 평화와 행복을 위해 내가 해야 할 일은 공부한 것을 회향하는 것이라는 확신이 들었다. 그래서 경전을 내놓게 되었다.

이 글을 읽는 모든 분들이 삶에 도움이 되는 지혜를 발견하기를 기원드린다.

아버지, 어머니, 그리고 나

나의 어린 시절

나는 유년 시절을 시골에서 보냈다. 집 주위에는 사과, 복숭아, 자두, 배 등의 온갖 과일나무가 있었고, 집 뒤편에는 아주 커다란 잣나무와 살구나무, 밤나무가 있었다. 아침에 뒤꼍에 가면 살구가 땅에 노랗게 떨어져 있었다. 커다란 알밤도 떨어져 있었다. 벌통도 있었다. 또 광에는 큰 항아리에 밤이 가득했고, 큰 단지에는 한 수저를 다 먹을 수 없을 정도로 아주 단 꿀이 가득했다.

어머니는 잘 익은 흰 복숭아를 좋아하셨다. 사랑방 커다란 솥에 불을 때서 몇 날 며칠 엿을 달여 조청도 만들고, 말간 엿도 만들어 주셨다. 말랑말랑한 단팥을 넣은 찹쌀떡도 만들어 주셨다. 어머니는 여름철에는 우리들을 데리고 강에 나가 천렵도 하고,

산꼭대기 약수터로 소풍을 데려가기도 하셨다. 약수로 밥을 지으면 밥 색깔이 변하였다.

약수터에 있는 작은 동굴에는 박쥐가 살았다. 또 어머니는 원두막에도 가서 잘 익은 수박이랑 개구리참외를 사 주셨다. 가끔 손님들을 집에 초대할 때는 맷돌에 콩을 갈아 부침개를 하고, 다식판에 찍어 내는 갖가지 다식을 만들었고, 과줄을 비롯해 여러 종류의 떡, 식혜, 수정과 등을 모두 직접 만드셨다.

커다란 나무에는 검고 얼룩덜룩한 먹구렁이와 누런색의 금구렁이들이 있었다. 또 논에는 물뱀도 있었다. 맑은 물이 흐르는 도랑가에는 온갖 작은 꽃이 달린 수초들이 피어 너울거렸다. 뒷산에는 진달래와 철쭉이 온 산을 붉게 물들였다. 신작로 옆에 있는 꽤 큰 개울가에서 아이들과 멱을 감고, 물속에 들어가 돌 찾기 놀이 등을 했다. 뽕나무 열매인 오디를 먹으면 입안이 온통 보랏빛이 되었다.

명절이나 제사 때는 들판과 오솔길을 지나 한참을 걸어서 큰아버지 댁에 가곤 했다. 그 길 언덕에는 서낭당이 있었다. 학교에서는 절로 소풍을 갔는데, 절 입구에는 사리탑이 즐비했고, 무섭게 생긴 사천왕상도 있었다. 절 마당에는 커다란 수각(水閣)이 있었고, 절 옆에는 용담이라고 하는 조금 깊어 보이는 계곡이 있었다.

나는 지금도 문득문득 어린 날의 고향 집이 그리워진다. 지금도 그 집이 있을까? 누가 살고 있을까? 뒤안의 잣나무, 살구나무도 있을까? 소풍을 맡아 놓고 갔던 그 절에도 가보고 싶다.

시골의 오솔길을 가거나 들판의 흐드러지게 피어 있는 야생화, 길가에 피어 있는 들국화, 투명하여 물속의 작은 돌도 다 보이는 얕은 개울가를 걷거나, 수초가 나부끼는 작은 도랑가를 지날 때, 내 마음은 말할 수 없는 환희심으로 날아오른다. 아마도 어린 시절 고향의 추억이 있기 때문이 아닐까?

평화로운 자연은 나의 영원한 고향이다.

약수터

어머니와 아버지는 춘성군에서 시골로 한참 더 들어간 산속의 가랫양지 약수터에서 삼복더위를 보내곤 하셨다. 큰 바위 밑으로 흘러나오는 물이 마치 사이다처럼 싸하면서도 독특한 맛이 났는데, 그것은 철분과 다른 무기질 때문이라고 했다. 이런 성분이 있어 여기 물은 소화도 잘되고 병자에게 좋다고 소문이 났다.

널따란 바위는 철분 때문에 적갈색으로 물들어 있었다. 이 물로 밥을 지으면 밥 색갈이 푸르스름해졌다. 아무리 더운 날씨라도 이곳은 그렇게 덥지 않고 서늘했다. 맑은 도랑물에 음식을 담가 놓으면 냉장고가 필요 없었다.

옆에는 산에서 흘러내리는 맑은 개울이 있었다. 산에서 내려오는 물이라 맑고 차가웠다. 그래서 이곳은 자연적으로 여러 가지 복잡한 세상사를 잊고 살 수 있는 곳이었다. 그러니 심신을 쉬고 건강한 몸과 마음을 원하는 사람들이 찾는 곳이었다.

서울에 살던 나와 남동생은 부모님이 좋아하시는 반찬거리를 준비해 가지고 가서 며칠씩 머물다 오곤 했다. 어머니와 나는 불을 때서 밥하고 국 끓이고 반찬을 만들고, 남동생은 물을 길어오거나 관솔(불쏘시개)을 만들었다. 불을 때서 약수로 지은 밥에는 김치 한 가지만 있어도 꿀맛이었다. 어머니는 항상 내 밥그릇에 이것저것 반찬을 올려놓으면서 먹으라고 하셨다. 어렸을 때부터 부모님은 아들이나 딸이나 구별하지 않으셨다. 오히려 맛있는 것이 있으면 나에게 먼저 주셨던 기억이 난다.

남동생은 형제 중 나와 제일 가깝게 지낸 하나밖에 없는 동생이다. 내가 심한 소리를 해도 대드는 적이 없었다. 오빠들도 모두 효자였지만 동생이 부모님을 지극 정성으로 공경하는 것은, 나는 반도 따라가지 못한다.

낮에는 야트막한 뒷산에서 나물도 뜯고 우거진 숲을 따라 폭포까지 올라갔었다. 나무도 없는 경사진 언덕 동산이 온통 들꽃무더기였다. 수많은 들꽃들이 흐드러지게 피어 있는 동산 위에 올라, 산들바람에 춤추는 들꽃들의 대합창, 그때의 그 환희로움을 나는 잊을 수 없다.

저녁을 먹고 나면 사람들이 모여들어 모깃불을 피워 놓고 아버지와 이런저런 이야기들을 나누셨다. 나와 동생은 한옆에서 어르신들의 이야기를 듣곤 했다.

서울로 떠나는 나와 동생을 아버지는 30분도 더 걸리는 배 타는 곳까지 함께 걸어 배웅을 하셨다. 동생과 내가 탄 배가 멀리 떠날 때까지 아버지는 그 자리에 서 계셨다.

나의 영웅

아버지가 돌아가신 지도 벌써 20년이 넘었다. 아버지는 나의 삶에 가장 많은 영향을 주었으며, 항상 나의 모범이 되셨다. 예전 이나 지금이나 나는 아버지를 무척 존경한다. 아버지는 나의 우상이었다.

자식들에 대한 아버지의 윤리 도덕 교육은 철저하셨다. 어렸을 적 기억에도 아버지는 온 가족을 자주 모아, 훌륭한 분들의 이야기라든지 교훈적인 여러 이야기를 들려주셨다. 아버지가 먼 곳에 갔다 돌아오셨을 때는 꼭 한국식 절을 올려야 했다. 정당한 이유 없이 저녁 늦게 돌아왔다가는 벼락이 떨어졌다.

아버지 때문에 난 게으를 수도 없었고 옆길로 빠질 수도 없었다. 오빠가 연필을 훔치든지 나쁜 짓을 하면 왜 나쁜 짓을 하면 안 되는지, 왜 남의 것을 훔치면 안 되는지 차근차근 말씀하시고 다시는 잘못하지 않도록 종아리를 때리셨다. 나는 항상 모범생이었다. 그러니 부모님의 야단을 맞은 기억이 없다.

아버지는 엄격하고 말씀이 적은 분이었다. 그러나 한번 말씀하신 것은 꼭 실천해야 했다. 아버지 말씀은 힘이 있고 설득력이 있고, 타당성이 있었다. 아버지 앞에서는 사람들이나, 친척이나, 오빠들도 다 꼼짝을 못했다.

아버지는 정확한 분이었다. 비록 출가 수행자는 아니었지만 그분의 삶은 수행자처럼 정확했다. 식사량은 항상 똑같았다. 아무리 진수성찬이 있어도 평소의 양에서 한 수저도 더 드시지 않았다. 많다고 생각되면 한 숟가락이라도 남기셨다. 그리고 아주 맛있게 드셨다. 어머니는 내가 음식을 조금 남기면 나무라며 다 먹으라고 하셨지만, 아버지는 먹기 싫으면 한 숟가락이라도 남기라고 하셨다. 아버지는 때로 술이 취해 돌아오시는 날도 있었지만, 꼭 씻고 주무셨다.

연세가 드신 후의 기억은 아버지는 항상 새벽에 일찍 일어나셨다. 맨손 체조를 좀 하신 뒤 새벽 동이 트기 전에 활을 둘러메고 산으로 가셨다. 아버지는 궁도가 취미셨다. 궁도장 회원들은 새벽에 산에 모여 이쪽 산에서 저쪽 산으로 활을 쏘았다. 돌아오셔서는 마당을 쓰셨다. 이것이 아버지의 정해진 아침 일과였다.

아버지는 멋쟁이셨다. 남들도 아버지는 참 멋쟁이라고 말했다. 체격부터 훤칠하게 큰 키에 균형 잡힌 외모였다. 결코 사치

할 줄은 모르셨지만 차림이 품격이 있었다. 지금도 기억나는 것은 아버지의 단골 양복점은 서울 명동의 한영양복점이었다. 아버지는 꼭 여기서 양복을 맞추셨고, 어머니의 품격 있는 북청색 코트도 이곳에서 만든 것이다. 아버지는 바지에 주름이 칼날같이 서야 입으셨고, 구두는 항상 반짝반짝 닦여 있어야 했다. 그리고 깨끗한 손수건이 꼭 주머니에 있어야 했다. 어머니가 항상 아버지 바지를 다림질하시던 기억이 난다.

아버지는 나의 긴 머리를 좋아하셨다. 내가 대학 다닐 때, 한번은 머리를 짧게 자른 적이 있었다. 아버지는 실망하셔서 남자애들처럼 그게 뭐냐고 하시면서 긴 머리가 더 좋다고 말씀하셨다. 아버지는 나의 용모에까지 자상한 신경을 쓰셨다. 서울 오시면 대학 기숙사에도 들르시고, 교수님도 만나셨다. 부모님은 창경원에 가는 것을 좋아하셨다.

뒤에 전해 들은 이야기인데, 어머니 아버지는 장한 부모상을 받으셨고, 온 가족이 텔레비전에도 출연했다고 한다.

아버지는 거목(巨木)이셨다. 내가 미국에서 쉽지 않은 10년도 넘는 세월을 끈질기게 공부에만 몰두할 수 있었던 것도 모두 아버지의 영향일 것이다. 그리고 부모님께 효도하지 못한 죄송한 마음이 쉬지 않고 밀고 나가는 원동력이 되었다.

이제는 찾아뵐 수 없는 아버지가 너무 그립다.

숭고한 이상 세계를 찾아 수녀가 되다

무슨 사연으로 출가하셨나요?

무슨 사연으로 출가하셨나요? 사람들은 흔히 이런 질문을 한다. 출가해서 수행자가 되면 무슨 사연이 있다고 생각하는 것 같다. 연애에 실패했거나, 이성간에 무슨 문제가 있거나, 가정이 파탄 났거나, 가까운 누군가가 죽었거나, 직장을 잃었거나 하는 등의 사연이 있지 않을까 궁금해 한다. 그런데 이건 내게는 아주 싱거운 질문이다. 왜냐하면 나는 아무런 특별한 사연이 없었기 때문이다.

내가 출가를 결심한 것은 내 생각의 흐름과 무관하지 않다. 대학 때 보통 아이들은 이성에 관심을 갖고 교제를 한다. 그러나 내가 추구한 것은 이성이 아니라 인간의 불완전함을 극복한 드높은 이상 세계였다.

자연적으로 나의 관심은 불완전한 이성에게보다는 책이나 음악, 등산, 영화, 운동, 클래식 기타 등에 심취했었다. 매주 토요일 전석환 씨가 지도하는 '싱얼롱 Y'에 가면 커다란 홀에 젊은이들이 가득했다. 전석환 씨는 기타와 피아노를 열광적으로 연주하면서 전 세계에서 유행하는 건전한 민요나 팝송을 불렀다.

그 당시 나는 모르는 팝송이 거의 없을 정도였다. 대학 합창부에 들어 아름다운 화음에 빠지기도 했다. 등산과 영화는 나의 내면을 사색적이고 집착 없는 빈 하늘을 닮도록 만들었다. 단풍잎으로 붉게 물든 산자락에서의 우쿨렐레의 낭만적인 음색은 내 영혼의 맑은 샘을 만들었다. 슈베르트의 〈밤과 꿈〉을 클래식 기타로 합주하는 것을 듣고는 나는 말을 잃었다. 그래서 클래식 기타를 배우게 되었다.

대학 4학년 때 깊이 생각해 보았다. 결혼해서 살 것인가, 아니면 출가 수도 생활을 할 것인가? 그런데 불완전한 인간과 결혼하는 것은 분명히 내가 갈 길이 아니었다. 결혼이란 '남편과 아이를 위해 헌신하다 보면 내 인생은 없고 어느덧 무상한 늙음이 다가오는 것' 아닌가? 사람들은 이것을 행복이라 하고 누구나 이렇게 남들처럼 산다.

그러나 나에게는 이것이 행복으로 여겨지지 않았다. 그 대신 스님이나 수녀님의 수도 생활에 마음이 끌렸다. 그런데 머리를 박박 깎는 스님보다는 수녀님의 제복이 멋있어 보였다. 당시 나는 기독교 정신을 근본으로 설립된 대학에 다녔기 때문에 기독교에 익숙하니 자연적으로 수녀님 쪽으로 생각이 기울었다. 하지만 가톨릭 교리에는 별로 관심이 없었고, 내가 관심을 둔 것은 수도 생활이었다.

부모님께 수녀원으로 출가하겠다고 말씀드렸을 때, 부모님의 낙담은 이루 말할 수 없었다. 지금도 아버지가 하셨던 말씀이 생생히 기억난다.

"너는 왜 자연을 거스르며 살려고 하느냐. 남들처럼 결혼해서 아이 낳고 사는 게 행복한 것이다. 출가는 안 된다."

"아버지, 제가 행복하길 바라시지요? 그럼 제가 가고 싶은 길을 가게 해 주세요. 아버지가 저를 못 가게 묶어 두시겠어요?"

어머니는 속상함에 몸져누우셨다. 오빠들은 "대학까지 졸업시켜 놨더니 효도는커녕 어째 부모님 마음을 그렇게 상하게 하느냐"고 난리였다. 나는 난감했다. 궁리 끝에 그렇다면 부모님 마음을 가라앉히고 2년쯤 후에 가야겠다고 생각하고, 대학을 졸업하던 그해에 고등학교 교사로 가게 되었다. 1970년이었다.

여자 고등학교 선생

그날은 비가 무척 많이 내렸다. 나는 아버지와 함께 우산을 쓰고 첫 출근을 했다. 아버지는 먼저 교장실에 들러 교장 선생님께 인사를 하고 나를 부탁하셨다. 그리고 교무실을 찾아 많은 선생님들이 있는 자리에서, "제 심정은 지금 물가에 어린아이를 내놓은 것 같습니다. 부디 선생님들의 많은 지도 부탁드립니다"라고 하신 말씀이 지금도 생생히 기억난다. 나는 아버지가 그러시는 게 부끄럽기도 하고, 한편으로는 위안이 되기도 했다. 그 뒤에 선생님들은 "고등학교에 부임한 선생이 아버지 손을 잡고 왔다"고 놀려 대곤 했다. 교장 선생님은 나중에 나에게 "아버지가 참 멋쟁이십니다"라고 말씀하신 것이 기억난다.

부모님은 내가 마음을 돌렸다고 생각하고 안심하시는 것 같았다. 그러나 나는 마음속으로 2년이 지나면 무슨 일이 있어도, 설령 부모님이 안 보신다 해도 떠나리라고 다짐했다. 그래서 2년 동안은 나름대로 부모님께 효도를 하려고 노력했다. 그런데 월급 타서 부모님께 용돈을 드린 기억이 없다. 대부분을 여행하는 데 써 버린 것 같다. 지금 생각하니 효도한 일도 없는 것 같다.

부모님은 항상 내가 퇴근해서 올 때까지 저녁을 드시지 않고 기다리셨다. 그래서 학교에서 회식이 있어 저녁을 먹고 들어갈 때는 반드시 전화를 드려야 했다.

반찬이 없으면 뭘 먹으란 말이냐며, 반찬 투정을 하는 한심한 나였다. 한번은 독감이 심하게 걸려 학교에도 못 나가고 누워 있어야 했다. 열이 펄펄 나고 죽을 지경이었다. 나는 어머니가 내 옆에서 떠나지 못하게 볶았다. 내 이마를 짚어 주고, 내 손을 잡아 주고, 내 아픈 꼴을 엄마가 지켜봐야지, 다른 데로 못 가게 하였다.

어머니는 한 끼라도 점심을 걸러선 안 된다고 하시며 항상 훌륭한 도시락 반찬을 준비해 주셨다. 이런 어머니의 정성이 내가 여행을 할 때라도 다음 차를 탈망정 끼니를 거르지 않는 습관을 만들었다. 방학 때면 내가 연시를 좋아한다고 다락에 연시와 곶감을 준비해 두곤 하셨다.

샬트르성바오로수녀원으로 출가

세월은 빨라 2년이 지났다. 나와의 약속을 잊은 적은 없다. 부모님께 사실을 말씀드렸다. 또 한번 난리가 났다. 아버지는 오빠들을 불러 공동으로 설득 작전을 펴셨다. 다른 지방에 살고 있던 오빠들이 다 모였다. 그러나 오빠들도 확고한 내 결심을 돌릴 수는 없었다.

3년째 되던 해에 나는 학교에 사표를 냈다. 그 당시 내 심정은 무슨 신나는 일이나 생긴 듯이, 개선장군마냥 당당하고 부모님의 아픈 마음을 헤아리지 못했다. 학교의 일꾼인 소사가 책이랑 내 소지품들을 집으로 가지고 갔을 때 부모님 마음이 덜컥 내려앉았을 것을 생각하니 지금에서야 마음이 아프다. 내가 없는 빈방, 내가 없는 빈자리를 보며 어머니가 얼마나 허전하셨을까……. 연로하신 어머니, 아버지, 그리고 나, 달랑 세 식구가 살다가 내가 사라졌으니! 학생들은 선생님이 갑자기 사표를 내니 시집이라도 가는 줄 알고 그릇이며 여러 살림 도구들을 사왔다.

어머니는 우시고, 아버지는 더 이상 나를 보지 않겠다고 하셨다.

명동성당 뒤 샬트르성바오로수녀원으로 떠나는 날, 나를 안 보겠다던 아버지는 나를 데리고 수녀원으로 가셨다. 아버지는 수녀원 수련장님을 만나 "아무것도 모르는 여식을 잘 부탁드린 다"고 하시고 돌아가셨다. 수녀원을 쓸쓸히 걸어 나가시던 아버지의 뒷모습이 지금도 눈에 선하다. 1973년이었다.

나는 수련 생활에 직접 들어가기 전에 가톨릭 신학을 2년 동안 체계적으로 공부했다. '주베나'라고 하는 단계로, 이 시기에는 간호 대학, 유아교육 대학, 일반 대학을 다니는 수녀 지망생들이 비교적 자유롭게 각자 학교에서 자기 공부에 몰두할 수 있었다.

내게는 이 기간이 가톨릭 신학에 대해 맹목적으로 신앙하는 것이 아닌, 객관적으로 시야를 넓힐 수 있는 좋은 기회였다. 수 행 생활을 갈구해서 모인 이들 자매들은 인생을 논할 수 있는 훌 륭한 친구들이었다.

권 마리마테오 수련장님의 넓은 도량

나의 수련장님

신학원 졸업 후 수련 생활이 시작되었다. 주베나 기간 동안 항상 수녀님들의 생활을 보며 살았고, 또 가톨릭 신학을 이미 2년간 공부했기 때문에 수련 생활을 하는 데 별 어려움은 없었다. 그리고 수도 생활의 훌륭한 점을 여러 면으로 접할 수 있었다. 더구나 권 마리마테오 수련장님은 열린 마음을 지닌 언니처럼 따뜻한 분이셨다. 말씀이 적고 목소리 톤이 항상 낮았다. 성소자들 모임에서 말씀해 주셨던 수련장님의 가르침이 생생히 기억난다.

율법학자들이 간음하다 잡힌 여자를 예수께 데리고 와서 묻기를, 모세법에는 이런 여자는 돌로 쳐 죽이라고 했는데 예수님 생각은 어떠냐고 물었다. 예수님은 대답을 하지 않고 땅바닥에 무언가 쓰셨다. 다시 대답을 재촉하자 "너희 중에 누구든지 죄 없는 사람이 먼저 저 여자를 돌로 쳐라" 하시고 다시 계속 땅바닥에 무언가 쓰셨다. 이 말을 듣고 나이 많은 사람부터 하나하나 가 버리고 그 여자만 남았다. 예수님은 "나도 네 죄를 묻지 않겠다. 어서 돌아가라. 그리고 다시는 죄짓지 말라"라고 말씀하셨다. (요한 8:1-11)

수련장님은 이 성경 구절을 읽어 주시고 잠시 묵상을 시킨 후 이 가르침을 설명해 주셨다. 이는 예수님이 율법주의자가 아니었음을 알 수 있는 내용이다. 설령 모세 율법에 써 있다 하더라도 그것이 진정으로 인간을 위한 것이 아니라면, 예수님은 모세 율법에 있는 그대로 행해야 한다고 말씀하지 않았다. 예수님의 훌륭함이 잘 드러난 구절이다.

사순절은 절제와 극기를 실천하는 기간이다. 사순절 기간에는 수녀원을 대대적으로 청소했다. 수녀원은 수백 명의 수녀님이 사는 7층 건물이다. 건물이 크다 보니 자연 청소할 것도 많았다. 각 층의 계단의 쇠를 닦는 일, 계단과 넓은 홀의 바닥을 비누로 닦는 일, 그리고 엄청난 빨래를 일일이 손으로 해야 했다. 생전 일이라곤 해본 적이 없어 익숙지 않은데다 체질적으로 약골이었던 나는 일에 휘둘려 기진맥진하였다. 이러다간 쓰러져 남에게 신세를 질

것만 같았다.

그래서 수련장님께 일에 너무 지쳐서 집에 가서 좀 쉬고 오겠다고 말씀드렸다. 나는 그때나 지금이나 세속 생활이 더 좋아 보인 적도 없고, 속퇴를 해서 세속 생활을 하고 싶다고 한 번도 생각해 본 적이 없다. 그런데 수련장님은 내 말을 듣고 웃으시면서, 그러면 소래 수녀원 농장에 가서 쉬고 오라고 하셨다. 그리고 영양 보충하라고 쇠고기도 사 주셨다.

소래 농장에는 젖소를 길러 매일 우유를 먹고, 주위에는 포도나무 밭이 있고 앞에는 풀장도 있었다. 저녁에 뜰 앞의 잔디에 누우면 밤하늘을 수놓은 헤일 수 없는 수많은 별들의 반짝임과 들리는 것은 오직 풀벌레 소리와 잎새를 스치는 바람 소리뿐이었다. 나는 그때의 수많은 별들을 지금 로스앤젤레스에서는 볼 수가 없다. 겨우 몇 개의 별을 찾을 수 있을 뿐이다.

이렇게 수련장님은 도량이 넓은 지혜로운 분이셨다.

도서관 소임과 불교 서적과의 만남

수련 생활이 끝나고 정식 소임을 가기 전에 나는 수녀원 도서관 소임을 살았다. 도서관 관장님은 오 수녀님이었는데, 아주 활달하고 시원시원한 분이었다. 도서관은 그 규모가 엄청 크고 책도 많았다. 새로 나오는 좋은 책은 다 구입하는 것 같았다. 그래서 그런지 수녀님들은 책을 많이 읽는 편이다.

나는 도서관 소임 기간 동안 쉬운 책은 하루에 한 권씩 읽었던 기억이 난다. 그리고 그때 책을 읽으면서 메모한 노트가 두 권인데, 지금 내 옆에 있다. 나는 이 노트를 30년 동안 버리지 않고 보물처럼 가지고 다녔다.

여러 종류의 책을 읽었는데, 그중 토마스 머튼의 《칠층산》과 본 회퍼의 《옥중서간》은 특히 감명 깊게 읽었다. 성 프란치스꼬의 무소유 정신은 청빈의 모범이었다. 그리고 법정 스님의 《무소유》나 《법구경》의 내용은 노트에 빼곡히 다음처럼 쓰여 있다.

"말이 많으면 쓸 만한 말이 별로 없다는 것이 우리들의 경험이다. 하루하루 내 자신의 입에서 토해지는 말을 홀로 있는 시간에 달아 보면 대부분 하잘것없는 소음인 것이다. 사람이 해야 할 말이란 꼭 필요한 말이거나 '참말'이어야 할 텐데 불필요한 말과 거짓말이 태반인 것을 보면 우울하다. 시시한 말을 하고 나면 빛이 조금씩 새어 나가 버리는 것 같아 말끝이 늘 허전해진다." (법정. 무소유)

이때 법정 스님의 책은 다 읽었고, 참 훌륭한 분이라고 생각했다. 그 외에 《불교성전》도 읽었는데, 불교 교리는 전혀 거부감 없이 이해가 되었고, 그 깊이에 감탄이 되었다. 많은 책을 읽으며 지낸 이 기간은 행복한 시간이었고, 나의 시야를 넓히는 좋은 기회였다.

계성여중 소임과 스트레스

함께 수련한 수녀님들은 다 저마다의 소임 터로 떠나고, 나도 수녀원 바로 옆에 있는 계성여중으로 소임을 나갔다. 중학교와 고등학교 교장 수녀님 두 분과 여러 명의 수녀 선생님과 함께 구내에 있는 작은 수녀원에 살았다. 기도 생활을 빼고는 예전에 내가 교직 생활을 할 때와 똑같은, 아침에 출근해서 저녁에 퇴근하는 일과였다. 담임을 맡지 않았을 때는 마음에 여유가 있었는데, 중학교 담임을 맡고부터는 가르치는 것보다 잡일이 훨씬 더 많았다. 그때는 컴퓨터도 없었으니 시험지도 모두 철필로 써서 한 장씩 등사해야 했다.

학급이 많았는데 환경 미화에 등수를 매겨 발표하니 경쟁을 해야 하고, 성적도 학급별로 순위를 정하니 신경을 써야 했다. 이처럼 경쟁을 해서 뭐든 일등을 하려면 결석이 잦은 아이나 공부도 못하고 숙제도 안 해 오는 아이 집에는 직접 찾아가 학부모와 대화도 해야 하고, 환경 미화를 잘하기 위해서는 늦게까지 남아 교실을 꾸며야 했다.

담임의 일이 보통 많은 게 아니었다. 또 다른 반과의 경쟁에서 이겨야 한다는 것은 스트레스였다.

지금도 기억나는 아이는 전체 학생 중에 항상 꼴찌를 하는 아이였다. 숙제도 전혀 안 해 오고, 공부도 안 했다. 가정 방문을 갔더니, 부모가 둘 다 소경인 가난한 집이었다. 그 아이는 아무

것도 보지 못하는 부모의 온갖 시중을 다 들어야 했다. 그 아이가 공부를 안 하는 것은 그 아이 잘못이 아니었다.

담임을 하다 보니 학부모들이 선물을 사온다. 값비싼 것을 가져오는 경우도 있다. 그런데 만일 내가 선물을 받으면, 선물한 부잣집 아이를 다른 아이들과 다르게 봐야 한다는 압박감이 생긴다. 그러니 아예 선물을 받지 않으면 부자든 가난하든 모든 아이들을 공평하게 대할 거란 생각에, 부모님께 앞으로는 어떤 선물도 절대 가져오지 말라고 말씀드리라고 아이들에게 공표를 했다. 그런데도 어떤 엄마들은 선물을 가지고 찾아왔다. 미안하지만 나는 도로 가져가시라고 말할 수밖에 없었다. 선물 때문에 내 마음이 자유롭지 않았기 때문이다.

다가오는 종신 서원과 결단

수련 생활이 끝나는 첫 서원 후에 5년이 지나면 종신 서원을 한다. 이 5년은 나 자신이 수녀로서의 적합성을 확인하는 기간이다. 내가 죽을 때까지 이 길을 행복하게 갈 수 있을까를 숙고하는 기간이다.

수녀님들은 청빈, 정결, 순명 서원을 지켜야 한다. 순명이란 내 의지대로의 자유로운 결정이 아닌, 장상의 명령에 따라야 함을 말한다. 그렇다면 내가 교사 노릇을 계속하면서 살 수 있을까를 고민하지 않을 수 없었다.

그런데 의문이 생겼다. 내가 부모님께 불효를 하면서까지 우기고 찾아온 길이 전에 버리고 온 똑같은 교직 생활이라는 것에, 그리고 가르치는 것보다 더 많은 시간과 노력을 기울여야 하는 담임이 주는 스트레스 속에서 살고 있다는 사실에, 기계처럼 움직여야 하는 직장 생활에서 벗어나고 싶다는 생각이 들기 시작했다.

나 자신을 관조하면서 자연과 더불어 살고 싶다는 생각을 지울 수가 없었다. 결단을 해야 했다. 나는 그때나 지금이나 출가한 것을 후회한다거나 세속 생활이 좋아 보인 적은 한 번도 없다.

관상 수도원인 갈멜 수도원도 생각해 보았다. 이런 갈등의 어느 날, 학교 수녀원 원장님이시며 고등학교 교장이신 박 안드레아 수녀님이 부르셨다. 그리고 재차 좋은 조언을 주신 것으로 기억된다. 그러나 분명한 건 내게는 아침에 출근해서 저녁에 퇴근하는 이 생활이 행복하지 않다는 사실이었다. 그래서 수녀원을 나가겠다고 말씀드렸다.

그러자 수녀원 최고 장상이신 서 레몽 관구장님이 부르셨다. 서 레몽 관구장님은 한 번도 대화를 해본 적이 없는 수녀님이었다. 관구장님은 거두절미하고 단도직입적으로

"수녀원에 살 거냐, 아니면 나갈 거냐?"고 물으셨다.

나 역시 한마디로 "나가겠습니다"라고 당당하게 대답했다.

"그럼, 나가."

학교 수녀원에 돌아와서 돌아가신 나의 수련장님, 권 마리마

테오 수련장님이 그리운 것은 웬일이었을까?

　나의 수련장님은 나에게 무어라고 말씀하셨을까?

대자유인을 찾아 석남사로 출가하다

법정 스님과 석남사 인홍 스님

수녀원을 나왔다. 수녀원은 나와 인연이 없는 것 같았다. 그러나 나는 그때나 지금이나 가톨릭을 좋아한다. 신부님이나 수녀님을 존경하고 좋아한다. 가톨릭은 자신에 대한 수행이 철저하고, 자기를 절제하며 점잖다. 다만 나의 적성에 맞지 않았을 뿐이다.

나는 출가 동기가 교리보다는 수도 생활이 우선이었기에 가톨릭 교리를 비교적 객관적인 입장에서 볼 수 있었고, 그래서 불교로의 전향이 그렇게 어렵지 않았다. 가톨릭이나 불교나 수도 생활은 교리만 다르지 똑같아 보였다. 그래서 더 친근감이 갔는지도 모르겠다.

내가 수녀원 도서관 소임 때 심취해서 읽었던 불교 책들의 저자이신 법정 스님이라면 인격적으로 존경할 만한 분일 거라는 생각이 들었다. 법정 스님은 수녀님들 사이에서도 평판이 좋았다. 그때 법정 스님은 송광사 뒷산의 불일암에 사셨다. 그래서 송광사로 법정 스님을 찾아갔다.

법정 스님을 뵙고, 나는 수녀원에서 나왔고 출가하려고 하는데 나를 잘 지도해 주실 훌륭한 스님이 계신 절로 보내 달라고 솔직하게 말씀드렸다. 물론 수녀였다는 사실은 비밀로 해 달라고 당부를 드렸다.

법정 스님이 손수 편지를 써 주셨다. 언양 석남사의 인홍 스님을 찾아가라고 하셨다.

석남사 입구에서 버스를 내렸다. 약 15분쯤 터널을 이룬 널따란 숲길을 지나서 맑은 개울이 흐르는 다리를 건너 인홍 스님을 찾아갔다.

인홍 스님은 부처님처럼 귀가 굉장히 길었고 수행자다운 단아함이 느껴지는 분이었다. 인홍 스님은 법정 스님의 편지를 읽으시고 기뻐하시면서 출가를 허락해 주셨다. 그때는 수박 철이 아니었는데 수박이랑 과일을 주셨고, 친절하게 대해 주셨다.

출가 날짜를 정하고 절을 나오는데, 갑자기 비가 오기 시작했다. 주지 스님이 우산을 주셔서 감사한 마음이 내 기억에 남아 있다.

돌아오는 발걸음은 새가 되어 허공을 날고 있었다.

행자에서 다시 시작하며

석남사는 조계종 비구니 특별선원으로 결제*철에는 전체 대중 스님이 100명이 넘었다. 엄격하고 철저하게 수행시키는 참선 수행 도량으로 이름이 나 있었다. 비구니계의 거목이신 인홍 스님의 수행과 원력이 이런 도량을 이룬 것이다. 그 문하에서 훌륭한 비구니 선승들이 많이 배출되었다. 그래서 철저하게 참선을 수행하려는 스님들이 전국에서 몰려 방부*를 다 받지 못할 정도였다.

새벽 3시에 일어나는 것을 빼고는 행자* 생활은 하나도 어려울 게 없었다. 푸른 숲이 우거진 대자연 속에서 신선한 풀내음을 맡으며 맑은 공기, 맑은 햇살 아래 밭에 나가 채소를 가꾸고 일하는 것이 얼마나 즐거웠는지 모른다. 여름에는 시원한 옥류동 계곡에도 가고, 가을이면 온 산이 단풍으로 붉게 물든 가지산 산행을 가기도 했다. 그리고 큰 환희심으로 구구절절 간절한 수행자의 마음가짐을 담은 초심, 발심, 자경문을 배웠다.

하루는 저녁에 석남사 어른 스님이신 법룡 스님께서 부르셨다. 종무소 스님이 행자들 민원서류 때문에 동회에 가서 보니, 내 주민등록 서류에 수녀복을 입은 사진이 붙어 있는데 어떻게 된 것이냐고 물으셨다. 수녀원이 있는 명동 동회에서 보낸 것이라 사진이 그대로 있었던 것 같다. 사실 나는 스님들에게 특별한 선입관을 주기 싫었기 때문에 수녀였다는 사실을 아무에게도 말하지 않았었다.

항상 그 모습이 학처럼 단아하고 조용하신 법룡 스님은 침착하고 차분하게 어째서 개종을 하게 되었는지, 행자 생활은 어렵지 않은지를 물으셨다. 이후 스님들 사이에 내가 수녀였다는 사실이 알려졌다.

---

* **결제:** 스님들이 선방에 모여 외출을 금하고 참선 정진하는 것. 안거라고도 함. 겨울철 안거와 여름철 안거가 있음.
* **방부:** 보통 선방이나 어느 수행처나 수행 단체에 참가 신청을 요청하는 것을 말함.
* **행자:** 출가하여 사미가 되기 전까지의 출가 지원자를 말함. 승가 공동체의 생활을 익히는 기간.

가지산 호랑이 인홍 스님

비구니계의 거목 인홍 스님

인홍 스님의 훌륭하심은 이루 다 열거할 수 없다. 인홍 스님은 전국 비구니회 총재를 지내신 비구니계의 거목이셨다. 어찌나 엄격하신지 인홍 스님을 두고 가지산 호랑이라고 불렀다. 내가 본 대로 그분의 면모를 나누고 싶다.

나의 행자 시절과 사미니* 기간 동안 인홍 스님은 저녁에 큰방에서 초심자들에게 법문을 하셨다. 행자나 사미니 때 철저하게 잘 배우면 평생 그것이 가장 큰 재산이 되니 부지런히 공부해야 한다고 말씀하셨다. 나는 그 가르침들이 너무 환희심이 나고 좋아 그 당시 녹음을 해서 나중에 또 듣곤 했다. 그중 기억이 생생한 것은 새 중 때는 그저 무엇이든지 인욕하고 하심하라고 투박한 경상도 사투리로 해 주신 말씀이다.

"신발이 똥을 밟으니 더럽닥 카드나,
신발이 가시를 밟으니 아프닥 카드나,
신발이 얼음판을 밟으니 차갑닥 카드나,
니 마음도 신발처럼 인욕하고 하심*해야 하는 기라."

한번은 전생에 대한 이야기를 하시다가 키가 작은 사람은 전생에 얼마나 아만통이 컸으면 그렇게 작게 태어났나 하고, 벼가 잘 익으면 고개를 숙이듯이 잘난 척하지 말고 그렇게 그저 겸손해야 한다고 가르치셨다.

인홍 스님의 수행 교육은 아주 철저하고 엄격했다. 특히 새벽 예불을 아주 중요시하셨다. 행자나 사미니가 새벽 예불에 빠지면, 아침 발우 공양 시간에 다른 스님은 다 밥을 먹는데 빈 발우만 펴 놓고 서 있어야 했다. 예불을 빠지면 밥을 먹지 말아야 한다고 가르치셨다. 나는 당시 참 비인간적이라는 생각이 들기도 하였지만 아마 이런 엄격함이 없었다면 밭일, 부엌일, 공부 등으로 하루 종일 동분서주해야 하는 초심자들이 새벽 3시에 잠에 빠져들기 쉬웠을 것이다.

음식을 먹어도 수행자는 여법하게 먹어야 한다고 하루 세 끼 게송을 외우고 발우 공양을 했다. 밥그릇을 김치 조각으로 닦아서 먹어야 하니 음식을 남긴다는 것은 있을 수 없었다. 수십 명의 스님이 공양을 해도 산사의 공양 시간은 수행의 연속이었다. 국수 같은 것을 한 경우는 후원 식당에서 먹었다

저녁 예불 후에는 반드시 전 대중이 108참회 절 기도를 했다. 하루도 거르는 법이 없었다. 절하는 공덕을 모르는 사람은 뭣 때문에 절을 하느냐고 한다. 그런데 절을 한다는 그 마음 자세가 어떻게 변하는지는 절을 직접 해보아야 안다. 절을 하면 교만한 마음을 내려놓고 하심을 배우게 되며, 작은 잘못이라도 부처님 앞에 참회해서 마음을 맑히고, 느슨한 마음을 다잡아 열심히 정진해야겠다고 다짐하게 된다. 절의 공덕은 수행자의 마음가짐을 더 단단하게 다지는 수련이다.

행자 기간을 지나 불명(佛名)을 받을 때는 행자들이 함께 3000배를 하고 해인사 성철 스님께 가서 이름을 받았다. 내 불명인 일아(一雅)도 성철 스님이 지어 주신 것인데, '맑을 아(雅)'자는 나를 항상 맑고 바르게 살라고 채찍하였다. 인홍 스님은 성철 스님의 가르침에 많이 의지하셨고, 석남사의 흐름도 성철 스님의 수행 가풍의 영향을 많이 받았다.

절집에서 대중 공사는 전 대중이 모여 대중 생활의 대소사를 논의하는 모임이다. 하루는 승가대학에 가서 공부하다 방학이라 온 다섯 명쯤의 학인 스님이 뭘 잘못해서 대중 공사가 열려, 전

체 대중 스님들이 둘러앉았다. 인홍 스님은 승가대학 스님들에게 각자 종아리채를 가지고 오라고 말씀하셨다.

그 당시 나는 공양주*를 살았는지 부엌에 있었다. 승가대학 스님들은 부엌에 와서 종아리채를 골랐다. 부엌에서 한 노스님이 "애야, 작고 가는 것으로 가지고 가거라"라고 하셨다. 승가대학생들은 종아리채를 옆에 놓고 인홍 스님 앞에 섰다. 인홍 스님이 말씀하셨다.

"니들이 왜 맞아야 하는지 알재? 지금부터 그렇게 중노릇을 바로 하지 못하면 나중에는 어떻게 되겠나. 니들이 무엇 때문에 출가했는가? 마음을 깨쳐 대자유인이 되겠다고 출가한 것이 아닌가? 그렇다면 그런 생각을 가지고 되겠나……"

인홍 스님은 목소리 톤이 올라가는 법이 없었다. 한 말씀 한 말씀이 타당하고, 위엄과 설득력이 있었다. 벌을 받으면서도 정말 잘못했다는 생각이 들 정도였고, 마음속 깊이 다시는 잘못을 하지 않겠다고 참회하게 되었다.

인홍 스님은 청빈 정신이 철저하셨다. 흐르는 물도 아껴 쓰라고 하셨다. 밥찌꺼기가 수채에 버려진 걸 보시면 버린 스님을 불러서, "쌀 한 톨의 시주 은혜가 얼마나 무서운 줄 아나? 어째서 밥 한 톨이라도 함부로 버리는가!"라고 호령을 하셨다. 수채에 밥찌꺼기를 버린 스님은 그것을 주워서 씻어 먹어야 했다. 반찬 가짓수도 항상 3~5개를 넘지 않았다. 나는 인홍 스님의 생신이 언제인지 모른다. 그러니 어느 누구도 생일을 차린다는 건 생각도 못했다. 다만 초여름에 콩국수하는 날은 인홍 스님 생신이었다.

---

* **사미니**: 행자 기간을 거쳐 예비 승려가 되는데, 이들을 남자는 사미, 여자는 사미니라 함. 이 기간에는 동국대학교나 승가대학에서 4년간 불교를 배운다.
* **하심**: 마음을 비우고 겸손한 것.
* **공양주**: 밥하는 책임만 맡은 사람은 공양주라 하고, 반찬만 만드는 소임은 채공이라 한다. 그러나 작은 절에서는 부엌살림을 맡은 사람을 공양주라 한다.

어머니 같으신 은사, 법희 스님

자상하신 은사 스님

내가 스님으로 출가해서 가장 고마우신 분은 나의 은사*이신 법희 스님이시다. 은사 스님은 인홍 스님의 상좌*시고, 인홍 스님의 뒤를 이어 석남사 제일 어른 스님으로 현재 석남사 선원장이시다.

꽃다운 나이에 출가해서 평생을 인홍 스님을 따라 수행하고 석남사를 일으키시고, 석남사 대중을 수호하시고 평생을 선승으로 살아오신 분이다. 그러니 인홍 스님의 법맥과 정신을 이어받으신 분이다. 은사 스님은 항상 대중을 먼저 생각하셨다.

은사 스님은 도량이 넓고 포용력이 있으시며, 자상하시고, 만나는 모든 사람에게 친절하시며, 아상이 없으신 분이다. 그러니 내가 은사 스님에게서 내 어머니의 모습을 느끼는 것은 당연하다 하겠다. 짧지 않은 기간, 미국에서 공부하고 번역 작업을 하는 17년 동안 은사 스님은 나에게 가장 크고 든든한 힘이 되어 주셨다.

은사 스님은 재봉틀을 전문가 못지않게 잘하시기 때문에, 내 옷 가운데 여러 개를 직접 만들어 주셨다. 수년 만에 어쩌다 한국에 가면 은사 스님은 밤늦도록 재봉틀로 박아서 내 속옷을 만들어 주셨고, 가지고 가라며 이것저것 챙겨 주셨다. 하지만 나는 공부하고 번역하느라 세월을 다 보냈으니, 은사 스님의 은혜도 못 갚고 해드린 것도 없고, 용돈도 못 드리고 산 것 같다.

미국에서 공부하는 데만 11년 세월이 흘러갔다. 공부가 끝나면 은사 스님께 미국 구경을 시켜 드려야겠다는 생각이 항상 있었다. 그러나 공부가 끝났어도 경전 번역과 강의, 법회 등으로 엄두도 못 냈다. 그러다가 두문불출하고 번역 작업에 몰두하다 보니 시간에도 쫓기고 더더구나 여러 여건이 여의치 않아, 미국 온 지 16년이 되도록 이 못난 제자는 은사 스님을 미국 구경도 못 시켜 드리고 있었다. 그래서 항상 죄송한 마음이었다.

그런데 우연히 박명기 보살님을 통해 석남사 아랫동네에 사셨다는 김두경 거사님을 알게 되었다. 고향과 고향에 있는 사찰에 남다른 애착을 갖고 계신 거사님은 한국에 나갔을 때 석남사로 은사 스님을 방문하고, 2007년 봄 은사 스님과 시자*인 청강 스님까지 미국에 초청하게 되었다.

은사 스님은 로스앤젤레스에 도착하신 뒤 우선 내가 사는 집인 책만 가득한 내 좁은 방에 오셔서 다과를 드시고는, 편안하고 넓은 김두경 거사님 댁으로 향하셨다.

거사님은 은사 스님께 나이아가라 폭포를 비롯해 뉴욕, 워싱턴 등 중요한 관광지를 보름 동안 다 여행시켜 드렸다. 또 가시기 전에는 로스앤젤레스에 있는 거사님 여동생 집에서 편안히 모셨다.

내가 16년이 되도록 벼르기만 하고 하지도 못한 일을 완벽하게 정성껏 해내신 김두경 거사님 내외분과 그 동생 분께 진심으로 감사드린다. 김두경 거사님은 진정으로 보통 사람들이 하기 어려운 무주상보시를 실천한 훌륭한 분이시다. 나의 번역서《한 권으로 읽는 빠알리 경전》이 나오자마자 미국에 들고 와서 제일 먼저 보내드렸다.

석남사의 많은 대중의 제일 큰 어른의 위치는 여러 가지 신경 쓰실 일이 많을 것이다. 그러나 어떤 일이든 평화로운 마음이 은사 스님과 늘 함께하기를 기원하며, 늙지 마시고 항상 건강하시기만을 합장하여 기원드린다.

---

* **은사**: 출가하면 행자를 지나 삭발할 때 스승을 정한다. 스승은 제자가 훌륭한 수행자가 될 수 있도록 가르침을 주고 보살핀다. 제자는 스승을 존경하고 공경한다.
* **상좌**: 제자를 말함.
* **시자**: 시중드는 스님.

비구니 교육의 전당, 운문승가대학장 명성 스님

운문승가대학에서 공부

석남사에는 연로하신 비구 강사 스님이 계셔서 나는 초급 교육 과정인 '치문'까지 공부한 후 운문승가대학 2학년에 편입했다. 운문승가대학에는 비구니 학인만도 240명이 넘었다. 한국을 대표하는 비구니 승가대학이다.

나는 이미 석남사에서 엄격하고 철저하게 행자 기간과 사미니 기간의 기초를 닦고 운문승가대학에 들어갔기 때문에 어려울 것은 없었다. 그러나 승가대학의 교과목은 전부 옛날 옛적의 선불교 일변도의 대승경전, 논서, 그리고 중국 스님들의 글이 다였다. 그것도 모두 한문으로 되어 있어 한문을 해독하면서 뜻을 새겼다.

정말 이해가 안 되는 것은 인도 불교의 역사라든지 초기 불교, 초기 경전인 빠알리 경전에 대해서는 가르치지 않는다는 사실이었다. 아무리 대승불교 국가라 하지만 승가대학에서는 불교의 뿌리인 초기 불교의 역사나 초기 경전을 가르쳐야 된다고 생각되었다. 부처님의 생생한 모습이 담긴 가르침은 어디에서도 찾을 수가 없었다. 나의 기대는 무너졌다. 나는 후대에 변형된 불교가 아닌 근본 불교, 부처님 바로 그분은 어떤 분이며, 어떤 가르침을 주셨고, 부처님의 핵심 교리는 무엇이며, 그 가르침은 어떻게 전해졌는지와 같은 역사적인 부처님의 확실한 모습을 공부하고 싶어졌다. 이런 간절함이 남방불교 국가로 공부하러 떠나는 계기가 되었다.

승가대학의 교과 과정은 한국 종단의 문제점이지 운문승가대학의 문제가 아니었다.

학장님, 명성 스님

학장 스님이신 명성 스님은 비구니계의 훌륭한 인물이시고, 전국 비구니회 회장님이시다. 학장님은 첫눈에도 총명하고 사리가 밝은 분임을 알 수 있다. 학장님은 화엄경을 가르치셨는데, 다른 강사 스님들 강의에서는 느낄 수 없는 명강의를 하셨다. 그리고 뜻이 미진한 것이 없도록 시원하고 분명하게 전달되도록 가르치셨다. 설명도 정확하게 핵심을 잡아 이해하도록 가르치셨다.

학장님은 학인들과 함께 탁구나 정구를 치시기도 하고, 배구도 하셨고, 또 피아노를 치시는 등 젊은 학인들과 잘 어울리셨다. 학장님의 탁구 실력은 수준급이었다. 학인들을 대하는 학장님의 모습은 고압적이지 않았고, 항상 젊은 학인들을 이해하려고 하셨다.

운문승가대학은 내가 다닐 때만 해도 한 반이 60명이었다. 이렇게 학인*들이 몰리는 것을 보더라도 학장님의 덕성과 그분의 운영 방침이 남다르게 뛰어나기 때문이 아닌가 생각된다.

학장님은 욕심이 없으셨다. 돈이 있으면 남에게 보시하기를 좋아하셨고, 무엇이든지 남에게 주는 것을 좋아하셨다.

대부분의 큰 사찰은 문중 스님들이 주축이 되어 꾸려지지만, 운문사는 예외다. 학장님은 문중에 집착하지 않으셨다.

2008년 나의 편역서 《한 권으로 읽는 빠알리 경전》이 출판되어 한국에 나갔을 때, 전국비구니회관에서 학장님을 뵙게 되었다. 비구니회 회장님이신 학장님께서 세계로 다니시기에 편하게 신으시라고 신발을 사 가지고 갔었다. 인사를 올리고 내 책과 신발을 드렸다.

학장님은 말씀 중에 "원주 사느라고 수고했어요"라고 하시는 것 아닌가! 강원 졸업한 지 20년도 넘었는데, 내가 원주 산 것을 특별히 기억하고 말씀하신 것이다. 학장님 기억력은 소문나 있다. 젊은 사람도 따라가지 못할 정도로 낱낱이 기억하시는 학장

님의 기억력에 놀라울 뿐이다. 벌써 팔순을 지나신 학장님의 만
수무강을 기원한다.

* **학인**: 공부하는 스님.

미얀마에 이르러 위빠사나*를 수련하다

마하시 수도원에서 수행하다

운문승가대학을 졸업한 후 나의 관심은 부처님의 근본 가르침이 살아 있고, 그것을 수행하는 나라로 가서 직접 보고, 듣고, 공부해야겠다고 결심하였다. 머뭇거릴 때가 아니었다. 마침 인연이 닿아 미얀마의 마하시 명상 수도원으로 가게 되었다. 석남사에서 한철 지객* 소임을 살면서 동남아시아 갈 준비를 했다.

미얀마의 마하시 명상센터는 국제적인 명상 수행처로 잘 알려져 있다. 스님들과 재가자를 합해 400~500명이 항시 함께 수행하는 곳으로 큰 마을 전체가 수도원이다. 이곳은 이렇게 많은 대중이 살아도 아주 조용하다. 침묵 속에 수행을 하고 침묵 속에

길을 걷는다. 꼭 필요한 말만 한다.

수행자가 많다 보니 명상실이나 식당이 여러 개였다. 모든 수행자들이 침묵 속에 먹는 이곳 음식은 최상의 정성스런 음식이었다.

이곳에는 훌륭한 큰스님 우 빤디따 사야도와 우 자띨라 사야도가 계셔서 외국인도 지도해 주셨다. 우 빤디따 사야도는 영어를 유창하게 말씀하셨다. 그 외에 외국인 지도 스님이 계셔서 면담을 통해 공부를 점검한다. 외국인 처소와 명상실은 따로 분리되어 있고, 새벽 3시에 일어나서 좌선과 경행*을 겸해 수행한다. 하루 두 끼만 먹고 오후는 불식이다.

나는 우선 명상 수행에 집중하는 원리를 배웠다. 그리고 명상 시간을 차츰차츰 늘려 감에 따라 수행은 점점 익숙해졌다. 그렇게 익숙해짐에 따라 위빠사나 명상 수행법에 따라 번뇌 없는 집중에 몰입할 수 있었고, 몇 시간이고 흩어지지 않는 일념에 머물 수 있었다.

마음이 삼매에 들면 몇 시간을 좌선하고 앉아 있어도 피곤하거나 다리가 저리지 않았고, 내 몸이 새털처럼 가볍게 느껴지고 내 손이 어디 있는지 무게를 느끼지 못했다. 마치 마른 나무토막을 세워 놓은 것 같았다. 이때 익힌 강한 집중의 힘은 후일 미국에서 공부하는 데 많은 도움이 되었다.

마하시 수도원에서 생활하면서 보고 느낀 것들이 많았다. 그중 하나는 1월 한 달간 전국에서 많은 비구들이 모여 방대한 빠알리 경전*인 경·율·논 삼장*을 외우는 삼장 법사 시험이다. 삼장 법사란 마치 부처님의 직제자 가운데 부처님 말씀을 빠알리어로 모두 외우는 '바나까'* 비구가 있었듯이, 경장·율장·논장의 삼장을 단어 하나하나 기억하고 모두 외울 수 있는 능력을 가진 스님이다. 따라서 이 시험은 방대한 빨리어 경전을 모두 정확히 외우고, 그에 따른 주석서 등도 깊이 있게 이해해야 하는 극히 어려운 과정이다. 그렇기 때문에 시험에 통과하는 스님이 7~8년에 한 명밖에 나오지 않는다고 한다. 한국 강원에서는 가르치지도 않는 빠알리 경전, 그 방대한 경전을 미얀마 비구들은 안 보고도 모조리 외우니, 마땅히 이들은 부처님의 가르침을 뼈에 사무치게 익힌다고 할 수 있다.

또 크게 감동을 얻은 것은 명상 수행이 생활화되어 국민 모두가 참여하는 수행 생활이 되었다는 점이다. 수시로 몇 십 명에서 어떤 때는 수천 명의 수행자가 몰려들어, 일부 식당이나 명상실이 모두 침실이 되고, 바깥에서도 수많은 사람이 돗자리 깔고 모기장만 치고 잠을 잔다. 방학 때는 어린 꼬마부터 대학생까지 몇 백 명씩 와서 머리를 깎고 수행한 뒤에 다시 돌아간다. 그러니 머리 깎는 것이 한국처럼 심각한 일이 아니다.

이 많은 사람들을 스님들이 하나하나 자상히 지도해 가며, 함께 예불하고 법문하고 빠알리 경전을 독송했다. 그리고 한 달에 두 번씩 꼭 포살 법회를 했다. 흔히 소승불교는 자기 수행만 하고 중생은 돌보지 않는다고 말하지만, 위의 내용이 그 답이 될 것이다.

* **위빠사나(Vipassana):** 위빳사나란 관법, 관찰, 통찰력, 성찰의 의미가 있으며, 모든 현상을 있는 그대로 꿰뚫어 직시하는 수행법이며, 강한 집중에 의하여 번뇌를 맑히고 깨달음으로 나아간다.
* **지객:** 방문 오는 객스님이나 방문자를 대접하는 소임.
* **경행:** 천천히 걸으며 마음을 걷는 것에 집중하는 수련. 앉아 있을 때와 마찬가지로 집중을 놓치지 않는다.
* **빠알리 경전:** 부처님이 사용하신 언어로 쓰여진 경전을 말한다. 모든 경전 중에서 초기 경전이다.
* **삼장(경률론):** 빠알리 경전은 경장, 율장, 논장의 삼장으로 구성되어 있다.
* **바나까 (Bhāṇaka):** '경전을 설법하는 사람'이란 뜻을 가지며, 경전을 완벽하게 외우는 사람을 말함. 부처님 가르침은 이런 사람들에 의하여 전승되었다.

태국 위백아솜에서의 묵언 수행

태국의 위백아솜 위빠사나 수도원은 미얀마의 마하시 명상센터에 비하면 작은 수도원이다. 이 수도원 생활의 특이했던 점은 개인 각자가 자기만이 머무는 오두막 수행처를 갖는다는 점이다.

수도원에는 중앙의 식당을 기점으로, 위쪽으로는 비구 처소 50 동, 아래쪽으로는 비구니나 여자 처소 50동, 그리고 그 외에 한 건물에 연속된 긴 수행처가 따로 또 있었다. 개인의 오두막에는 책상 하나, 침대, 그리고 화장실과 씻는 곳이 전부였다. 완전히 홀로 묵언 속에서 자기 수행에 몰두할 수 있었다.

새벽 5시 30분에 탁발 나가는 종을 치면 비구 스님들이 4, 5명씩 줄을 지어 발우를 메고 부처님 시대의 스님들이 하듯이 맨발로 탁발을 나간다. 나는 이 스님들 뒤를 멀찍이서 한번 따라가 본 적이 있다.

신도들은 문가의 상에 음식을 놓고 기다리고 있다가 밥과 반찬, 또는 꽃이나 기타 여러 공양물을 공양했다. 반찬은 모두 봉지에 담아서 섞이지 않게 했으며, 신도들은 무릎을 꿇고 공양을 올렸다. 이렇게 30분 내지 1시간 정도 음식을 탁발했다.

탁발에서 돌아온 비구들은 자기가 먹을 만큼만 탁발 음식을 가져가고, 나머지는 주방에 내놓는다. 그러면 나 같은 탁발하지 못하는 사람들에게 아침에는 죽, 점심에는 탁발 음식이 제공된다.

주방에서는 찬합처럼 생긴 두세 개의 그릇에 탁발한 음식을 조금씩 담아 수행자 각각의 오두막 문 앞에 가져다 놓는다. 그러면 침묵하는 중에 홀로 먹고, 다 먹으면 그릇을 씻어서 문가에 놓으면 도로 가져간다. 오후는 불식이다.

이곳 수도원은 철저히 자율적인 수행을 강조하지만, 역시 외국인 담당 스님과의 면담을 통해 자신의 공부를 계속 점검해 나갈 수 있다. 엄청 큰 대법당과 작은 명상실에서 함께 명상을 한다. 마하시도 그렇지만 여기도 좌선하는 시간에서 경행하는 시간이 많다. 그래서 큰 법당에도 회랑이 있고, 각자의 오두막에도 둘레에 나무로 회랑을 만들어 경행할 수 있도록 해 놓았다. 24시간을 얼마나 알차고 가치 있게 보내느냐는 오직 자기에게 달렸다.

나는 밤새워 가며 오랜 시간 앉아서 좌선하는 것보다 잠을 조금 자되 얼마나 깨어 있는 맑은 정신으로 온전히 번뇌 없이 집중할 수 있느냐에 초점을 두었다. 경행할 때도, 좌선할 때도, 걸을 때도, 앉을 때도, 밥 먹을 때도, 그릇을 씻을 때도, 오직 각각의 당처에 집중할 뿐 마음이 흩어지지 않도록 수행했다. 내 마음은 잔잔한 호수와 같이 고요하고 평화로웠다.

부처님 당시, 부처님이 비구 대중과 함께 바깥에서 포살 행사를 하는 장면이 빠알리 경전에 여러 번 나온다. 이곳에서도 비구 대중이 한 달에 두 번 옥외에서 포살 행사를 하는데, 아주 인상적이었다. 특히, 마하시 수도원보다 규모는 작지만, 여기에도 재가자 남녀 수행자들이 함께 모여 수시로 예불하고 법문하고, 명상을 했다.

이곳 사람들에게는 명상 수행하는 것이 하나의 생활이었다.

또 하나의 특이한 경험이 있었다.

빠알리 경전에 보면 무상한 현상들을 관찰하기 위해 묘지에 버려진 시체의 변화되는 모습을 관찰하는 수행법이 나온다. 태국 방콕에 머물 때였다. 하루는 그 절의 스님들이 방콕대학에 '시체 해부 견학'을 가는데 가겠느냐고 물어서 따라간 적이 있다. 무상을 수행하기 위한 스님들에게는 해부 장면을 공개한다는 것이었다.

방콕대학 병원 시체실에 들어가니 큰 홀의 여러 침대에 시체들이 누워 있었다. 꼭 살아 있는 사람들 같았지만, 죽은 사람들이었다. 의사들이 여러 명 들어와서 젊은 여자의 시체 앞에 서더니, 가슴 가운데의 갈비뼈를 끊어 열고 꼭 주먹만 한 크기의 심장을 꺼내서 조금 떼어 냈다. 그리고 주머니같이 생긴 위장을 꺼내서는 국자로 내용물을 떠내고 간을 꺼내서 조금 떼어 냈다. 간은 생각보다 엄청 컸다. 그리고 다시 집어넣고 꿰매었다. 이어서 계속 남자 시체를 해부했다.

　나는 처음에는 머리가 쭈뼛거리고 무서운 생각도 들었다. 그러나 차츰 침착해져서, 저 시체와 똑같이 생긴 이 육신도 별것 아니고, 숨 한번 끊어지면 발가벗겨도 부끄러운 줄 모르는 나무 토막 같다는 사실을 사무치게 느꼈다. 백 년도 못 살고, 죽을 때는 아무것도 가져가지 못하는 이 무상한 육신에 집착해서 탐, 진, 치를 일으키는 나 자신을 응시할 수 있는 시간이었다.

인도에서 부처님의 발자취를 따르다

인도 부다가야 대탑에서 한철 정진

한 달간의 인도 성지 순례를 한 후 선배 비구니 스님 한 분과 나는 부처님이 깨달음을 얻은 곳인 부다가야 대탑에서 여름 한 철(3개월)을 수행하기로 했다. 그 옛날 부처님이 수행하고 깨달음을 얻은 곳에서 부처님의 자취를 따라 부처님의 모습과 수행을 체험하고 싶었기 때문이다.

부다가야 대탑 뒤쪽에는 부처님이 깨달음을 얻은 보리수나무가 있다. 부다가야 대탑 주변에는 거의 모든 불교국의 사원이 있어 순례객들에게 방을 제공한다. 우리는 한 달은 태국 절에서 해주는 밥을 먹었으나, 그 후에는 가장 저렴한 부탄 절로 옮겨서 직접 음식을 해 먹었다.

중요한 문제는 한여름의 더위 속에서, 그리고 순례객들로 붐비는 곳에서 어떻게 명상을 잘 하며 지낼 수 있느냐 하는 것이었다. 다행히 부다가야 대탑을 관리하는 주지 스님께 허락을 받아 대탑 2층 법당에서 명상하기로 했다. 동트기 전 새벽에는 수행자 외에 순례 객들이 없기 때문에 명상하기 좋았다.

그래서 매일 새벽이면 우리는 대탑에 가서 명상을 했다. 대탑 둘레에는 여러 그루의 굉장히 큰 보리수들이 있어 그 보리수 아래서 좌선을 했다.

대탑 한편에는 연꽃이 하나 가득 화사하게 피어 있는 커다란 연못이 있다. 그 연못 한가운데에는 용이 머리를 펼쳐 선정에 드신 부처님을 보호하고 있는 상이 있다. 이곳도 새벽 명상 장소로 좋은 곳이다.

미얀마와 태국에서 집중적으로 명상 수행을 했기 때문에 번뇌를 제거하고 흩어짐이 없는 집중에 머물 수 있었다. 여름이라 하지만 비 오는 날과 새벽은 명상하기에 덥지 않았다. 그러나 해가 떠오르기만 하면 결코 쉽지만은 않은 우기철, 삼복더위였다. 부처님 당시의 고행을 가히 짐작할 수 있었다.

티베트 스님들이나 신도들은 새벽부터 오체투지 기도를 했고, 저녁나절에는 티베트 절, 부탄 절, 스리랑카 절, 태국 절, 미얀마 절 등 주변 사찰의 스님들이 많이 와서 탑을 돌거나 주력하거나 기도하는 모습을 볼 수 있었다.

나는 하루에 두 번씩 밥 먹으러 숙소와 부다가야 대탑을 왔다 갔다 했기 때문에 그 주변의 사원이나 주변 환경들을 눈여겨 살펴보았다. 부다가야 대탑에서 10분도 안 걸리는 곳에 부처님이 고행을 포기하고 몸을 씻은 뒤에 우유죽을 받아 드셨던 네란자라 강이 있다. 이 강은 깊지는 않지만 폭이 넓었다. 7월 우기에는 물이 불어 허리까지 차지만, 9월이 되면서 물이 많이 줄어들었다. 강가 주변에는 이름 모를 꽃들이 피어 있고, 갈대 둥치들이 운치 있게 너울대며 물가에 가지를 드리우고 있었다. 이곳 강가에 내려와 고행을 끝낸 부처님이 몸을 씻는 모습이 너무도 선명하게 떠올랐다.

부처님이 깨달으신 보리수나무 방생

부다가야 대탑에서 수행하면서 그동안 보아 온 것 중에 꼭 한 가지 해야 할 일이 있었다. 부다가야 대탑은 전 세계의 불교 신자뿐 아니라 인도에 관광 온 사람들이 모두 들르는 곳이며, 힌두 교도들도 부처님을 그들이 섬기는 비슈누 신의 화신이라 해서 예배하기 때문에 이곳을 순례한다. 그런데 대탑 뒤편에 있는 부처님이 깨달음을 얻은 보리수나무가 몰지각한 사람들에 의해 수난을 당하고 있었다.

사람들은 이 아름드리 보리수나무 밑동 쪽에 자기들 그룹의 방문 기념 글을 새긴 천들을 칭칭 감기도 하고, 기다란 끈에다 묶은 천들을 나뭇가지에 걸쳐 놓기도 했다. 그런데 이 보리수를

찾는 사람들은 보리수나무에 물을 준다고 생각하고 물을 부으면
서 기도를 한다. 그러면 하도 천을 많이 감은 상태라 색색의 두
꺼운 천 무더기에 물이 스며들어 마르지 않으니 곰팡이가 피고,
나무의 어느 부분은 썩어 버리기도 했다. 비닐에 글씨를 쓴 것들
을 감아 놓기도 했으니 공기가 통할 리 없었다. 걸쳐 놓은 천 조
각들은 잔가지를 부러뜨리기도 했다. 나는 그대로 보고만 있을
수 없었다.

당시 부다가야 대탑은 스리랑카 스님들이 관리하고 있었다.
나는 주지 스님을 찾아가서 소중한 보리수나무가 감아 놓은 천
때문에 곰팡이가 피어 썩고 있으며, 또 감아 놓은 천들이 가지를
부러뜨리니 전부 걷어 내야 한다고 말씀드렸다. 주지 스님은 그
런 생각을 해 줘서 고맙다고 하시면서, 천을 걷어 내 주면 좋겠
다고 말씀하셨다.

이튿날 새벽, 순례객들이 오기 전에 정리를 해야 했기에 가위
와 가마니 크기만 한 부대 몇 개를 준비해서 일꾼 한 사람을 데
리고 갔다. 하도 덕지덕지 감아 놓아서 꼼짝도 하지 않는 천들을
일일이 다 가위로 잘라 냈다. 나뭇가지에 걸쳐 놓은 천 조각들도
나뭇가지가 다치지 않도록 조심하면서 전부 걷어 냈다. 그리고
마른걸레로 나무 둘레의 곰팡이와 습기를 닦아 주고, 주위도 깨
끗이 청소했다. 몇 개의 부대에 담아 놓은 천들은 가난한 사람들
이 고맙다며 다 가져갔다.

정말 이 보리수나무의 소중함을 인식한 사람이라면, 정말 이 보리수나무를 사랑하는 사람이라면, 보리수나무 밑동 쪽에 자기들을 선전하기 위한 천을 감거나 가지에 자기들 단체를 알리는 깃발을 묶어 놓아 보리수나무를 상하게 하지는 않을 것이다.

천을 걷어 낸 보리수나무, 나무의 영양소인 햇볕과 시원한 바람을 흠뻑 받은 가지들이 자유롭게 숨 쉬며 활짝 웃는 것만 같았다.

미국 유학과 숭산 스님

미국으로 유학을 떠나다

미얀마의 마하시 명상 수도원에서 수행하고 있을 때, 나는 영어로 된 빠알리 경전을 몇 권 받았다. 소중한 마음에 읽고 싶었지만 내 영어 실력 가지고는 역부족이었다. 사람들과의 의사소통도 시원스럽게 할 수 없었다.

어떻게 하면 빠알리 경전을 속 시원하게 해득할 수 있을까? 어떻게 하면 영어를 자신 있게 말할 수 있을까? 그렇다면 영어를 쓰는 나라에 가서 공부해야 되지 않는가. 그렇다. 미국에 가서 영어를 제대로 공부하자. 내 마음은 그렇게 결정이 되었다.

인도에서 돌아와 석남사 은사 스님과 어른 스님들께 인사를 드린 며칠 후, 눈치를 봐 가며 미국에 가서 공부하겠다고 말씀드렸다.

인홍 스님께서는,

"미국 간다고? 공부? 참선을 해서 니 자성을 깨쳐야지, 공부는 또 무슨 공부냐?"

고 하셨고, 은사 스님도, 다른 어른 스님들도 모두 반대하셨다.

"그만큼 다른 나라로 돌아다녔으면 이제 소임을 살아야지. 소임 살 생각은 안 하고 또 미국엘 간다니, 언제 소임 살 건가?"

어른 스님들께는 소임이 큰 문제였다. 나는 마음을 가다듬고,

"제가 미국에서 공부한 뒤에 소임 사는 것보다 몇 배 더 훌륭한 일을 하겠습니다."

라고 당당하게 말씀드렸다. 머뭇거릴 때가 아니었다. 어른의 말씀을 거스르고 또 미국으로 떠나게 되어 어른 스님들께 무척 죄송스러웠다.

그래서 경덕 스님이 있는 자재정사로 가서 미국 갈 준비를 했다. 있는 돈은 동남아시아 수행 때 다 써 버렸다. 미국 가려면 한두 푼도 아니고 돈이 많아야 하는데, 부모님은 이미 돌아가셨으니 오빠들과 남동생을 찾을 수밖에 없었다.

누나라면 끔찍이 생각하고, 내 부탁은 어기는 적이 없는 하나밖에 없는 남동생에게 전화를 걸었다.

"얘야, 너 오빠들한테도 모두 전화해서 빨리 내 통장에 얼마씩

돈 좀 넣어 달라고 해라."

그 이튿날 많은 돈이 통장에 들어왔다. 공항에 나온 남동생과 작별 인사를 하고 드디어 미국행 비행기에 올랐다.

1990년 11월 1일이었다.

숭산 스님과의 인연

미국에 도착하자마자 숭산 스님을 만난 것은 내게는 행운이었다. 로스앤젤레스의 '달마 젠 센터'에서 숭산 스님을 처음 뵈었다. 인사를 드리고, 미국 대학에서 공부하고 싶어 왔다고 말씀드렸더니, 숭산 스님은 흔쾌하게 스님이 개설한 선원 중 하나인 보스턴 케임브리지 젠 센터에 머물면서 영어도 배우고 수행도 하라고 말씀해 주셨다.

그래서 나는 숭산 스님을 따라서 젠 센터 본부인 보스턴의 프로비던스 젠 센터의 용맹정진에 참여했다. 숭산 스님의 제자들이 미국 전역에서 80여 명쯤 모여 며칠간 함께 정진했다. 거기서 숭산 스님은 케임브리지 젠 센터 주지인 미국인 법사를 불러 "이 스님 거기 있게 해 주고, 그리고 영주권도 해 주게"라고 말씀하셨다. 그래서 일이 순조롭게 잘 되었다.

보스턴 케임브리지 젠 센터는 숭산 스님 제자들인 미국인 수행 공동체다. 방이 약 30개쯤 되고, 참선하는 미국인 수행자가 약 25명쯤 상주해서 살았던 것 같다. 새벽 5시에 일어나는 종을 치면 모두 법당에 모여 영어로 반야심경을 외우고, 한국식 예불을 한 후에 참선을 했다. 저녁에도 매일 함께 예불을 드린 뒤에 108참회 절을 하고 참선을 했다.

그리고 낮에는 각자 직장에 나가 일하거나 학교에 가서 공부를 했다. 주말에는 각자가 맡은 구역을 대청소했는데, 나는 법당 청소와 정리 정돈을 맡았었다. 식사는 아침과 저녁은 회원들이 돌아가면서 준비했다. 그리고 1박 2일의 정기적인 용맹정진에는 외부 수행자들이 참석해서 함께 참선 정진했다.

수행자만 모여 사니 집이 항상 조용했다. 매일 대중이 함께 예불하고 절하고 참선을 해 대중 속에서 수행을 게을리 하지 않으니, 나는 그것이 무척 다행스럽고 감사하게 생각되었다. 매일 108배를 하니 가져간 무명 바지에 구멍이 나기도 했다. 서울의 남동생이 필요한 옷들과 선물을 보내 주어 부족한 것은 없었다.

나는 걸어서 30분 거리에 있는 하버드대학 ESL 영어반에 들어가서 본격적으로 영어를 배웠다. 또 미국인 법사의 주선으로 변호사를 만나 영주권을 신청했고 1년이 되어 갈 때 영주권이 나왔다.

미국 대학에 들어갈 날개가 달린 셈이었다.

폴과 일란

1년 반을 케임브리지 젠 센터에서 살았는데, 지금도 기억에 남는 사람들이 있다. 내가 처음 이곳 젠 센터 대문에 들어서다가 너무 잘생긴 젊은이와 마주쳤는데, 이름이 폴이라고 했다. 그는 후일, 한국에서 《만행: 하버드에서 화계사까지》의 저자로 잘 알려진 미국인 현각 스님이었다. 폴은 그때 하버드대학원에 다니고 있었다.

그는 시내에 살면서 자주 찾아와 수행 프로그램에 참석하고, 짬짬이 법당에 와서 수행을 했다. 하버드대학에 숭산 스님을 초빙해서 자신의 사회로 숭산 스님이 법문하실 자리를 마련할 정도로 폴은 숭산 스님의 가르침에 매료되어 있었다. 학생들은 큰 강당 통로까지 모두 채울 정도로 불교에 대단한 관심을 보였다.

한번은 폴이 나에게 장미를 한 아름 주었다. 나는 웃으면서 "이거, 당신 애인이 당신한테 준 거지요?"라고 말하니 그는 정색을 하며 "아닙니다. 아닙니다. 그런 거 아닙니다" 하면서 웃었다. 아무튼 그의 성의가 고마웠다.

내가 젠 센터를 떠나는 날, 회원들은 나에게 송별 파티를 해 주었다. 폴은 회원들과 기타를 치며 노래를 불렀다. 그때 내가 알고 있는 기타 곡을 연주했더니, 폴은 기타를 나에게 선물로 주었다. 이후 그 기타는 내 이삿짐 목록이 되었다.

기억에 남는 또 한 사람은 하버드대학 영문과에 다니던 침착하고 조용한 일란이라는 학생이다. 젠 센터는 새벽 5시에 종을 치면, 바로 법당에 모여 예불하고 참선한다. 법당에 내가 제일 먼저 간다고 생각하고 들어가 보면, 언제나 일란이 벽을 보고 앉아 참선을 하고 있었다. 대학 4학년이면 공부할 것도 많고 잠도 많을 나이인데, 그는 항상 부동의 자세로 그렇게 명상에 들어 있었다.

나는 감동이 되어서 일란에게 "학생은 좋은 학교에 다니니 좋은 직장을 가질 수 있을 텐데, 장래의 꿈이 무엇이냐"고 물어보았다. 그의 대답은 보통 아이들과는 달랐다. 그는 결혼 같은 것은 생각도 안 해 보았고, 열심히 수행하고 정진해서 인생의 의미를 깨닫고, 자유스런 삶인 구도자의 길을 가고 싶다고 했다.

또한 그는 주말에는 대학에서 학부 학생들에게 상담을 해 준다고 했다. 젠 센터에는 여자 대학생도 살았지만, 그는 이성에는 전혀 관심을 두지 않았다. 그는 책이 온 벽에 가득한 젠 센터 도서관에 자주 있었다.

나중에 소식을 들으니 폴은 한국으로 가서 숭산 스님의 제자인 현각 스님이 되었고, 일란은 태국 수도원에 가서 비구가 되었다고 한다.

수도 생활에 입문한 이들에게 하고 싶은 말이 있다.

"승려가 되어 수도 생활을 하는 것이 평화와 행복만이 넘치는 생활은 아닙니다.

속세나 수도 생활에나 어려움이 있는 것은 마찬가지지요.

왜냐고요?

그게 바로 세상입니다. 그러니 실망할 것도 없고 낙담할 것도 없지요.

더더구나 너무 기대할 필요도 없는 것이지요.

그러나 그런 세상을 극락세계로 가꾸며 사는 것이 바로 수행자의 행복이랍니다.

고행으로 몸을 혹사하는 일은 나는 찬성하지 않아요.

왜냐하면 수행자는 몸이 아프면 돌볼 부모 형제도 없기 때문에

남에게 짐이 될 뿐이기 때문이지요.

마음이 답답할 때는 손바닥 뒤집듯이 자기 마음을 바꾸어 보세요.

천국도 바로 자기 마음에 있고, 지옥도 바로 자기 마음에 달린 것 아니겠어요?

그리고 드넓은 푸른 하늘을 쳐다보세요.

내려놓지 못하는 그 마음이 무엇인지 탁 놓아 보세요.

그렇게 시원할 수가 없답니다.

그게 바로 집착 없는 대자유인이지요.

참, 그리고 문화적 충격에 놀랄 일이 아니에요.

문화가 다른 것은 어쩔 수 없답니다.”

뉴욕 스토니부룩 주립대학 입학

스토니부룩 주립대학교의 첫 학기

한국에도 잘 알려진 불교학자이며 성철 스님의 상좌이기도 했던 박성배 교수님이 뉴욕 스토니부룩 주립대학교에 계셨다. 그래서 나는 이 대학의 종교학과에 입학했다. 40대의 나이로 수만 명의 젊은 학생이 공부하는 이 대학의 학부 학생이 된 것이다.

사실 공부를 더 많이 다양하게 시키는 곳은 학부다. 대학원은 자율적인 부분이 많다. 비록 시간이 걸리더라도 내가 학부에서 공부를 시작한 것이 잘한 일인 것 같다. 왜냐하면 영어를 체계적으로 배우고 미국식 교육을 통한 기초를 튼튼히 다지고 싶었기 때문이다. 여기 종교학과에는 각 종교마다 여러 명의 교수가 있어서 여러 종교를 다양하게 섭렵할 수 있었다.

첫 학기는 여름 학기라 가벼운 마음으로 영어 듣기도 익힐 겸 불교학 한 과목만 선택하고, 똑같은 교수가 다른 시간대에 하는 똑같은 강의를 청강하기로 했다. 그러니 같은 강의를 두 번 듣는 셈이었다. 내가 신청한 불교학 교수님은 티베트 불교를 수행하고 온 미국 여자였다. 강의를 듣는 학생은 약 70명쯤이었다.

교수님은 참고 도서로 다섯 권의 책을 읽으라고 했는데, 불교 입문서인 《An introduction to Buddhism》과 《Entering the Stream》, 산티데바가 저술한 《A Guide to the Bodhisattva's Way of life》, 장로니게 《The First Buddhist Women》, 그리고 헤르만 헤세의 《Siddhartha》였다. 교수님은 불교 수행도 한 경험이 있어 깊이 있게 잘 가르쳤다.

승가대학에서 대승불교만 공부한 나에게는 어떤 것들은 들어보지 못한 내용들이 많았기에 신심이 나고 신선하게 다가왔다. 특히 〈장로니게〉에 담겨 있는 부처님의 직제자였던 비구니들의 치열한 구도 열정과 수행 이야기는 읽고 감동이 되어 눈물이 났다. 이런 훌륭한 가르침을 영어로라도 배울 수 있어서 너무 감사했고, 그래서 더욱 열심히 해야겠다는 다짐을 했다.

초기 경전을 처음으로 읽고 공부한 소중한 시간이었다.

나를 일깨운 교훈

나는 성능 좋은 녹음기를 샀다. 그래서 매 시간 강의 들은 내용을 노트에 필기도 하지만, 녹음을 철저히 했다. 그리고 녹음한 것을 들어 가면서 빠진 것은 없는지 살펴, 토씨도 빼지 않고 노트에 모든 것을 정리했다. 그런 후에 정리한 것을 보고, 녹음한 것도 들으면서 매일매일 그 내용을 외웠다.

내게는 '적당히'란 있을 수 없었다.

모든 것에 완벽을 목표로 삼았고, 완벽하게 하려고 노력했다.

교수님은 시험 평가를 페이퍼(연구 논문) 50퍼센트와 시험 50퍼센트로 한다고 하면서, 페이퍼는 8매 정도로 하되 주제는 자신이 정하라고 하셨다. 나는 강의 내용을 다 외웠으니 시험은 자신 있었는데, 페이퍼 쓰기가 난감했다. 한국 대학에서의 공부는 페이퍼 쓰는 것이 아니었기 때문이다. 더구나 영어 문장도 서투니 어떻게 구상을 해야 하는지, 어떻게 전개하고 어떻게 마무리를 해야 하는지 전혀 자신이 없었다.

그런데 내가 가지고 있던 책 중에 어떤 비구 스님이 영어로 쓴 석사 학위 논문이 있었다. 불교의 가장 중요한 교리인 4성제와 8정도를 자세히 다룬 논문이었다. 나는 할 수 없이 이 논문의 내용을 많이 가져다 쓰고 약간 손질해서 페이퍼를 제출했다. 솔직히 나는 페이퍼를 쓸 줄도 모르는 주제에, 그리고 남의 글을 도용한 주제에 성적이 잘 나오기를 바라고 있었다. 그런데 치른 시험은 단답형 문제라 거의 틀린 것이 없으니 A학점이 틀림없었다.

이 대학은 시험이 끝나면 강의실 앞 복도에 각 과목의 성적표를 붙여 놓아 본인이 곧바로 확인할 수 있게 되어 있었다(이름은 없고, 본인만 아는 주민증 번호가 있다). 나는 마음을 졸이며 A학점을 기대하며 복도로 갔다. 그러나 내 번호를 본 순간, 충격적이었다. B학점이었다. 그렇다면 결론은 시험은 A, 페이퍼는 C였다는 것이다. 정신이 번쩍 들었다.

미국의 대학에서는 모든 과목에 페이퍼 쓰는 것이 필수이기 때문에 학생들은 누구나 1학년 때 페이퍼 작문 과목을 수강한다. 그래서 그 다음 학기에는 나도 페이퍼 쓰는 반에 들어가 체계적으로 공부를 했다. 교수님은 쓰는 방법도 중요하지만, 남의 생각이 아닌 자기 생각을 써야 한다고 강조하면서 남의 글을 도용해서는 안 된다고 하셨다.

나는 그때 페이퍼 쓰는 방법을 확실히 터득했다. 그 당시 교수님은 내가 글을 써서 내면 내 글을 아이들에게 읽어 주며 비록 영어는 서툴지만 글이 참 좋다고, 글재주가 있다고 칭찬하셨다.

나는 이때부터 페이퍼 쓰는 일에 자신감을 갖게 되었고, 나에게 맹세했다. 아무리 영어가 서툴더라도 내가 온전히 이해한 것, 내가 아는 것, 내 아이디어를 써서 내지 다른 사람이 쓴 것을 결코 베끼지 않을 것이라고. 이런 맹세를 한 후 박사 학위를 끝낼 때까지 오직 내 생각, 내 아이디어로만 페이퍼를 썼다. 그 결과 페이퍼를 내기만 하면 거의 다 A학점을 받았다. 내가 글재주는 있는 것인가?

미국 아이들 중에도 A학점을 받는 아이들은 앞에 앉아서 강의 내용을 다 녹음했다. 하물며 나는 어떻게 해야겠는가? 나는 주립 대학교를 졸업할 때까지 강의 시간마다 녹음을 해서 듣고, 노트 필기한 것과 대조해 가며 보충하고 외우는 식으로 공부했다.

또 미국 아이들보다 더 잘하려면 이들이 노력하는 것보다 몇 배 더 열심히 공부해야 했다. 그러니 내게는 주말이나 공휴일이 밀린 공부와 페이퍼를 쓰는 데 황금 시간이었다. 페이퍼는 연속된 시간에 집중적으로 써야 더 잘 써지기 때문이다. 모든 과목이 다 페이퍼를 써야 했으니 책도 많이 읽어야 하는 등 페이퍼 쓰기가 보통 일이 아니었다. 그러니 다른 아무것에도 눈을 돌릴 틈이 없었다.

한국에서도 일상어가 된 영어는 대부분이 틀린 발음이라 미국인들이 알아듣지 못했다. 예를 들어 "미국 사람들은 **액**-센트(accent) 없이는 말을 못 한다"라는 문장에서, 한국에서는 '**액**-센트'를 '악센트'라고 발음하는 것이 아주 습관이 되어 버렸다. 그런데 악센트라고 하면 못 알아듣는다. '액'에 강세를 주어야만 알아듣는다.

그래서 나는 단어 실력과 발음, 액-센트를 고치기 위해 ESL 학과의 영어 강사에게 부탁해서, 3만 단어의 책 한 권을 몇 달에 걸쳐 강사와 대화하는 식으로 녹음했다. 그리고 길을 걸을 때는 언제든지 녹음기를 가지고 다니며 그것을 들었다.

미국은 강의 시간에 발표를 많이 시킨다. 물론 성적에 가산된다. 내용도 중요하지만 남이 못 알아듣는 발음을 하면 모두 헛일이기 때문에, 이럴 때면 나는 발표문을 써서 미국 학생에게 읽도록 하고 녹음을 했다. 그런 뒤에 녹음한 내용을 수없이 반복해서 듣고 발음과 액-센트 등을 그대로 따라 하며 문장들을 외웠다. 그러고는 문장을 보지 않고 발표를 하니 발표에 자신감이 생겼다.

이렇게 미국 대학에서 처음 시작하는 공부가 쉽지만은 않았고, 더구나 모든 과목을 완벽하게 하려고 하다 보니 공부의 틀이 잡히기까지는 어려움이 많았다. 지금도 그때 꾸었던 꿈이 생생히 기억난다. 나는 꿈을 거의 꾸지 않지만, 아주 드물게 어쩌다 꾸는 꿈은 아주 생생하게 기억한다.

꿈에 나는 좁다랗고 꼬불꼬불한 가파른 산길을 힘들어 하며 오르고 있었다. 그런데 앞서 가시던 어머니가 나를 돌아보며, '이까짓 게 뭐가 어렵냐'고 하시면서 길 양옆에 있는 나무를 잡고 힘차게 올라가시는 것이었다. 꿈에서 깨어나 생각해 보니, 나는 그 나이에도 어려울 때는 어머니를 찾고 있었던 것이다.

이런 바쁜 와중에도 내 마음이 가장 평화롭고 한가로웠던 기억이 있다. 나는 학교 안에 있는 한적하고 울창한 숲길을 걷는 걸 좋아했다. 길 양옆의 숲에는 이름 모를 들꽃들이 너울대고, 아주 잘 익은 산딸기가 여기저기 소담하게 열려 있고, 이름을 알 수 없는 빨간 열매들과 머루가 보라색으로 익어 있었다. 쪽빛 하늘을 배경으로 펼쳐진 여유로운 자연의 모습, 내 마음에는 평화가 넘쳤다.

허백 거사님

대학 시절을 생각하면 결코 잊을 수 없는 감사한 마음이 있다. 허백 거사님이 주신 장학금 이야기이다. 뉴욕 상원사 효원 스님과의 인연으로 허백 거사님이 매 학기 여러 번 주신 장학금은 미국에서 공부하는 데 많은 도움이 되었다.

그런데 허백 거사님이야말로 무주상(상을 내지 않는) 보시를 한 훌륭한 분이었다. 나는 이분의 얼굴도 본 적이 없고, 어디 사는지도 모르고 무엇을 하는 분인지도 모른다. 그런데 얼굴도 모르는 낯선 스님에게 선뜻 장학금을 주었으니 보통 사람에게는 어려운 일이다. 대개의 사람들은 보시를 하면, 보시한 것에 대한 상을 내고 돌아올 대가를 기대한다. 그러나 이분은 남에게 보시했다는 어떤 우월감이나 보시에 따른 어떤 기대감, 또는 어떤 상을 전혀 내지 않으셨다.

지금은 열반하신 허백 거사님에 대한 감사한 마음과 함께 이분은 나의 기억 속에 훌륭한 무주상 보시의 표준으로 남아 있다. 거사님의 은혜를 갚는 길은 내가 공부한 것을 많은 사람들의 이익과 행복을 위해 회향하는 것이라 생각된다.

대원 스님과 단 둘이 참석한 졸업식

내가 졸업하던 해에 동국대학교 유아교육과의 비구니 교수인 대원 스님이 이 대학에 연구 교수로 와서 연수를 하고 있었다. 대원 스님은 나에게 졸업 선물을 하고 싶은데 뭐가 가장 필요하냐고 물었다. 그래서 '양말'이라고 했더니, 미국에는 좋은 양말이 없다고 한국에 주문해서 좋은 양말을 많이 선물해 주었다. 그 때 대원 스님이 준 양말을 아주 오랫동안 신었다.

나는 학교와 집을 왔다 갔다 하며 공부에만 몰두했으니 아는 신도들이 없었고, 한국 사찰들과는 멀리 떨어져 있어 왕래가 없었으니 스님들도 가까이 지내는 분이 없었다. 그러니 졸업식은 대원 스님과 단 둘이 참석했다.

여러 의식을 진행하던 중, 성적 우수자에게 상을 주는데, 내 이름을 부르는 것이 아닌가. 나는 조금 놀라며 앞으로 나가서 상장을 받았다. 미국 대학은 졸업 성적이 우수한 학생에게 캄 로디(Cum-Laude)라는 우등상을 준다. 나보다 더 놀란 것은 대원 스님이었다. 어떻게 수많은 미국 학생들을 제치고 유학을 온 젊지도 않은 스님이 주립대학교 우등상을 받았느냐면서 축하해 주었다.

웨스트대학교에서 박사를 이루다

랭캐스터 교수님, 구루게 교수님과의 만남

랭캐스터 교수님은 한국에도 잘 알려진 불교학자다. 나도 이분의 명성은 들어 알고 있었다. 그런데 랭캐스터 교수님이 버클리 주립대학을 은퇴하실 즈음에 웨스트대학교에서 모셔 오게 되었다는 소식을 들었다. 웨스트대학교는 대만 불광사의 성운 스님이 로스앤젤레스에 설립한, 전적으로 불교를 가르치는 불교대학이다. 이제 대학원에서 불교 공부에 몰두해야 하는 나로서는 랭캐스터 교수님께 배울 수 있으니 모든 조건이 너무 좋았다. 교수진은 중국인 교수 한 사람이 있을 뿐, 모두 백인 교수였다.

사실 명문 대학원이라 하더라도 그 안에 불교를 전적으로 가르치는 불교대학이 없으면, 원하지 않는 다른 과에 들어가서 원하지 않는 과목들도 들어야 한다. 그리고 오히려 불교는 제한된 불교 교수의 강의를 통해서만 배울 수 있으니 그 폭이 넓지 못해, 스스로 알아서 공부해야 하는 실정이다. 한국에서 불교를 공부하려면 동국대학교에 들어가야 하는 것과 마찬가지다.

웨스트대학교는 이런 면에서 불교의 각 분야를 전공한 여러 교수님이 있어 다양한 과목을 가르쳤다. 특히 초기 불교를 전공하고 빠알리 경전을 줄줄 외우는 스리랑카 출신의 구루게 교수님과 와르나수리아 교수님 두 분이 계시니 초기 불교에 관심이 많았던 나에게는 정말 다행한 일이었다. 또한 구루게 교수님이 가르치는 빠알리어도 배울 수 있었다.

랭캐스터 교수님과 구루게 교수님의 강의는 한 과목도 빼놓지 않고 모두 들었다. 대학원에서는 과목마다 참고 서적을 적어도 10권 이상 읽어야 하고 페이퍼도 15~20매 정도 써야 했는데, 나는 이미 스토니부룩 주립대학교에서 페이퍼 쓰는 것에 숙달되었기 때문에 페이퍼 쓰는 일이나 대학원 공부가 그렇게 어렵지는 않았다.

문제는 대학원에서는 컴퓨터를 전문적인 수준으로 잘 다루어야 공부에 지장이 없다는 점이었다. 나는 컴퓨터가 없던 시대에 대학을 나왔으니 할 수 없이 학교 강의 시간에 쫓기면서 집에서 가까운 로스앤젤레스 시립대학에 가서 컴퓨터 워드 과목과 인터넷 과목, 액셀 과목을 다 수강했다. 그래서 인터넷 웹 페이지도 제작할 수 있고, 도표나 그래프 등도 모두 그릴 수 있게 되었다.

아르바이트 시작과 동분서주의 날들

그럴 즈음, 허백 거사님이 은퇴하시기 때문에 대학원까지만 장학금을 대 주신다는 연락이 왔다. 그때까지 학비를 벌기 위해 다른 일을 하지 않고 오직 공부에만 몰두해 온 나로서는 난감했다. 박사 과정을 시작하면서부터는 경제적인 부분을 내가 해결해야지, 누구에게 의지할 수 없었다. 할 수 없이 로스앤젤레스에서 가장 큰 사찰인 관음사에 주지로 계시는 도안 스님을 찾아갔다. 관음사는 강의실도 여러 개고, 강당과 도서관 등 모든 조건이 다 좋았다. 내 소개를 하고 이렇게 말씀드렸다.

"주지 스님, 제가 할 수 있는 일은 강의하는 재주밖에 없습니다. 이렇게 큰 사찰에 불교대학도 없으니 불교대학을 열어 불교를 강의하게 해 주시면 감사하겠습니다."

그래서 로스앤젤레스에 드디어 역사적인 불교대학이 설립되었다. 그 당시 하버드대학교 박사 과정 불교 전공자로 박사 논문을 제출한 후 이곳에 와 있던 샤론 서 양과, UCLA 버스웰 교수의 제자로 역시 박사 과정 불교 전공자인 박 포리 양, 동국대학교 불교학과 교수였던 박동기 교수님, 그리고 나, 이렇게 그야말로 쟁쟁한 불교학 전공자들이 모여서 관음사 불교대학 강의가 시작되었다.

그때 나는 초기 불교를 담당했다. 불교대학이 새로 시작되자 불교 신자뿐만이 아니라 불교를 배우고 싶은 사람들이 여기저기서 모여들었다. 한 시간씩 차를 타고 오는 사람도 있었다. 학생들도 대학 교수, 의사, 변호사, 한의사, 기타 지성인들이 많아 수준이 높은 편이었다. 이들 중 어머니도 의사고 아들도 의사인 분이 있었는데, 아들은 전국 포교사 시험(조계종에서 실시)에서 1등을 차지할 정도로 열심히 공부했다. 이곳에서 배출된 포교사들이 로스앤젤레스 불교에 큰 역할을 한 것은 물론이다.

이 관음사에는 노스님이 두 분 계셨다. 노스님은 그 당시 2000불이 넘는 나의 새 노트북 컴퓨터를 사는 데 흔쾌히 돈을 보태 주시고 과일 등을 싸 주시곤 하였다.

일요일에는 인근 사찰에서 법회와 법문을 했다. 비록 박사 과정이 길어진다 하더라도 공부만 하는 것보다는 신심도 나고, 보람도 있고, 부처님 앞에 밥값도 하는 것 같았다.

로스앤젤레스의 이웃 도시인 오렌지카운티에 정혜사라는 절이 있다.

그 당시에는 주지 스님 없이 신도들이 운영하고 있었다. 다행히 신도회장 부부가 생각이 바르고, 현대에 맞는 불교는 어떤 모습이어야 하는지에 대한 확신이 있었으며, 신심도 대단했다. 나는 1년을 일요법회에 다니면서 법문을 했다. 절도 크고 신도도 많았으며, 모두들 열심이었다.

나는 신도회장과 임원들에게 주지 스님이 있어야 절이 발전한다는 말과 함께, 신도들이 운영하는 데는 한계가 있다고 누누이 말했다. 그리고 모셔 올 만한 훌륭한 주지 스님을 알아보라고 했다. 물론 주지 스님 없이 신도들끼리 운영하자는 사람들도 있었다. 그러나 나는 주지 스님의 필요성을 강력히 주장했다.

그 결과 현재의 주지 스님이신 석타 스님을 모셔 오게 되었는데, 기대했던 것 이상으로 현대에 맞는 아주 활발한 포교를 하시는 분이었다. 이후로 신도들이 점점 많아지면서, 사찰의 규모나 신도 수에서나 모든 면에서 서부 지역의 으뜸가는 사찰이 되었다. 합창반도 수준급이고 어린이부터 대학생까지 학생들이 거의 80~100여 명이나 되고 부처님 오신날이나 성도일 등 특별한 날에는 연극이나 음악회 등을 열었다.

나는 브라질 남부에 있는 상파울루에 가서 그곳 사찰에 보름씩 머물며 매일 강의하고, 질문에 응답하고, 사람들을 만나는 등 그곳 불교가 활성화되는 데 힘을 실어 주려고 노력했다. 이 사찰의 특징은 신도가 많고, 그것도 장년층의 남자 신도가 여자 신도보다 훨씬 많고, 단결력이 있고, 신심도 대단했다.

그때는 부처님 탄생일을 앞둔 시기였다. 브라질은 가톨릭이 굉장히 우세한 나라다. 이웃에 성당이 있었는데, 규모가 크고 신도도 많았다. 나는 몇몇 신도와 함께 성당을 방문해서 신부님과 대화도 나누고, 신도들과도 스스럼없이 이야기하는 좋은 시간을 가졌다.

그런데 내가 성당을 방문한 것이 뉴스거리가 되어, 종교 화합의 좋은 본보기라고 지역 신문에 사진과 함께 대문짝만하게 기사가 나왔다. 부처님 오신 날에는 신부님과 그곳 신자들이 사찰을 방문해서 식사를 함께하고 대화의 시간을 가졌다.

세계 3대 폭포의 하나인 이과수 폭포가 가까운 지역에 있다며 보고 가야 한다기에 찾아갔다. 나는 지금까지 그렇게 사람을 압도하는 자연의 장관을 본 적이 없다. 자연의 거대한 모습 앞에 인간의 모습이 아주 왜소하게 느껴졌다.

나는 텍사스 주 댈러스에 있는 보현사에도 갔었다. 부처님 오신 날 전에 일주일 동안 머물며 매일 저녁 불교 강의를 했고, 영어가 더 익숙한 아이들을 위해 영어로 부처님이 어떤 분인지도 알려 주었다. 이 절에는 신심이 대단한 두 분의 법사가 계셔서 모든 것을 스님들 못지않게 잘 이끌어 가고 있었다. 신도들도 많았고, 신심도 대단했다. 지금은 대지도 넓고 큰 집으로 이사를 해서 아주 활동을 잘하리라고 생각된다.

애리조나 주 투산에는 감로사가 있다. 6300평의 넓은 대지에 주위에는 사막에서 사는 나무들과 거대한 선인장들이 우뚝우뚝 서 있는 전원적인 아름다운 사찰이었다. 이 절은 나와 인연이 많은 곳이다. 거의 2년간을 한 달에 한 번씩 비행기를 타고 가서 법회를 했다. 이제는 신도들의 수준도 높아져 인터넷으로 공부를 해서 교리도 꽤 많이 알고 있었다. 나는 법문이 끝난 후에는 질의응답 시간을 갖고 의문을 풀어 나갔다. 이곳에는 국제 결혼한 여자들이 많은 듯했다. 미국인도 오고 중국 여자도 오고 해서, 한국말과 영어로 법문을 해야 했다. 신도 중에 어떤 사람은 가족과 함께 2시간 이상 차를 타고 오는 사람도 있었다. 나는 신도들이 알기 쉽도록 칠판을 이용해 지도도 그려 가며 불교를 알리는 데 최선을 다했다.

아무튼 이렇게 여기저기 부처님 가르침을 전하기 위해서 열심히 뛰어다니면서 보람도 얻고, 경제적인 면도 해결해 가면서 무사히 박사 과정을 마쳤다.

박사 학위 논문: 빠알리 경전과의 세월들
박사 학위 논문은 대학과 대학원에서 공부한 모든 것의 결정체다. 박사 학위 논문은 그 분야에 통달해야 쓸 수 있다. 웨스트대학원에는 학위 논문 작성자들을 위한 과목이 있어서 랭캐스터 교수님이 학기마다 논문 작성법을 단체로 지도하고 논문을 점검해 주셨다. 주제의 선택에서부터 어떻게 작성하는지, 구성하는지, 전개하는지, 서론과 결론을 어떻게 맺을 것인지를 강의하시고, 수정이나 첨가, 삭제 등에 대해서도 세밀하게 가르쳐 주셨다.

내가 가장 흥미를 느낀 것, 노력과 정성, 심혈을 기울여서 연구할 만한 가치가 있는 것은 두 말할 필요 없이 부처님의 직설이 담긴 '빠알리 경전'이었다. 그중에서도 부처님을 대표하는 '자비사상'이 빠알리 경전에 어떻게 나타났는지에 대한 연구인 '빠알리 경전 속에 나타난 부처님의 자비사상'이었다.

구루게 교수님의 빠알리어 강좌를 계속 들으면서, 이웃에 있는 스리랑카 절의 박사 스님인 삐야난다 스님이 지도하는 빠알리 경전 공부에 매주 참석했다. 그렇게 방대한 빠알리어 경전을 차례로 읽으면서 노트하고 메모하고, 가르침을 내용별로 나누고, 특징적인 면을 뽑아 전체적으로 도표를 만들고 그래프를 그리면서 통계적인 자료에 의한 정보를 도출해 냈다.

이렇게 함에 따라 점점 부처님은 어떤 분이었고, 어떤 사상과 사고방식을 가진 분이었으며, 어떤 인격의 소유자였고, 언제 어디서 누구에게 어떤 가르침을 주셨는지 그 윤곽이 드러났다.

부처님은 병든 비구를 씻기는 측은한 마음을 가진 자비로운 분이었고, 바보 쫄라빤타까에게 용기를 주어 깨달음을 얻게 하신 분별을 일으키지 않는 분이었으며, 율법에 얽매이기보다는 사람의 이익과 행복을 우선적으로 택한 분이었고, 수행과 깨달음의 결실을 사람들의 행복과 이익에 온전히 쏟아부은 분이셨다.

나는 박사 과정을 이수하는 동안 매일 빠알리 경전과 살면서 부처님의 감동적인 가르침에 환희심이 났고, 나 자신의 수행을 항상 점검하며 나를 바로 세우고 부처님을 조금이라도 닮아 보려고 노력한 세월이었으니 감사할 뿐이다.

　나는 랭캐스터 교수님과 구루게 교수님의 완벽한 지도로 2002년에 박사 학위를 받았다. 미국에 첫발을 디딘 지 꼭 11년 2개월 만이었다.

　알게 모르게 은덕을 입은 많은 분들께 진심으로 감사를 드리고 이 공덕을 돌리고 싶다.

　특히 올바른 수행 정신을 심어 주신 인홍 스님과 은사이신 법희 스님의 자애를 어찌 갚으리오. 불교학의 기초를 닦아 주신 운문승가대학의 명성 스님을 비롯한 석남사 어른 스님들과 도반 스님들에 대한 감사의 마음이 한량없다. 향을 사르고 부처님께 삼배를 올리고 한국을 향해 삼배를 올리고, 감사의 인사를 드렸다.

　그동안 여러모로 도움을 주신 관음사 주지이신 도안 스님은 불교대학 학생들과, 여러 대중과 함께 박사 학위 환영회를 성대히 열어 주셨다.

　이 모든 분들의 은혜를 갚는 길은 내가 배운 것을 남의 이익과 행복을 위해 회향하는 것이라고 다시 한번 다짐하였다.

랭캐스터 교수님과 대승불교

랭캐스터 교수님

박사 학위를 하는 사람에게 가장 중요한 것은 어떤 지도 교수를 만나느냐일 것 같다. 나는 미국에서 10년도 넘게 공부하면서, 공부 후반부에 내가 존경하는 대승불교의 권위자인 랭캐스터 (Lewis R. Lancaster) 교수님과 상좌불교의 권위자인 구루게(Ananda W. P. Guruge) 교수님을 만날 수 있었다. 그런 면에서 소승과 대승 양편의 석학을 만난 것은 내게 큰 행운이었다.

랭캐스터 교수님은 한국 불교에 남다른 관심을 갖고 연구를 해 오신 분으로, 2007년 한국 불교계의 가장 큰 상인 만해대상을 받으셨다. 나는 5년 동안 매 학기마다 두 과목씩 그분의 강의를 들었고, 박사 과정을 밟는 동안 나의 주임 지도 교수님이기도 했다.

랭캐스터 교수님은 1967년에서 2000년까지 33년간 미국 버클리 주립대학 불교학 과장으로 재직하신 후 은퇴하셨다. 그래서 은퇴를 준비하실 때 웨스트대학교에서 모셔 오게 되었다.

교수님이 한국 불교에 처음 관심을 갖게 된 동기는 버클리 주립대학 부임 첫해에 중국, 한국, 일본 불교를 가르치게 되었기 때문이라고 하신다. 당시 중국이나 일본 불교와 달리 한국 불교에 대한 자료는 전혀 없었다는 것이다. 그런데 1970년 한국에 한 달가량 머물게 되었고, 이 시기에 한국 불교의 중요성을 인식하게 되어 한국 불교에 대해 좀 더 연구해야겠다고 결심하셨다고 한다.

교수님은 1993년부터 웨스트대학교의 교수가 되셨고, 박사 과정 자문위원회의 과장으로 이 학교 불교학이 발전하는 데 주춧돌 역할을 하셨다. 나는 랭캐스터 교수님의 이 대학 첫 번째 박사 제자인 셈이다. 교수님은 대학원 학생들과 박사 과정 학생들을 위한 논문 연구 과목을 신설해 논문 작성에 대한 제반 사항을 매 학기 강의하셨다. 내가 졸업한 뒤에 교수님은 이 대학교의 총장이 되셨다. 이 대학교는 앞으로 미국 내에서 불교를 전공하는 학생들을 위한 불교학의 요람으로 기대되는 곳이다.

지금까지는 교수님의 업적에 대해 이야기했는데, 이제부터 이에 못지않은 그분의 인품에 대해 이야기하고 싶다. 지식 못지않게 인품 또한 매우 중요하기 때문이다. 한마디로 교수님은 종교에 대한 천부적인 성향을 타고난 분으로, 이분을 대하면 마치 종교적 영적 지도자를 만난 것 같은 느낌을 받는다. 내가 5년간 강의를 들었지만 교수님은 강의 시간에 늦은 적이 없으니, 이것만으로도 그분의 성실성이 증명된다.

30년 이상 버클리대학교 교수를 지냈지만, 그분에게서 교만한 표현이나 자만한 모습은 전혀 발견할 수 없다. 그가 남을, 또는 어떤 상황을 감정적으로 비판하는 것을 보지 못했다. 항상 남의 좋은 점을 드러내서 말하고 크게 포용하려는 관용성이 보였다.

때로는 발음상 또는 영어가 부족해서 못 알아듣는 말을 질문해도 끝까지 다 들어주시고, 절대 그 학생이 부끄럽지 않도록 친절하고 부드럽게 대답하는 등 자비와 이해로 대하셨다.

교수님은 집이 샌프란시스코였기에 강의 때는 기숙사에 거처하셨다. 그리고 강의를 몰아서 하루 종일씩 하셨다. 신기할 정도로 특이한 교수님의 강의 모습은 항상 평화롭고 침착하고 정확했다. 하루 종일 강의를 하셔도 피곤한 기색 없이 시종일관 같은 모습이었다.

교수님은 한문에도 박식해서 금강경 강의 시간에는 7개의 한문 번역본, 즉 현장, 쿠마라지바, 보디루치, 다르마굽타, 의정, 진제의 번역본과 영어 번역본, 이렇게 모두 여덟 가지 번역본을 펼쳐 놓고 비교해 가며 잘못된 번역을 가리고 뜻을 정확히 하면서 강의하셨다.

어느 학생이, 그분의 강의를 들으면 어떤 아름다운 음악을 듣는 것보다 더 마음이 편안해진다고 말한 적이 있다. 그분의 강의를 듣고 있노라면 소란스럽던 마음이 고요해지고, 교만한 마음이 사라지고, 이기적인 마음이 자취를 감춘다. 그리고 자비와 친절, 관용, 성실, 겸손을 배우게 된다. 교수님에게는 그런 대단한 힘이 있었다.

그분의 옷차림은 항상 단정했고, 주위는 잘 정돈되어 있었다. 말을 헤프게 하는 법도 없고 권위적인 모습도 없으며, 그렇다고 고지식하고 딱딱한 교수의 모습도 아니었다. 그냥 아주 자연스런, 남에게 편안함과 따뜻함을 주는 그런 분이었다.

교수님은 핸드폰을 사용하지 않으셨다. 가끔 학교의 공중전화 부스에 계신 것을 보았다. 큰 체구에도 소식을 하셨다. 이미 학교 도서관에 당신의 많은 책들을 기증해, 마치 여생을 정리하는 것 같기도 했다.

우리 학생들은 가끔 교수님의 인품이 타고난 것인지, 아니면 불교 수행을 통해 얻어진 것인지 궁금해 했다. 왜냐하면 이런 인품과 지식을 겸비한 교수님이 드물기 때문이다. 5년 동안 내가 본 그분은 처음도, 중간도, 끝도 한결같았다. 그분에게는 '평화로운 들녘 같은 분'이라는 표현이 가장 잘 어울리는 것 같다.

방학 때 나는 노트북 컴퓨터를 챙겨 비행기를 타고 두 번이나 샌프란시스코로 가서 교수님께 박사 논문의 마지막 점검을 받았다. 여래사에 묵으면서 주지 스님과 함께 교수님 댁을 찾았다. 교수님 댁은 앞에 바다가 시원하게 펼쳐진 바닷가 언덕에 있었다. 밖에서 2층에 있는 불상이 보이는 집이었다. 교수님 부인은 화가였다. 1층에는 응접실과 사모님의 화실이 있었는데, 사모님이 화실을 구경시켜 주셨다. 특이한 점은 응접실의 두 면이 전부 유리로 되어 있고, 커튼이 하나도 없는 것이었다. 그래서 밝은 햇살이 눈부시고, 저 아래 바다가 드넓게 펼쳐져 보였다.

나는 교수님의 훌륭한 지도로 박사 논문을 완벽하게 마무리할 수 있었다. 바로 이 논문이 나의 편역서 《한 권으로 읽는 빠알리 경전》의 큰 부분이 되었다.

내 학업의 마지막 5년을 교수님의 훌륭한 성품을 통하여 항상 나 자신을 돌아볼 수 있었고, 그분의 훌륭한 인격은 내 삶의 태도에 많은 영향을 주었다. 강의 시간에 항상 10분 정도 일찍 여유 있게 가는 습관, 강의에 철저하게 임하는 태도, 수행자다운 말과 행동 등 항상 교수님이 모범이 되었다. 내 공부의 마지막 시간에 이런 훌륭한 분을 만났다는 것은 정말 행운이었다.

구루게 교수님과 빠알리 경전

구루게 교수님

구루게 교수님은 랭캐스터 교수님과 함께 나의 박사 논문 지도 교수님이셨다. 랭캐스터 교수님은 박사 논문 전반을 지도해 주셨고, 실제적인 내용 지도는 빠알리어 전문가인 구루게 교수님이 하셨다. 구루게 교수님은 스리랑카 출신으로, 어려서부터 빠알리 경전과 친숙한 불교 가정에서 자라셨다. 그래서 빠알리 경전을 줄줄 외우신다.

구루게 교수님은 백과사전이라 할 정도로 해박한 지식을 갖추었고, 이를 바탕으로 활기찬 강의를 펼쳐 학생들은 시간 가는 줄 모르고 강의에 빠져들었다. 그분은 강의할 때 책이나 노트를 보는 법이 없었다. 이미 머릿속에 다 저장되어 있었기 때문이다.

그도 그럴 것이 책을 써 본 사람은 알겠지만, 한 권의 책을 쓰기 위해서는 그 분야에 통달해야 한다. 그런데 구루게 교수님은 30여 권의 책을 저술하셨으니, 백과사전이 안 될 수가 없다. 한 권의 책도 쓰기 어렵거늘, 어떻게 30권이나 되는 책을 써낼 수 있었을까!

구루게 교수님은 보통 사람들과는 다른 거대한 에너지의 원천임에 틀림없다. 더구나 그것도 들어앉아 책만 쓴 것이 아니라 항상 공직이나 교수직에 있으면서 30권의 책을 저술했다니, 이는 그분이 얼마나 천부적인 능력을 지녔는지, 또 얼마나 치밀하고 열정적으로 사시는 분인지 짐작하게 한다. 또한 교수님은 빠알리어와 산스끄리뜨어를 포함해 7개 국어를 유창하게 구사하신다.

구루게 교수님은 대학의 학장으로 바쁜 중에도 나의 박사 논문을 뒤로 미루는 일 없이 찬찬히 다 읽고 페이지마다 소중한 조언을 주셨다. 또한 교수님은 이렇게 바쁜 중에도 1년에 한 번 겨울 방학 전에 4박 5일 동안 국제불교학술회를 개최해, 불교가 사회 속에서 사람들과 함께하며 이익을 주는 종교가 되어야 한다고 강조하신다. 전 세계의 불교학자들이 참여해 발표하고 토론하고 서로의 지식을 교환하는 장이다.

박사 논문으로 내가 연구하고 싶었던 분야는 후대에 변형된 불교도 아니고, 어떤 학자나 선승의 논리도 아닌, 부처님이 직접 가르치신 말씀인 빠알리 경전이었다. 그래서 나는 '빠알리 경전

속에 나타난 부처님의 자비'로 박사 학위 논문을 썼다. 구루게 교수님은 내가 하고 싶은 공부를 할 수 있게 해 주신 고마운 분이다.

구루게 교수님은 빠알리어와 초기 불교를 강의하셨다. 나는 구루게 교수님과 와르나수리아 교수님에게서 빠알리어 경전과 인도의 초기 불교를 집중적으로 배웠다. 이런 과목들은 한국의 승가대학에서는 구경조차 하지 못한 것들이었다. 공부하는 동안 불교의 근본과 뿌리를 등한시하는 한국 불교의 문제점이 마음 아프게 다가왔다. 그래서 사람들에게 빠알리 경전을 알려야겠다는 원을 세우고, 결국은《한 권으로 읽는 빠알리 경전》을 펴낸 것이다.

또한 구루게 교수님은 현대 아소까학의 권위자시다. 교수님은 675페이지에 달하는 노트 크기보다 더 크고 두꺼운 책을 통해 아소까의 모든 것을 상세하게 보여 주신다. 사실 스리랑카의 연대기를 모르고는 아소까를 정확히 이해할 수 없다. 그런 면에서 스리랑카 출신인 구루게 교수님은 모든 역사적인 고증을 통해 결론을 끌어내고 있다.

나는 이 세상에서 가장 훌륭한, 사라지지 않는 별과 같은 인간애의 화신 아소까 왕이 바위와 돌기둥에 남긴 각문을 번역하고 그의 삶을 조명한 '아소까'를 2009년 4월에 탈고했다(이 원고는 2009년 12월《아소까: 각문(刻文)과 역사적 연구》라는 제목으로 민족사에서 출간되었다). 현대 아소까학의 권위자인 구루게 교수님과 와르나

수리아 교수님의 자문을 받으며 집필을 마칠 수 있었다. 나는 교수님의 자문을 받기 위해 대학에 가는 것 말고는 두문불출하고 이 일에 몰두하였다. 구르게 교수님을 마지막으로 방문할 때는 하얀 난을 가지고 갔다. 요즘 건강이 좋지 않은 그분의 만수무강을 빈다.

　구루게 교수님은 웨스트대학교의 보배일 뿐 아니라, 불교계의 보배다. 이런 거인은 정말 보기 드물다. 무슨 일을 하든 열정과 정성을 다하는 그분의 삶의 태도와 지칠 줄 모르는 강한 추진력은 항상 나를 채찍질하고 나의 모범이 되셨다. 이런 훌륭한 교수님 덕분에 내가 쓴 두 권의 책이 빛을 보게 되었다. 감사할 뿐이다.

《한 권으로 읽는 빠알리 경전》의 출판

받은 은혜의 회향

나는 박사 학위 논문을 쓰면서부터 하나의 원력을 세웠었다.

'빠알리 경전은 방대하기 때문에 사람들이 접근하기가 쉽지 않다. 그렇다면 중복되는 것을 빼고 알맹이만 모아 한 권으로 만들어야겠다. 그래서 많은 사람들이 이 빼어난 부처님의 가르침을 읽고 평화와 행복을 얻도록 해야겠다.'

부처님이 누구인지, 근본 가르침이 무엇인지 가장 잘 나타난 곳은 빠알리 경전이다. 부처님이 직접 설하신 가르침은 빠알리 경전에 가장 생생하게 담겨 있다.

사실 박사 학위 논문을 작성하는 과정에서《한 권으로 읽는 빠알리 경전》에 담길 내용의 절반 정도는 이미 이루어진 셈이다. 나는 박사 학위를 받자마자 2003년부터 본격적으로 경전을 선별 해서 종류별로 분류하고, 책의 틀을 정한 뒤에 번역을 대조했다.

빠알리 경전을 번역하면서 미비한 부분은 나의 박사 논문 지 도교수였던 구루게 교수님과 와르나수리아 교수님께 자문을 구 했다. 그리고 스리랑카 절의 박사 스님인 삐야난다 스님과 뿐냐 지 스님의 자문도 받았다.

2006년부터는 모든 강의와 법회 등 외부 활동을 완전히 중지 하고 두문불출한 채 전화도 받지 않고 책의 마무리 작업에 들어 갔다. 사진도 넣고 지도도 두 장 준비하는 등 정성을 다해 최고 의 책으로 만들 준비를 했다.

박사 학위를 받은 지 5년 반이 흐른 2008년, 마침내 원고를 민 족사에 보냈다.

그리고 나는 또 하나 뜻을 세운 것이 있었다. 현재 사용하는 불 교 예식문은 한문으로 된 것이라 설령 한글로 읽는다 해도 그 뜻 이 즉시 오지 않는다. 그리고 어린이, 학생, 젊은이들, 군부대의 젊은 세대에게는 너무 생소하다.

그래서 스리랑카 절의 빠알리 경전 예식서에 착안해, 예경하고 독송하기 좋은 경들만을 선별해서 '빠알리 경전에서 선별한 예경 독송집'을 만들었다. 이렇게 해서 두 권의 책(《한 권으로 읽는 빠알 리 경전》과 《빠알리 경전에서 선별한 예경 독송집》)을 함께 출판했다.*

나는 민족사 윤창화 사장님께 부탁했다.

"책이 종이가 얇고 가벼워서 가지고 다니기 편하고, 펴면 편안하게 펴지고, 오래 두고 볼 수 있게 질이 좋은 종이에 최고의 책으로 만들어 주십시오. 지도도 좋은 종이에 큰 크기로 넣고, 그리고 '한 권으로 읽는 빠알리 경전'과 '예경 독송집' 두 권 모두 제가 인세를 받지 않겠습니다. 대신 사람들이 책을 부담 없이 살 수 있도록 싸게 해 주시면 감사하겠습니다."

내가 오직 염원하는 것은 이 훌륭한 가르침을 많은 사람들이 읽고 평화와 행복을 얻을 수 있도록 하는 일이었다. 그래서 인세를 받지 않겠다고 했다. 민족사에서는 감사하게도 내 부탁 그대로 종이도 얇고 가벼운, 최고의 책으로 만들어 주셨다. 그리고 책값도 3만 5000원으로 예정했던 것을 가격을 내려 2만 8000원으로 정했다고 한다.

2008년 12월에 두 권의 책이 출판되었다.

이어서 불교의 가장 위대한 공로자인 아소까 왕의 각문을 포함한 '아소까' 책이 2009년 12월 민족사에서 출판되었다.

미국에서 공부를 시작한 지 17년 만에 나의 숙원이 이루어진 것이다. 비로소 그동안 공부하는 데 도움을 주신 많은 분들의 은덕을 조금은 갚은 것 같았다.

---

* 예경독송집이 출판된 지 1년 후에 이것을 좀 더 작은 크기로 만들었으면 하는 요청에 의해 '행복과 평화를 주는 가르침'이란 제목으로 다시 출판되었다.

수련생 동기 수녀님들과의 만남

나의 이야기를 마무리하면서 소중한 기억 하나를 적는다.

2008년 12월 《한 권으로 읽는 빠알리 경전》과 《빠알리 경전에서 선별한 예경 독송집》이 함께 출판되어 한국에 나갔을 때였다. 고맙게도 민족사에서 모든 일간 신문과 불교계 언론 기관 기자들을 초청해 기자 간담회를 열어 주셨다. 그래서 내가 수녀였다가 스님이 되어 아무도 해내지 못한 초기 경전인 빠알리 경전을 한 권으로 출판했다는 것이 언론지의 기삿거리가 되었다. 불교방송과 TV, 잡지사 등에서도 인터뷰를 해 인터넷에도 내 기사가 많이 올랐다.

어느 날, 나와 함께 수련했던 정 아나다시아 수녀님에게서 전화가 왔다. 인터넷을 보다가 어떤 스님 이야기를 읽어 보니 바로 나더란다. 내가 수녀원을 나온 후 정 아나다시아 수녀님은 내 동생에게도 연락해 보았지만 내 소식을 몰라 궁금했는데, 이렇게 공부를 많이 하고 그렇게 잘 살았느냐며 반가워했다. 그러면서 빨리 만나자고 해서, 올 수 있는 수녀님들끼리 서울서 만나기로 약속을 했다.

서울 동대문 성당에서 만나기로 했는데, 그곳에는 김 안젤라 수녀님이 살고 있었다. 성당에 도착하니 김 안젤라 수녀님, 진 말가리다 수녀님, 김 벨라뎃따 수녀님, 정 아나다시아 수녀님, 이렇게 네 분이 이미 와 있었다. 김 벨라뎃따 수녀님은 먼 지방에서 기차를 타고 올라왔다고 했다. 그 옛날 20대 청춘의 모습은 간 곳이 없고 세월의 흔적만 남았지만, 친근한 옛 모습들은 그대로였다. 점심은 진수성찬이었다. 신부님이 점심 차리라고 특별히 돈을 넉넉히 주셨다고 한다.

내가 신학원 다닐 때 김 벨라뎃따 수녀님은 간호 대학을 다녔고, 정 아나다시아 수녀님은 유아교육과에 다녔다. 그래서 가장 많은 세월을 함께 지냈기에 더 반가웠는지도 모른다. 성당 수녀원으로 옮겨 차를 마시며 이야기를 나누었다. 바닥이 온돌이라 따뜻한 것이 절집 온돌 같았다. 내 집에 들어온 것처럼 편안했다.

많은 세월이 흘렀는데도 그냥 고향 친구들을 만난 것처럼 친근감이 들었다. 헤어지기 섭섭했으나 김 벨라뎃따 수녀님이 기차로 내려가야 했기에 담쟁이가 너울거리는 청계천 개울을 따라 걸어서 헤어졌다. 송 누갈다 수녀님은 건강이 좋지 않아 못 왔다고 했다. 송 누갈다 수녀님의 건강을 기원한다.

중국에 있는 김 헬레나 수녀님에게서 전화가 왔다. 중국에서는 수녀복을 입지 못하고 사복을 입은 채 전교 활동을 잘 하고 있다고 했다. 헬레나 수녀님은 아무리 어려운 환경에서도 꿋꿋이 잘 해 나갈 수녀님이다.

나와 신학원을 같이 다닌 배안나 자매님에게서도 전화가 왔다. 내 번역 경전이 너무 좋아 세 권을 사서 다른 사람에게도 주었다고 한다. 김 글라라 자매님도 행복하게 잘산다고 전화가 왔다. 최 에디따 자매님은 나의 숙소로 찾아와서 오랫동안 이야기를 나누었다.

다음번 한국에 나가서 수녀님들을 만날 때는 내가 맛있는 점심을 대접해야겠다.

나의 20대 젊은 날의 친구들, 고향 친구들같이 반가운 분들, 너무도 소중한 자매들이다. 이분들 모두 수도 생활 처음 시작할 때처럼, 그렇게 기쁜 생활, 행복한 생활을 하기를 기도 올린다.

✕ 발원

우리 모두는 인연으로 연결된 소중한 사람들입니다.
한 사람의 괴로움이 우리 모두의 괴로움입니다.
한 사람의 기쁨도 우리 모두의 기쁨입니다.
우리는 모두 지구라는 배에 함께 타고 가기 때문입니다.

가장 가까이 있는 행복, 내 안에서 발견하기를 발원합니다.
가장 가까이 있는 행복, 내 이웃에서 발견하기를 발원합니다.
진정한 행복은 나와 남이 함께 행복할 때이기 때문입니다.

아름다운 미소는 돈으로 살 수 없는 가장 값진 보석입니다.
부드러운 칭찬 한마디는 새벽하늘의 별처럼 찬란히 빛납니다.
함박꽃 같은 웃음소리는 근심과 걱정을 저 멀리 쫓아 버립니다.

남을 기쁘게 하면 내가 기뻐지고,
남을 행복하게 하면 내가 행복합니다.

남이 잘되기를 바라면 내가 잘되고,
남이 성공하기를 바라면 내가 성공합니다.

남은 정복해야 할 경쟁자가 아닌
함께 더불어 살아가야 할 이웃입니다.

만나는 모든 이에게 관대하고, 겸손하고, 이해하기를 발원합
니다.
푸른 하늘처럼 텅 비고 걸림이 없고 너그럽기를 발원합니다.

유쾌하고, 온화하고, 자애롭고, 마음이 풍요롭기를 발원합니다.
양극단에 치우치지 않는 건강한 인격의 소유자이기를 발원합
니다.

초연하게 홀로 있는 침묵에 귀 기울이기를 발원합니다.
그때 홀로 있음은 지혜를 길어 올려

바른 삶의 길을 보여 주기 때문입니다.
세상이 아무리 우리를 실망시켜도 결코 절망하지 않습니다.
왜냐하면 더 찬란한 빛을 비추는 이들이 많기 때문입니다.

따뜻한 관심으로 고통을 나누면 반으로 줄어들고
친절한 미소로 행복을 나누면 두 배로 늘어납니다.

남녀노소, 부자든 가난하든, 종교가 있든 종교가 없든,
국경과 인종을 초월하여 모든 사람들의 행복을 발원합니다.
이들 모두는 가는 길은 달라도 추구하는 목표는 같습니다.

아가의 천진난만한 해맑은 웃음을 닮기를 발원합니다.
들판 가득히 일렁이는 들꽃처럼 그렇게 평화롭기를 발원합니다.
깊은 산골짜기의 맑은 물처럼 그렇게 맑고 투명하기를 발원합니다.